로크미디어가
유혹하는
재미있는 세상
ROK
MEDIA
로크미디어

퇴마하는
톱스타

# 퇴마하는 톱스타 5

2023년 5월 8일 초판 1쇄 인쇄
2023년 5월 11일 초판 1쇄 발행

**지은이** 이상한하루
**발행인** 강준규

**기획** 이기헌 왕소현 박경무 강민구 조익현
**책임편집** 김홍식
**마케팅지원** 이원선

**발행처** (주)로크미디어
**출판등록** 2003년 3월 24일
**주소** 서울시 마포구 마포대로 45 일진빌딩 6층
**Tel** (02)3273-5135 **Fax** (02)3273-5134
**홈페이지** rokmedia.com **E-mail** rokmedia@empas.com



값 9,000원

ISBN 979-11-408-0816-8 (5권)
ISBN 979-11-408-0693-5 04810 (세트)

ROK
MEDIA
로크미디어
퇴마하는
톱스타
이상한하루 현대 판타지 장편소설
5

# CONTENTS

배우 데뷔 (2)

연기자의 손에 들린 ≪비가 오면≫ 소설책을 보는데 괜히 마음이 뭉클했다.

예전부터 꿈꾸던 환상 중 한 가지가 방금 이루어졌기 때문이다.

우연히 지하철이나 버스에서 자신의 책을 읽고 있는 독자를 만나는 일.

여자는 아직 책을 읽지 않은 것 같다. 그랬다면 지금쯤 태수가 어디에 있는지 두리번거리며 찾고 있을 테니까.

왜냐하면 책을 펼치면 표지 바로 뒷면에 작가의 사진이 나오기에.

처음엔 그 여자 연기자 옆에 앉아서 갈까 하다가 이내 마음을 고쳐먹었다.

자신이 읽고 있는 책의 저자가 바로 옆자리에 앉아 있다는 걸 알게 되면, 기뻐하는 독자도 있겠지만 당황스러워하는 독자도 있을 것 같았다.

'그리고 작가는 약간의 신비감이 필요하지 않을까?'

앉을 자리를 찾아 버스 안을 둘러보는 태수의 눈에 적당한 자리가 보였다. 아무도 가까이 가려고 하지 않는 흰머리가 희끗한 중년의 명품 조연, 천길강의 옆자리다.

태수가 주저 없이 천길강의 옆자리로 가서 인사를 했다.

"안녕하세요, 선생님. 선생님 옆자리에 좀 앉아도 될까요?"

천길강은 원래 가만히 있으면 화난 사람처럼 보여서 오해를 많이 받는다.

그런 천길강이 환한 웃음을 지어 보이며 말했다.

"아이고, 그럼 되고말고. 어서 앉아요."

무거운 이미지와 달리 밝은 환대에 태수가 오히려 얼떨떨했다.

"선생님 저는 장태수라고 합니다. 이번에……."

"강혁 역할 맡은 친구지?"

"어? 선생님이 그걸 어떻게?"

"내가 왜 몰라? 자네 얼굴이 그대로 강혁인데. 게다가 강혁은 내가 모시는 저승사자라고."

태수가 저도 모르게 '아' 하고 소리를 냈다.

그렇다.

이곳에 있는 배우들은 모두 웹툰 속에서 서로 관계를 맺고 있는 사람들이다.

웹툰에서 천길강이 맡은 백휘는 저승사자인 강혁을 보필하는 호위무사다. 물론 드라마에서는 태수 대신 김찬의 옆을 지키게 되겠지만.

"근데 가만 보니까 이번 드라마 출연진 중에서 자네가 제일 화제더구먼."

"강혁하고 닮은 얼굴이라서 그런 것 같아요. 어차피 잠깐 나오고 안 나오니까."

"배역은 분량만 놓고 보는 게 아냐. 비록 출연은 적게 하지만 유한성의 모습에서 시청자들은 늘 자네를 떠올린단 말이지. 그래서 웹툰 팬들이 가장 사랑하는 캐릭터가 강혁 아닌가."

맞는 말이다.

유한성을 볼 때마다 시청자들이 강혁을 떠올리게 된다는 말. 그랬으니까 웹툰 팬들이 등장하지도 않는 강혁을 잊지 못하는 이유다.

"그럼 선생님은 웹툰을 다 보셨나요?"

"당연히 봤지. 원작을 보지 않고 대본만 봐서는 캐릭터를 이해하는 데 한계가 있어. 더구나 이런 판타지 장르는."

버스가 출발하자 천길강이 조심스럽게 말했다.

"내가 부탁이 하나 있는데……."

"저한테 부탁요?"

천길강이 진지한 표정으로 말했다.

"앞으로 나한테 선생님이라고 부르지 말고 선배님이라고 불러 주면 안 되겠나?"

그러자 문득 얼마 전 신문기사에서 읽은 최불엄 선생님의 인터뷰가 떠올랐다.

기자가 왜 요즘엔 드라마 출연을 하지 않느냐고 물었다.

ㅡ촬영장에 나가면 다들 날 선생님이라 부르는데, 틀렸다는 지적은 하지 않고 어려워만 하니 발전이 없잖아.

물론 천길강이 최불엄 선생님에 비할 바는 아니지만 지금 표정을 보니 비슷한 마음일 것 같았다.

태수가 주저 없이 대답했다.

"그렇게 하겠습니다, 선배님."

"고맙네. 근데 자네는 연기를 해 본 적이 전혀 없는 건가?"

"연기는 처음이고 단편 공포 영화 연출을 했었습니다."

"연출이라고? 아이고, 이제 보니까 감독님이시구먼."

40년 가까운 세월을 배우로 살아온 천길강이 너무 정색을 하고 대단한 것처럼 말해 주자 오히려 송구한 마음이 들었다.

"아닙니다. 대단한 영화는 아니고 학교 동아리에서 만드는 영화예요."

"어디서 만들든 영화 연출을 한다는 게 아무나 할 수 있는 일은 아니지. 내가 오늘 동행을 잘 만났구먼. 혹시 자네가 만든 영화를 볼 수 있는 곳이 있나?"

"유튜브에 가면 보실 수 있는데, 단편이라서 전 그냥 휴대폰에 넣어서 다닙니다."

천길강이 흥미로운 표정으로 물었다.

"그래? 혹시 그 영화 내가 좀 볼 수가 있을까?"

"그럼요."

태수가 휴대폰에서 〈앞집에 사는 여자〉의 영상을 찾아서 이어폰과 함께 천길강에게 건넸다.

천길강이 이어폰을 꽂고 영화를 재생해서 감상했다. 아무리 무심하려고 해도 괜히 신경이 쓰이고 초조한 기분이 드는 건 어쩔 수가 없었다.

차창 밖으로 흘러가는 좋은 풍경이 도무지 시선에 들어오질 않았다.

시간이 흐를수록 천길강이 영화를 보고 뭐라고 평을 할지 속이 타들어 갔다. 불과 8분여에 불과한 영화의 러닝타임이 이렇게 길게 느껴지다니.

이윽고 영화를 다 본 천길강이 태수를 돌아봤다.

"이 영화를 정말로 학교 동아리에서 만들었다는 말인가?"
"예, 선배님."
천길강이 고개를 갸웃하며 말했다.
"이야, 이럴 수가 없는데. 내가 보기에 자네 연출력은 당장 상업 영화를 연출해도 손색이 없을 수준이야. 자넨 연기를 할 게 아니라 연출을 해야지."
그제야 긴장하고 있던 마음이 풀리며 안도감이 찾아들었다.
"좋게 봐주셔서 감사합니다. 연기는 연출을 하는 데 도움이 될 것 같아서요. 워낙 매력이 있어서 해 보고 싶기도 하고."
"연기도 매력이 있지."
천길강이 웃으며 고개를 끄덕였다.
태수도 천길강에게 몇 년 전 사극에서 무사로 나온 모습이 정말 멋있었다고 말을 꺼냈다. 당시 검을 사용하는 천길강의 절도 있는 동작을 보면서 액션 씬의 매력을 느꼈던 것이다.
천길강이 웃으며 말했다.
"액션은 연기만으로 되는 건 아니고 훈련이 뒷받침돼야 해. 내가 검도 공인 4단이라네."

마침내 육지에서 섬으로 이어지는 귀귀대교를 지나 귀귀도에 버스가 도착했다.
천길강과 태수가 버스에서 내리는데 누군가 다가와 말을

걸었다.

"저기요……."

돌아보니 ≪비가 오면≫ 소설책을 가지고 있던 바로 그 연기자였다.

"혹시…… 장태수 작가님…… 맞죠?"

어쩔 수 없이 태수가 빙긋 웃으며 고개를 끄덕였다.

"어떡해!"

태수의 대답이 끝나자마자 연기자가 수줍게 손으로 입을 가렸다.

그녀가 함께 있던 친구들한테 돌아가 팔짝팔짝 뛰며 말하는 소리가 들려왔다.

"거봐, 내 말이 맞잖아. 강혁이 장태수 작가님이라고."

다른 연기자들도 그 얘기를 듣고 다들 신기한 눈으로 기웃거렸다. 다들 태수와 비슷한 또래의 여자 연기자들이라서 그런지 표정에 호감이 듬뿍 담겨 있었다.

상기된 표정으로 다시 돌아온 연기자가 태수 앞으로 책과 펜을 내밀며 말했다.

"사인 좀 해 주시면 안 돼요?"

책을 받아 드는데 뭉클하게 감동이 밀려들었다.

'정말 고마워요, 사인해 달라고 해서.'

그렇게 마음으로 중얼거리며 벤치에 앉아서 물었다.

"이번 드라마에서 맡은 역할하고 이름이 뭐예요?"

"전 조혜경이고요, 이번에 이초희 친구 혜미 역할을 맡았어요."

"아, 네."

태수가 책에 사인을 해 줬다.

낯선 사람에게 해 주는 첫 번째 사인이었다.

이초희 친구, 혜미 역할을 맡은 조혜경 님에게.

만나서 반갑습니다. 강혁 역할을 맡은 소설가 장태수입니다. 오늘 촬영 잘하세요.

〈오늘도 연애〉 촬영 현장에서.

촬영 전에 아침 식사를 하기로 했다.

아침 일찍 만나서 이동한 탓에 다들 허기가 진 상황.

제작부 스태프가 미리 예약해 놓은 귀귀도 식당 앞에 버스가 멎었다. 잠에서 깬 사람들이 눈을 부비며 식당으로 들어갔다.

아침 식사는 시원한 국물에 낙지와 전복 같은 해물이 푸짐하게 들어 있는 귀귀도 명물, 해물 뚝배기였다.

맛을 본 스태프들과 배우들 사이에서 제작부에 대한 칭찬이 쏟아졌다. 태수도 밥 한 공기를 뚝딱 해치웠다.

양정애 작가도 정말 맛있었는지 일부러 제작부 막내를 향해 소리쳤다.

"막내야, 맛있게 잘 먹었다!"

든든하게 배를 채운 후 다들 버스를 타고 촬영 장소로 이동했다.

달리던 버스 차창으로 익숙한 풍경이 펼쳐지기 시작했다.

영상 속에서 봤던 바로 그 해변 도로다.

버스가 도착해서 내리자 그곳에 김보미가 미리 와 있었다. 그녀의 노란색 포르쉐 스포츠카와 함께.

그 옆으로는 김찬과 박보윤의 소속사 차량으로 보이는 스타크래프트 밴 두 대도 나란히 정차해 있는 모습이 보였다.

김보미가 버스에서 내리는 태수를 반갑게 맞이했다.

"이렇게 시간 맞춰 도착할 줄 알았으면 차 타고 같이 올 걸 그랬어요. 제가 아침에 잠이 많아서 늦을 줄 알고 연락 안 했는데."

"늦게 일어나서 똑같이 도착한 걸 보니 엄청 밟았나 보네요."

밴에 대기하고 있던 김찬과 박보윤도 밖으로 나왔다.

두 사람이 스태프와 출연진 사이를 돌아다니며 '안녕하세요?'를 연발하며 인사를 건넸다. 아무리 주연배우라도 나이는 어리니까.

김찬은 이미 봤지만 박보윤을 실물로 보는 건 처음이었다.

텔레비전이나 극장에서 볼 때보다 훨씬 귀염성 있는 얼굴에 온몸에서 밝은 에너지가 흘러넘쳤다.

'요정이 따로 없네. 저러니 광고주들이 좋아할 수밖에. CF를 괜히 많이 찍는 게 아니구나.'

자신과 전혀 상관없는 연예인 보듯 박보윤을 바라보는데, 요정 같은 얼굴이 점점 다가오더니 눈앞으로 훅 들어왔다.

"안녕하세요? 강혁 역할 맡으신 장태수 씨죠?"

설마 박보윤이 자신에게 다가오는 것일 줄은 생각도 못 했기에 정신이 다 아득했다.

'사람들이 날 보고 방금 웹툰에서 튀어나온 것 같다고 놀랄 때도 이런 기분일까?'

방금 텔레비전 속에서 튀어나온 것 같은 박보윤이 동그란 눈을 반짝이며 빤히 바라보는데, 전기 충격이 가해지는 것처럼 심장이 찌르르했다.

"아, 안녕하세요."

태수가 어색하게 인사를 하자 박보윤의 눈이 가늘어졌다.

"와, 대박이다 정말. 어쩜 이렇게 강혁하고 똑같이 닮으셨어요?"

"그건 왜 그런지 저도 잘……."

태수가 발그레하게 달아오른 얼굴로 어쩔 줄 몰라 하는데 박보윤이 환하게 웃으며 말했다.

"오늘 잘 부탁드려요."

태수는 잠시 의아한 생각이 들었다.

'무슨 말이지? 박보윤이 왜 나한테……?'

잠시 후 하얗게 비어 있던 머릿속에 떠오르기 시작하는 놀라운 사실들.

'헉, 오늘 내가 할 연기가 바로 박보윤과의 러브 라인이잖아?'

여태까지는 아무 생각이 없었는데 갑자기 눈앞으로 엄청난 현실이 확 다가온 느낌이었다.

'그 연기를 내가 어떻게 하지?'

물론 오디션 때 했던 연기이긴 하지만 그건 어디까지나 상대 없이 혼자 했던 연기다.

근데 이젠 눈앞에 박보윤을 두고 연기해야 한다.

이초희를 구하는 씬에서는 쓰러지는 박보윤의 허리를 받치며 안아야만 하고.

'맙소사.'

어디 그것뿐인가.

기억이 틀리지 않다면 시나리오에 적혀 있던 지문은 이런 것이다.

강혁, 이초희의 허리를 받치고 하늘로 솟구쳐 오른다. 허공을 날아가는 도중에 이초희가 눈을 뜨고 강혁을 바라본다. 그런 이초희를 바라보는 강혁의 애절한 눈빛과 이초희의 혼란스러운 눈빛이 서로 뒤엉키는 순간, 공기가 출렁이며 운명의 뒤틀림이 일어난다.

머릿속이 하얗게 변하며 현기증이 일었다.

'미친, 그동안 내가 무슨 생각을 하면서 지낸 거야?'

지금 생각해 보니 강혁의 오프닝 촬영을 너무 쉽게 생각했다는 자책이 들었다.

비록 하루만 촬영하면 끝나는 적은 분량이지만 그 이면에 진행되는 설정을 생각하면 이건 절대 간단한 연기가 아니다.

그동안 〈집착〉을 편집하느라 정신을 빼앗긴 것도 있고, 감독 입장에서 연출을 하다 보면 의외로 연기를 쉽게 생각하는 경향이 있다.

왜냐하면 연출자가 어떤 그림을 원하고 어떤 식으로 콘티를 짤지 대충 보이기 때문에, 자신이 연기를 잘할 수 있다고 착각하는 것이다.

하지만 그건 어디까지나 감독의 입장이고.

직접 배우와 서로 호흡을 맞추며 연기를 하는 건 전혀 다른 문제다. 게다가 그 상대가 박보윤 같은 최고의 여배우라면 마주 보는 것만으로도 숨이 턱 막히는데.

그때 등 뒤에서 듣기 좋은 목소리가 들려왔다.

"안녕하세요, 유한성 역의 김찬입니다."

뒤로 돌아서자 언제 다가왔는지 김찬이 손을 내밀고 있었다.

현시대 최고의 보이 그룹 리더.

소녀 팬들이 얼굴 한 번 보려고 하루 종일 줄을 서서 기다리는 슈퍼스타.

하지만 태수는 전혀 두근거리지 않았다.

남자니까.

태수가 아무렇지도 않게 김찬의 손을 마주 잡고 악수를 했다.

"반갑습니다, 장태수입니다."

아마 다른 배역이었다면 박보윤이나 김찬 같은 주연배우가 서브 조연에 가까운 태수에게 먼저 와서 인사를 건네는 일은 없었을 것이다.

하지만 비록 분량은 씬 두 개가 전부지만 강혁은 웹툰 팬들의 절대적인 지지를 받는 캐릭터였다.

태수가 알기로 박보윤과 김찬은 둘 다 스물네 살로 자신과 동갑이다.

김찬이 태수의 얼굴을 가리키며 농담처럼 말했다.

"이거 진짜 반칙 아니에요?"

"쿡쿡쿡."

김찬과 친분이 있는지 박보윤이 웃으면서 놀렸다.

"웹툰에서 했던 것처럼 팬들이 너 말고 강혁 나오게 해 달라고 SNS에 막 글 올리고 그러면 어떡할래?"

"야, 농담이라도 그런 말하지 마. 안 그래도 소속사에서 그것 때문에 얼마나 신경이 곤두서 있는데."

"내가 지금까지 너 만나면서 이렇게 자신감 없는 모습은 처음 본다, 쿡쿡."

"당연히 그렇지. 눈이 있으면 이분 좀 봐라, 웹툰에서 금방 튀어나온 것 같잖아. 나 이제 어떡하냐고. 보금이 형이 강혁 역할로 카메오 나온다고 해서 온갖 난리 쳐서 무산시켰는데 지금 이분은…… 어?"

무심코 얘기하던 김찬이 얼른 손으로 입을 틀어막으며 말했다.

"헉, 이거 말하면 안 되는데? 대표님한테 엄청 혼날 텐데."

박보윤이 말했다.

"으이그 어쩐지. 나도 그 얘기 듣고 보금 오빠가 나랑 러브 라인 타는 거 싫어하나 했지. 보금 오빠 출연 막은 게 너였구나?"

김찬이 태수를 돌아보고 말했다.

"저기요, 이 얘긴 못 들은 걸로 좀…… 부탁드릴게요."

"네, 걱정 마세요. 전 지금 두 분 사이에 있으니까 서로 다른 세계에 있는 것처럼 아무 소리도 들리지가 않습니다."

과장을 좀 보태긴 했지만 솔직한 마음이었다.

대한민국 최고의 청춘스타 두 사람과 일상인 듯 수다를 떨고 있는 자신의 모습이 도무지 현실처럼 느껴지지 않았으니까. 정말로.

박보윤이 갑자기 생각난 것처럼 태수를 돌아보고 물었다.

"연기는 어디서 하셨어요?"

오늘 자신과 호흡을 맞춰야 하는 상대가 어떤 사람인지 궁금했던 것이다.

태수는 예상치 못한 질문이 훅하고 들어와서 당황스러웠다. 그렇잖아도 머릿속에 연기에 대한 걱정이 가득한데.

"연기 경력은 거의 없습니다."

"그럼 연기 학원…… 다니고 있는 거예요?"

"아뇨, 연기 쪽으로는 전혀."

드라마나 영화에서나 보던 박보윤의 놀란 표정이 현실에 나타났다.

"전혀……요?"

"네, 전혀."

"아……."

박보윤의 얼굴에 낭패감이 스쳤다.

박보윤은 갑자기 오늘 촬영이 걱정되기 시작했다. 보통은 신인이라고 해도 기본 연기력은 갖추고 오디션에 나온다.

기본 연기력이라 함은 최소 연기 학원에서 연기를 배우는 정도.

근데 눈앞의 장태수는 연기 학원조차 다니지 않은 진짜 생초짜라고 했다.

'맙소사, 오늘 촬영 제대로 할 수 있을까?'

박보윤의 얼굴이 드러나게 굳어졌다.

가끔 단역배우가 연기를 못해서 연이어 NG가 나는 경우가 있다. 하지만 대부분 간단한 씬이라서 몇 번만 고생하면 넘어갈 수가 있다.

근데 오늘 촬영은 그것하고는 차원이 다르다. 오프닝 장면은 드라마의 얼굴이라고 해도 과언이 아니다.

'오프닝의 연기 상대가 경력이 전혀 없는 생초짜라니, 대체 무슨 생각으로 뽑은 거야? 물론 감독님이나 작가님이 아무 생각 없이 뽑진 않았겠지만, 아무리 그래도 강혁 역할을 연기 경험이 전혀 없는 신인에게 맡기다니.'

김찬은 살짝 당황스러우면서도 마음이 놓였다.

'그 말이 정말이었구나. 진짜 신인이라고 하더니, 쿡쿡쿡.'

박보윤이 그래도 이해가 되지 않아 집요하게 물었다.

"정말 연기를 전혀 해 본 적이 없다면 강혁하고 얼굴 닮았다는 이유 하나로 오디션 통과하신 거예요?"

"오디션 때 지정 연기는 했고, 그걸 보고 감독님이 뽑으신 것 같은데요?"

태수도 자신이 어떻게 뽑혔는지 모른다. 합격된 사실도 오디션장을 나오다가 김보미한테 들었으니까.

김찬과 박보윤의 표정이 심상치가 않았다. 조금 전 화기애

애하던 분위기는 흔적도 없어졌다. 문득 해선 안 될 일을 겁 없이 저지른 것 같은 느낌.

'그렇다고 낙하산은 아닌데.'

박보윤과 김찬이 마주 보며 어색하게 웃었다. 너무 어이가 없어 할 말이 없다는 듯.

그때 언제 왔는지 김보미가 끼어들었다.

"장태수 씨, 의상 갈아입고 메이크업해야죠."

"네."

박보윤이 둘을 번갈아 보며 물었다.

"와, 작가님이 그런 것도 직접 챙겨 줘요?"

"저 원래 보윤 씨랑 김찬 씨 의상도 체크하잖아요."

김찬이 뭔가 억울한 듯 말했다.

"에이, 그건 아니죠. 우린 그냥 체크만 해 주시잖아요. 근데 지금 장태수 씨한테는 작가님이 무슨 매니저처럼 데려가시네?"

김보미가 웬 상관이냐는 듯 말했다.

"장태수 씨 캐스팅한 게 저예요. 학교에서 딱 보는데 강혁이랑 너무 똑같이 생겨서, 오디션에 나와 달라고 부탁을 한 것도 저고. 그랬으니까 제가 챙기는 거예요. 왜요?"

박보윤이 신기한 듯 물었다.

"그럼 작가님이 길거리 캐스팅 한 거예요?"

"말하자면 그런 셈이죠."

"근데 이분 연기 경험이 전혀 없다고 하던데?"

"물론 장태수 씨가 연기 경험은 없는데, 그렇다고 그냥 일반인도 아니거든요?"

이번엔 김찬이 눈을 동그랗게 뜨고 물었다.

"응? 일반인이 아냐? 그럼 뭐…… 외계인이라도 되나?"

"참나, 장태수 씨는 영화 연출을 하세요."

"네에?"

김찬과 박보윤의 표정이 급변했다.

다른 일도 아니고 영화 연출이라니.

"그럼 영화감독님이에요?"

두 사람이 너무 놀라는 통에 오히려 당황한 태수가 손을 내젓는데 김보미가 재빨리 가로막으며 말했다.

"맞아요, 단편영화 감독이에요. 〈앞집에 사는 여자〉라는 공포 영화를 연출했는데 유튜브에 가면 볼 수가 있을 거예요. 거기 주연이 〈최고의 사랑〉에 나온 송현주 씨고."

"송현주요?"

주연이 송현주라고 하면 대충 취미로 만든 영화가 아니라는 정도의 짐작은 할 수가 있다.

김찬이 알은체를 했다.

"송현주라면 〈최고의 사랑〉에서 광란의 노래방에 나왔던 그 배우 아닌가?"

태수가 얼른 대답했다.

"네, 맞아요. 광란의 노래방."

그쯤에서 김보미가 태수의 팔을 잡아끌었다.

"기회 되면 그 영화 꼭 한번 찾아봐요. 제목이 〈앞집에 사는 여자〉예요. 러닝타임이 8분밖에 안 되니까 금방 볼 거예요. 저는 정말 재밌게 봤거든요. 태수 씨, 시간 없어요. 얼른 가요."

박보윤과 김찬한테서 멀어지자 김보미가 속삭이듯 말했다.

"너무 기죽을 필요 없어요. 기죽으면 연기 못 해요. 오디션 때처럼만 해요, 그럼 분명히 둘 다 입이 떡 벌어질 테니까. 오늘 컨디션 괜찮죠? 태수 씨는 특히 목소리가 중요해요."

이제 보니 김보미는 태수가 박보윤에게 추궁받는 과정을 다 지켜본 모양이었다.

김보미가 챙겨 주는 게 새삼 고마우면서도 한편으론 의아했다.

'김보미 작가가 나에 대해 어떻게 이렇게 많은 걸 알고 있지? 그럼 〈앞집녀〉도 다 봤다는 소리잖아? 게다가 일부러 이렇게 챙겨 주기까지 하고.'

물론 자신이 오디션을 보라고 권했으니까 그럴 수도 있겠지만 미경이한테 들은 김보미 작가의 성격은 이런 느낌이 아니었다.

차갑고 도도하고 쌀쌀맞고.

조금 전 대한민국 최고의 슈퍼스타에게 쏘아붙이듯이 말한 것처럼.

태수는 꿈길을 걷는 기분으로 김보미에게 이끌려서 촬영 버스 안으로 들어갔다.

버스 안은 이미 다른 많은 연기자들로 가득했다.

각자 자신의 의상을 체크하고 메이크업하느라 북새통. 촬영 버스가 이런 용도로도 사용된다는 걸 오늘 처음 알았다.

주조연급들은 당연히 분장 담당이 붙어서 메이크업을 해준다. 나머지 연기자들은 그렇지가 못하니 자신이 직접 하는 경우가 많다.

태수는 지금부터 진짜 웹툰 속 강혁으로 변신할 예정이다. 김보미가 다른 배우들 사이를 뚫고 지나가며 메이크업과 스타일 담당 스태프에게 말했다.

"강혁 왔어요."

분장 담당 스태프가 태수를 보고는 숨 가쁘게 말했다.

"강혁? 왜 이제 왔어요, 메인인데. 얼른 와서 앉아요."

강혁이 앉자 스태프 두 명이 동시에 달라붙어서 머리와 메이크업을 손보기 시작했다. 버스 안에 있던 다른 연기자들이 호기심 어린 눈으로 그런 태수를 힐끔거렸다.

촬영장에서는 스타가 있어야만 분위기가 살아난다. 지금 촬영 버스 안에서의 스타는 태수였다.

헤어스타일은 물론이고 얼굴까지 저승사자 분위기가 나도

록 분장을 했다. 모든 준비를 마치고 블랙 슈트를 걸친 태수가 버스에서 내렸다.

가만히 있어도 강혁인데, 강혁처럼 분장을 하니 더 감쪽같았다.

조금 전까지 연기력 걱정을 하던 박보윤도 입을 떡 벌렸다. 저 정도면 굳이 연기력이 없어도 웹툰 팬들에겐 그냥 먹힐 것 같은 생각이 들었던 것이다.

'혹시 그래서 연기력도 안 보고 뽑은 건가?'

김찬은 아예 비명을 질렀다.

"저거 봐! 나 어떡해? 보나 마나 웹툰 팬들 난리 친다니까! 재는 한 번만 나오고 들어가면 끝이지만 계속 비교당해야 하는 나는 뭐냐고!"

몇몇 연기자들이 휴대폰을 꺼내는 걸 보고 조연출 이선재가 얼른 나서서 주의를 줬다.

"강혁 촬영하면 안 됩니다, 휴대폰 넣으세요. 제작 발표회까지 강혁은 꼭꼭 숨겨 둘 겁니다. 만약 SNS에 강혁 사진 올라가면 문제 될 수 있어요."

조연출의 말에 태수가 눈을 휘둥그레 뜨고 돌아봤다.

"그게 무슨 말이에요?"

"뭐가요?"

"제작 발표회까지 강혁을 숨기다니요?"

"아, 아무런 얘기 못 들으셨어요? 장태수 씨 제작 발표회에 등장한다는 얘기?"

"아뇨, 전혀."

그야말로 금시초문이었다.

그때 옆에 있던 김보미가 태수를 잡아끌고는 말했다.

"태수 씨 부담될까 봐 촬영 끝나면 얘기하려고 했어요."

"지금 얘기해 봐요."

"실은 태수 씨 오디션 때 연기하는 거 보고 피디님하고 작가님이 제작사 대표님한테 얘기해서 결정한 거예요. 제작 발표회 때 강혁을 히든카드로 내세우자고. 아니, 아직 결정된 건 아니죠. 태수 씨가 동의해야만 하니까."

갑자기 일이 너무 커지는 기분이 들었다.

'맙소사, 제작 발표회라니.'

제작 발표회라면 수많은 취재진 앞에서 드라마의 주, 조연급 배우들이 나와서 포즈도 취하고 질문도 받는 행사가 아닌가.

'거기에 내가 히든카드라고?'

제작사의 처음 계획은 오히려 강혁의 존재를 최대한 드러나지 않도록 할 계획이었다.

유한성 중심으로 이야기를 끌고 가는 게 피디와 작가 입장에서도 부담이 없었다. 열성 웹툰 팬들과 웹툰에서의 논란을 생각하면 아무래도 강혁은 부담스러운 캐릭터였던 것이다.

웹툰과 달리 새롭게 추가된 강혁의 씬도 실은 강혁을 위한 게 아니라 강혁의 존재를 지우기 위해 추가된 씬이었다.

원작 웹툰에서 유한성은 강혁이 이초희를 구한 후 한참이 지나서야 등장한다. 이초희는 그동안 자신을 구해 준 사람이 누구인지 궁금해하고.

그러다 보니 이초희도 그렇고 웹툰 팬들도 그렇고 계속 강혁을 그리워할 수밖에 없다.

하지만 추가된 씬에서는 강혁과 이초희가 헤어진 후 곧바로 유한성이 등장한다. 즉 최대한 빠르게 강혁의 존재를 지우기 위해 설정된 씬인 것이다.

강혁 역할을 신인 배우로 캐스팅하기로 결정한 것도 그런 이유다. 초반만 잘 넘기면 시청자들은 자연스럽게 낯선 신인 배우보다 슈퍼스타 김찬에게 감정이입할 수 있을 테니까.

근데 오디션장에서 모든 게 뒤집혔다.

진짜 강혁이 나타난 것이다.

완벽한 비주얼에 애절한 눈빛도 매력적이었지만 감미로운 목소리까지 더해진 강혁이 나타난 것이다.

아무리 존재를 지우고 싶어도, 화면에 강혁이 등장해서 그 목소리로 대사를 내뱉는 순간 웹툰 팬들이 얼마나 열광할지는 상상하는 것조차 겁이 날 지경이었다.

모든 드라마들이 초반 화제성을 불러일으키기 위해 어쭙잖은 공약을 남발하는 세상이다. 근데 등장만으로 화제를 폭

발시킬 복덩이가 등장했는데 그걸 그냥 두고 볼 제작사가 어디에 있겠는가.

드라마 오프닝이 나가면 수많은 강혁 바라기들이 강혁을 소환해 달라고 아우성을 칠 게 뻔하다. 웹툰에선 부정적인 논란이었지만 드라마에선 그 자체로 화제성을 몰고 다니는 긍정적인 이슈가 될 수 있다.

그리고 방금 강혁 분장을 하고 버스에서 내린 태수를 보는 순간 그들의 판단이 틀리지 않았음을 확신했다.

'이 드라마 뜬다!'

양 작가가 태수를 바라보며 황홀한 표정으로 중얼거렸다.

"제작 발표회 때 강혁 모습 공개되면 아주 난리가 나겠네요. 김 피디님, 이번에 잘하면 그동안 부진했던 시청률 한 방에 만회하겠어요."

김 피디도 설레는 표정으로 중얼거렸다.

"촬영장에 명작들한테서만 나온다는 오오라가 벌써 어른거리는 게 보이는데요. 하하."

양 작가가 말했다.

"다른 건 다 괜찮은데 찬이가 걱정이네요. 웹툰보다 몇 배는 더 열렬한 강혁 바라기들이 강혁 소환하라고 아우성을 치며 디스할 텐데. 찬이가 그 압박감을 견뎌 낼 수 있을지."

"괜찮을 겁니다. 찬이한테는 든든한 백만 대군이 있잖아요. 천상천하 포에버."

드라마의 첫 촬영인 오프닝 장면.

강혁이 트럭에 부딪치기 직전 이초희를 구해 내는 씬이다.

스타들을 알아본 구경꾼들이 빠르게 주변으로 몰려들기 시작했고 제작부도 덩달아 바빠지기 시작했다.

“야, 거기 인원 통제 안 하고 뭐 해!”

와이어 액션과 카메라에 지미 집을 매달아 촬영해야만 하는 난이도 높은 장면.

태수와 체형도 같고 의상은 물론 헤어스타일까지 똑같은 스턴트맨의 몸에 와이어 줄이 연결됐다.

스턴트맨이 와이어를 타고 박보윤과 트럭 사이로 뛰어내리는 장면을 먼저 찍은 후에, 태수가 등장하는 연결 씬을 이어붙일 예정이다.

스턴트맨이라도 안전에 대한 주의가 절대적으로 필요한 위험한 장면.

김 피디나 제작 부서 스태프의 목소리 톤이 두 단계쯤 높아지자 촬영장에 절로 긴장감이 감돌았다.

“크레인 공간 확보하라고! 아이 씨, 사람들 더 멀리 빼야지!”

“트럭 어딨어?”

“모퉁이에 대기하고 있습니다!”

"기사한테 멈추는 지점 확실하게 알려 주고. 자, 시간 없으니까 어서 갑시다!"

김정훈 피디의 외침에 와이어를 매단 블랙 슈트를 입은 스턴트맨이 순식간에 허공으로 솟구쳐 올라갔다.

생각보다 높이가 까마득했다.

더불어 지미 집에 매달린 카메라도 함께 하늘로 솟구쳐 올라갔다.

태수는 앵글과 구도만 봐도 대충 어떤 영상이 나올지 짐작을 했다.

원거리에서 찍은 장면은 스턴트맨의 영상을 쓸 것이다. 다음에 근접 촬영은 리커버리 샷으로 태수의 모습을 찍은 후 컷으로 연결할 것이다.

박보윤과 친구 역할을 할 연기자 세 명이 도로변에 대기하고 있었다.

태수에게 사인을 받아 간 조혜경도 그 사이에 끼어 있었다.

잠시 후 달려올 트럭은 안전을 위해 박보윤의 5미터 앞에서 멈출 것이다. 실제 드라마에서는 바로 눈앞까지 달려드는 것처럼 보이겠지만.

박보윤이 살짝 긴장이 되는지 태수를 돌아보고 장난처럼 물었다.

"저 무사히 구해 줄 거죠?"

태수가 고개를 끄덕이며 씨익 웃었다.

16부작 드라마 〈오늘도 연애〉의 첫 촬영이 시작되기 직전이다.

나머지 출연진은 모두 숨을 죽인 채 긴장한 모습으로 김 피디의 큐 사인을 기다렸다.

김 피디가 마지막 점검을 위해 주변을 살피다가 중얼거렸다.

“저거 안개 아냐? 무슨 안개가 저렇게 살벌하게 몰려오냐?”

김 피디의 소리에 스태프도 바다 쪽을 바라봤다. 하얀 안개가 먼 바다에서 파도처럼 뭉게뭉게 밀려오는 게 보였다.

일반적으로 볼 수 있는 안개하고는 사뭇 다른 모습이었다.

뿐만 아니었다. 허공에 먹구름 같은 검은 기운이 뭉치고 있는 모습이 보였다.

근데 그 먹구름은 모두가 볼 수 있는 구름이 아니라 태수의 눈에만 보이는 검은 기운이었다.

문득 귀귀도의 전설이 떠오르며 불길한 예감이 떠올랐다.

‘짙은 구름이 나타나면 재앙이 생긴다고 했는데.’

마침내 촬영 준비가 끝나자 조연출이 외쳤다.

“와이어 준비됐습니다!”

“트럭 준비됐습니다!”

“자, 한 번에 갑시다!”

"카메라 롤!"

"올 스탠바이!"

"레디…… 액션!"

김 피디의 큐 사인에 맞춰 카메라가 돌아갔다.

태수는 불안한 마음으로 주변을 살폈다. 왠지 모르게 무슨 사고가 생길 것만 같은 불길한 예감이 들었던 것이다.

촬영이 시작되자 박보윤과 친구들이 해변 도로를 걸으며 바다를 향해 환호성을 울렸다.

시나리오에 적힌 대로 강풍기에서 나온 돌풍이 박보윤의 모자를 날렸다.

"어? 내 모자!"

박보윤이 도로로 날아가는 모자를 향해 달려갔다.

조연출이 무전기로 지시를 내렸다.

"트럭 출발."

모퉁이를 돌아서 트럭이 나타났다.

박보윤은 트럭이 달려오는 걸 모르는 것처럼 뒤로 돌아서서 도로 위에 떨어져 있는 모자를 집는다.

그때 허공에 뭉쳐 있던 검은 기운이 스윽 하고 움직였다.

'혹시……?'

하늘에 뭉쳐 있던 검은 기운이 꿈틀대며 어딘가로 움직였다.

태수가 긴장한 채 눈으로 검은 기운을 좇았다. 뜻밖에도 검은 기운이 달려오는 트럭의 운전석으로 빨려 들어갔다.

'뭘 하려는 거야?'

트럭으로 들어간 검은 기운이 트럭 운전사의 목을 휘감는 게 보였다. 예감이 좋지 않았다.

'왠지 안 좋은 일이 벌어질 것 같은데?'

태수가 재빨리 칠성의 능을 불렀다.

공기가 흔들리며 허공에 메시지가 떠올랐다.

제7성인 파군성의 예지파군의 능이 작동합니다.

화르르르륵.

허공이 흔들리며 주변의 시간이 느려졌다.

눈앞에 예지 영상이 떠올랐다.

트럭 운전사의 목에 검은 기운이 휘감겨 있는 게 보였다. 기사가 괴로운 듯 인상을 쓰는가 싶더니 갑자기 트럭의 속도가 높아졌다.

예지 영상이라는 걸 알면서도 탄식이 흘러나왔다.

'어…… 어?'

약속한 속도보다 훨씬 빠른 속도로 트럭이 달렸다.

퍽!

뭔가가 트럭 전면 유리창에 부딪히며 튕겨 나갔다. 와이어를 타고 내려오던 스턴트맨이었다. 트럭 앞 유리가 검붉은 피로 물들었다.

정해진 속도로 달렸다면 트럭은 스턴트맨이 도로 위에 착지한 후 느린 속도로 지금의 지점에 도착해야만 했다.

스턴트맨을 들이받은 트럭은 멈추지 않고 곧장 박보윤을 향해 돌진했다.

'아, 안 돼!'

태수의 외침과 함께 영상이 끝이 났다.

멈춰 있던 현실의 시간이 다시 흘렀다.

태수가 촬영 현장으로 고개를 돌렸다.

예지 영상에서 봤던 것과 똑같은 장면이 현실에서 반복되고 있었다.

박보윤이 도로 위에서 모자를 집어 들고 있었고 그런 박보윤을 향해 달려오는 트럭이 보였다. 귀기가 운전사의 목을 휘감고 있는 것도 똑같았다.

운전사가 인상을 찡그리는 순간.

부아아아앙~!

트럭의 속도가 갑자기 높아졌다.

의심의 여지가 없었다. 모든 상황이 예지 영상과 똑같이 흘러갔다.

태수가 미처 막을 틈도 없이 조연출이 무전을 했다.

"와이어 큐."
블랙 슈트를 입은 스턴트맨이 빠른 속도로 하강을 시작했다. 지미 집 카메라도 와이어를 따라 함께 움직였다.
"멈춰요!"
태수가 소리치며 도로로 달려 나갔다. 옆에 있던 스태프가 그런 태수를 막으며 소리쳤다.
"촬영 중이에요. 나가면 안 돼요!"
태수는 스태프의 손길을 뿌리치고 박보윤을 향해 달렸다.
트럭이 굉장히 빠른 속도로 달려오고 있었다.
"와이어 멈춰요! 트럭 조심해요!"
태수의 외침에 와이어를 조종하던 기사가 달려오는 트럭을 돌아봤다. 트럭의 속도를 본 와이어 기사가 급하게 크레인을 조종했다.
그래도 타이밍이 조금 늦었다.
누군가 비명을 질렀다.
"꺄악!"
쿵!
트럭의 전면에 스턴트맨이 부딪쳐서 튕겨 나갔다. 하지만 예지 영상처럼 정면충돌이 아닌 다리 부분이 트럭의 윗부분에 부딪치며 튕겼다.
만약 태수가 소리치지 않았다면 예지 영상처럼 끔찍한 사고가 일어났을 것이다.

트럭은 박보윤을 향해 달려갔다.

태수는 달려가는 가속을 이용해서 몸을 날렸다.

그 순간 칠성의 능이 작동했다.

제6성 연년 개양성의 능이 작동합니다!

개양성의 능은 칠성의 능을 전수받은 전수자를 보호하는 능이다.

화르르르륵.

개양성의 보호막이 태수의 몸을 휘감았다.

트럭이 덮치기 직전, 태수가 박보윤을 끌어안고 몸을 날렸다.

태수는 박보윤를 끌어안은 채 반대편 모래사장으로 날아갔다. 개양성의 보호막이 두 사람의 충격을 흡수했다. 둘은 거의 충격을 받지 않고 모래사장을 뒹굴었다.

끼이이이익!

트럭의 급정거하는 날카로운 소음이 허공을 갈랐다.

트럭은 멈춰 서야 할 지점을 30여 미터나 지나쳐서 간신히 섰다.

촬영 현장은 그야말로 아수라장이 됐다.

아직도 정신을 차리지 못하는 박보윤의 귓가에 부드러운 중저음이 들려왔다.

"괜찮아요?"

박보윤이 눈을 뜨자 내려다보는 태수의 얼굴이 보였다.

마치 사랑하는 연인을 걱정하는 남자처럼 눈빛이 불안하게 흔들리고 있었다. 모르는 사람이 봤다면 웹툰의 오프닝 장면을 찍는다고 오해할 만한 상황.

그런 태수의 눈을 바라보는 박보윤의 심장이 이상하게 설레었다. 아직 개양성의 능이 태수를 후광으로 감싸고 있기 때문인지도 몰랐다.

박보윤이 살짝 떨리는 음성으로 대답했다.

"저는…… 괜찮은 것 같아요."

"후우, 다행이네요."

안도의 한숨을 내쉰 태수가 먼저 일어나 박보윤의 손을 잡아 일으켜 줬다.

박보윤은 방금 전에 무슨 일이 일어난 건지 잘 모르고 있었다.

자신은 그저 바닥에 떨어진 모자를 줍는 연기를 하고 있었을 뿐이다.

태수가 몸을 날려 박보윤을 도로 밖으로 밀어내는 과정에서 그녀는 깜빡 정신을 잃었다. 지금 촬영 현장을 돌아보면서 막연하게 무슨 사고가 있었구나, 짐작만 할 뿐이었다.

박보윤의 매니저가 허겁지겁 모래사장을 달려왔다.

"보윤아, 괜찮아?"

"응, 오빠, 난 아무렇지도 않아."

"진짜 아무렇지도 않아?"

"그렇다니까. 근데 어떻게 된 거야? 난 기억이 하나도 안 나."

매니저가 믿어지지 않는 듯 박보윤을 살폈다. 여배우들은 몸에 작은 상처 하나에도 민감할 수밖에 없다.

놀랍게도 박보윤의 몸에는 긁힌 자국 하나 보이질 않았다.

"정말 천운이다. 어떻게 이럴 수가 있지? 내가 보기에 적어도 4-5미터는 날아가서 떨어진 것 같았는데."

"내가? 설마. 나 어디에 부딪힌 느낌도 없는데?"

"아냐, 전혀 기억이 안 나? 강혁이 널 구해 줬어."

박보윤이 새삼스러운 눈으로 태수를 돌아봤다.

조금 전 자신을 불안하게 바라보던 태수의 눈빛이 떠올랐다.

'그럼 날 걱정하며 바라보던 태수의 눈빛이 정말이었단 말인가?'

갑자기 뭉클한 감정이 밀려 올라왔다.

'뭐지? 왜 이 사람한테 자꾸만 이렇게 마음이 설레는 거지?'

박보윤이 어떤 대답을 기다리는 사람처럼 태수의 얼굴을 뚫어지게 응시했다.

태수는 그런 박보윤한테서 얼른 시선을 돌렸다. 딱히 이

상황을 설명할 말이 떠오르지 않았던 것이다. 어차피 설명해봐야 믿지도 않을 테고.

조금 전 사건은 분명 귀귀도의 저주와 관련이 있다는 확신이 들었다. 게다가 지금 먼 바다에서 짙은 안개가 계속 이쪽으로 다가오고 있었다.

12년마다 나타나는 귀귀도의 안개는 저주를 불러오는 안개다.

최선의 방법은 촬영 팀이 당장 이 섬을 떠나는 것이다.

하지만 이 정도 사고로 이들이 촬영을 접을지는 알 수가 없었다.

태수는 혹시 몰라 주문을 읊었다.

"귀기탐색."

공기가 흔들리며 주변을 보여 주는 지도가 허공에 나타났다. 역시나 짙은 안개 속에서 붉은 덩어리들이 꿈틀거리며 밀려오는 게 보였다.

그렇다고 지금 자신이 할 수 있는 일이 없었다. 자신은 그저 오디션을 통과해서 드라마 촬영을 앞둔 신인 배우에 불과하니까.

트럭에 부딪친 스턴트맨은 다리에 부상을 입었지만 심각한 정도는 아니었다. 만약 마지막에 크레인을 조종하지 않았다면 참혹한 참상이 벌어졌을 것이다.

예지 영상에서처럼 빠른 속도로 하강하던 스턴트맨과 가속으로 달려오던 트럭이 정면으로 충돌했다면 지금 이곳의 분위기는 완전히 달라졌을 것이다.

트럭을 운전한 기사가 넋이 나간 사람처럼 멍하니 바닥에 주저앉아 있었다. 사람들이 왜 그랬냐고 물어도 얼이 빠진 사람처럼 대답을 못 한 채 허공만 바라볼 뿐이었다.

태수는 그런 트럭 운전사를 가만히 지켜보다가 사고 트럭의 운전석으로 올라갔다. 운전사의 목을 휘감았던 검은 기운은 어디로 갔는지 보이질 않았다.

이곳에서 무슨 일이 벌어졌는지 알아야만 한다.

운전대에 손을 얹고 주문을 읊었다.

"사이코메트리."

화르르르륵.

허공이 흔들리며 운전대에 남아 있던 잔류사념이 눈앞에 떠올랐다.

운전사가 트럭을 운전하며 약속된 지점을 달려가고 있었다. 이때만 해도 시속 40킬로 정도의 느린 속도였다.

앞쪽에 박보윤이 모자를 줍기 위해 도로로 나오는 모습이 보였다.

트럭 안으로 검은 기운이 스며들어와 운전사의 목을 휘감는 게 보였다. 검은 기운이 기사의 귀와 눈으로 스며들어

갔다.

어딘가에서 누가 중얼거리는 것 같은 이상한 읊조림이 들려왔다.

'이게 무슨 소리지?'

트럭 운전사가 몸을 떨었고 검은 기운이 다시 밖으로 흘러나왔다.

검은 기운이 기사의 눈앞에서 뭉치더니 흐릿한 어떤 형체로 변해 갔다.

마치 사람의 얼굴을 연상시키는 모습이었다.

뜻밖에도 운전사가 눈앞의 형체를 보고 중얼거렸다.

"여보…… 당신이야?"

그러자 검은 기운의 형체가 어떤 여자의 모습으로 변했다.

여자의 모습으로 변한 검은 기운이 기사의 귀에 대고 속삭였다.

–밟아…… 밟아…… 밟아…….

소리에 저항하려는 듯 운전사의 입에서 침음이 흘러나왔다.

"으으으으."

–여보…… 밟아…… 여보…… 밟아…… 여보…… 밟아…….

운전사가 넋이 나간 사람처럼 중얼거렸다.

"여…… 여보……."

—밟아…… 밟아…… 밟아…….

이윽고 운전사가 소리에 굴복하듯 액셀을 깊숙하게 밟았다.

부아아아아앙!

트럭의 속도계가 급격하게 치솟았다.

트럭이 도로 위 박보윤을 향해 질주하기 시작했다.

그때 와이어를 타고 내려오던 스턴트맨의 다리가 트럭 지붕에 부딪쳤다.

쿵!

이어서 태수 자신이 도로로 뛰어들어 박보윤을 끌어안고 날아가는 모습이 보였다. 트럭이 아슬아슬하게 태수를 스치듯 지나갔다.

잔류사념에서 빠져나온 태수가 훅하고 숨을 토해 냈다.

'대체 뭐지?'

잔류사념만 봐서는 뭐가 뭔지 알 수가 없었다.

태수가 도로에 주저앉은 운전사에게 다가갔다. 운전사는 여전히 넋이 빠져나간 사람처럼 동공에 초점이 없었다.

"아저씨, 제 말 들리세요?"

운전사는 아무런 반응도 없이 멍하니 허공만 바라봤다.

태수가 운전사의 어깨에 손을 얹고 칠성의 능을 불렀다.

영적인 손상을 입은 사람의 혼을 치유하는 생기탐랑의 능이다.

허공이 흔들리며 메시지가 나타났다.

제1성인 탐랑성의 생기탐랑의 능이 작동합니다.

화르르르르륵.

태수의 손에 푸르스름한 항마의 기운이 서렸다. 그 푸른 기운이 얼빠진 운전사의 어깨로 넘어가 심장으로 흘러갔다.

운전사가 몸을 부르르 떨더니 침음을 뱉어 냈다.

"으헉!"

태수가 벌떡 일어나려는 운전사의 어깨를 눌러 앉히며 물었다.

"이제 정신이 드세요?"

트럭 운전사의 동공에 서서히 초점이 돌아왔다.

트럭 운전사가 갑자기 기억이 떠오른 듯 양손으로 얼굴을 감싸며 중얼거렸다.

"세상에, 내가 무슨 짓을 한 거야?"

"진정하세요, 다행히 크게 다친 사람은 없으니까."

트럭 운전사가 고개를 흔들며 중얼거렸다.

"모르겠어요, 내가 왜 그랬는지. 분명히 난 약속한 대로…… 아, 기억이 나질 않아요."

"아저씨 잘못이 아니에요."

트럭 운전사가 의아하게 태수를 돌아봤다.

"잘 생각해 보세요. 아저씨한테 누군가가 액셀을 밟으라고 계속 속삭이지 않았나요?"

"아뇨, 트럭엔 나 혼자 타고 있었어요. 근데 누가 그런……?"

말을 하던 트럭 운전사의 동공이 부풀어 올랐다.

트럭 운전사가 태수를 돌아보고는 흥분해서 말했다.

"마, 맞아요, 내게 그렇게 속삭인 사람이 있었어요."

"그게 누구였나요?"

트럭 운전사가 당시의 상황을 떠올리다가 몸을 부들부들 떨고는 말했다.

"말도 안 돼. 제가 그렇게 속삭인 사람은…… 죽은 제 아내였습니다."

"아저씨의 아내라고요?"

트럭 운전사가 주머니에서 휴대폰을 꺼내더니 바탕화면의 사진을 보여 줬다. 휴대폰 바탕화면에 트럭 운전사와 행복하게 웃고 있는 여자의 얼굴이 보였다.

놀랍게도 잔류사념에서 봤던 바로 그 여자였다.

트럭 운전사가 떨리는 소리로 말했다.

"그래요, 이제 기억이 납니다. 눈앞에 이상한 형체 같은 게 보였는데, 그 형체가 2년 전 병으로 죽은 아내의 얼굴로 변했습니다. 그러곤 그 형체가 아내의 목소리로 제 귀에 대고 속삭이기 시작했어요. 액셀을 밟으라고!"

"혹시 예전에 아내분이랑 이 귀귀도에 놀러 왔다던가……."

트럭 운전사가 고개를 저었다.

"아닙니다. 저도 귀귀도가 처음이고 제가 알기로 아내도 이 섬에 온 적은 없을 겁니다."

이해가 가지 않았다.

보통 그런 식으로 죽은 아내의 영혼이 나타나려면 이곳과 무슨 연관이 있어야 하는데.

게다가 검은 기운의 정체가 뭔지는 모르지만 너무 쉽게 트럭 운전사의 육신을 빼앗았다.

강력한 힘을 가진 악령이 인간의 영혼을 굴복시키고 그 육신을 차지하는 일은 현실에서도 종종 벌어지는 일이다.

〈모텔 파라다이스〉 촬영 현장에서 소영희와 강민지도 그렇게 악령에게 육신을 빼앗겼고.

근데 아무리 강력한 힘을 가진 악령이라도 그 짧은 시간에 트럭 운전사의 육신을 빼앗았다는 건 이해할 수가 없었다.

악령이 영혼을 굴복시키기 위해서는 최소한의 시간이 필요하다.

소영희와 강민지를 조종했던 악귀도 그들 주위를 맴돌며 서서히 영혼을 오염시켰다. 이후 정신이 나약해진 틈을 찾아 육신을 차지했던 것이고.

근데 이번 경우는 검은 기운이 트럭 안으로 들어가자마자 트럭 운전사의 영혼을 무력화시키고 육신을 차지했다.

'어떻게 그렇게 할 수가 있었을까?'

생각에 잠겨 있는 태수의 어깨를 누군가 붙잡았다.

"어? 선배님."

천길강이 특유의 시크한 표정으로 말했다.

"아까부터 자네를 계속 지켜봤는데, 혼자서 알 수 없는 행동을 계속하더군. 보윤 양과 스턴트맨을 구한 것도 모자라서 사고 트럭에 올라가서 뭔가를 조사하는 것 같기도 하고."

누군가 지켜보고 있으리란 생각을 못 했기에 무척 당황스러웠다.

천길강이 놀란 토끼 눈을 하고 쳐다보는 태수에게 부드러운 미소를 보였다.

"자네만 알고 있는 비밀이 있다면 내게도 알려 주면 안 되겠나? 혹시 아나? 내가 도움이 될지."

처음엔 경계심이 들었는데 천길강의 의도를 알고는 마음이 놓였다.

아니, 일부러 이렇게 관심을 가져 주니 고맙고 힘이 됐다. 혼자서 이 모든 상황을 감당하려니 엄두가 나지 않던 참이다.

"무슨 일인지 말씀드릴 수는 있는데 아마 믿지 못하실 거예요."

"일단 말부터 해 보라니까."

천길강의 눈빛이 사뭇 진지했다.

그 눈빛에 용기를 얻어 조심스럽게 입을 열었다.

"이곳 귀귀도에 12년마다 저주가 내린다는 전설이 있습니다."

"그건 나도 알고 있네."

뜻밖의 대답에 오히려 태수가 놀라서 눈을 부릅떴다.

"선배님도 알고 계신다신다고요?"

"웹툰에 김보미 작가가 이곳이 실제로 존재하는 섬이라고 주석을 달아 놓은 걸 보고 인터넷에서 찾아봤지. 방금 자네가 말한 그런 전설과 기사들이 제법 있더군. 물론 12년마다 그런 사건이 반복적으로 일어났다는 게 우연의 일치일 수도 있겠지. 하지만 난 그런 저주가 실제로 존재할 수도 있다고 믿는 사람이야."

갑자기 든든한 우군을 만난 기분.

태수는 자신이 영혼을 볼 수 있다는 얘기를 천길강에게 들려줬다.

천길강은 의외로 담담하게 태수의 얘기를 들었다.

트럭 운전사가 왜 갑자기 속도를 높여서 사고를 일으켰는지도 설명했다. 그것도 담담하게 들었다.

보통 사람들은 그런 얘기를 들으면 믿지 못하겠다는 표정을 떠올린다.

근데 천길강은 계속 진지하게 귀를 기울였다. 얘기를 모두 듣고 난 후에는 오히려 감탄하듯 말했다.

"자네가 아니었다면 지금쯤 와이어 타던 스턴트맨은 물론이고 보윤 양도 끔찍한 사고를 당했겠구먼."

"다른 사람들은 보통 제 말을 믿지 않는데 선배님은 다르시네요."

"내 나이 60줄이야. 다른 건 몰라도 사람 보는 눈은 있지. 자네 같은 사람은 허황된 거짓을 말할 사람이 아니야. 게다가 난 자네가 큰 사고를 막는 장면을 봤어. 미리 예측하지 않았다면 절대 그렇게 뛰쳐나갈 수가 없지. 그때부터 자네를 지켜본 걸세."

태수가 박보윤을 끌어안고 허공을 날아간 모습과 그럼에도 불구하고 조금도 다치지 않은 걸 두고 하는 말인 것 같았다.

천길강은 오랫동안 무술을 익힌 사람이다.

태수의 움직임만 봐도 예사롭지 않다는 걸 직감했을 것이다.

"지금부터 나는 자네 편이라고 생각해 주게, 앞으로 자네가 하는 어떤 얘기도 나는 믿을 테니까. 여기 있는 많은 사람들이 저주에 걸려서 위험에 빠지는 건 막아야 하지 않겠나."

태수가 뭉클한 마음으로 말했다.

"믿어 주셔서 감사합니다."

혼자서 끙끙대던 고민을 털어놓고 나니 속이 후련했고 심적으로도 의지가 됐다.

천길강이 먼 바다를 돌아보며 말했다.

"당장은 저기 몰려오는 안개가 가장 신경이 쓰이겠군."

"맞습니다, 귀귀도의 모든 재앙은 저 안개와 함께 발생했어요."

"그럼 촬영 팀을 철수시키는 게 안전한데."

"그러니까요."

천길강이 스태프가 모여서 긴급회의를 하는 모습을 보며 말했다.

"박 대표가 내려왔으니 쉽지는 않을 것 같아."

천길강의 말대로 드라마 제작사인 하늘픽쳐스 박영호 대표가 사고 소식을 듣고 득달같이 달려왔다.

박 대표는 김 피디를 비롯한 주요 스태프를 모아 놓고 긴급회의를 열었다. 촬영 강행이냐 철수냐를 놓고 스태프 사이에 갑론을박이 이어졌다.

아무래도 박 대표의 입김이 가장 크게 작용할 수밖에 없었다.

그래서 나온 결론은 촬영 강행.

박 대표는 내려올 때부터 무슨 일이 있어도 촬영을 강행시키려고 마음을 먹었다.

방송국하고 스케줄 조율 문제도 그렇고, 오늘처럼 값비싼 장비들이 모두 투입된 날에 촬영을 못 하면 제작비 손해가 이만저만이 아니다.

나중에 보충 촬영하는 문제도 배우 스케줄 때문에 골치가 아프고.

다행히 큰 부상은 아니라고 하니 그대로 밀어붙이면 될 것 같았다.

촬영을 재개하는 유일한 걸림돌은 박보윤.

사고에 대한 충격으로 놀란 박보윤이 촬영을 거부하면 답이 없으니까.

박 대표가 박보윤을 직접 불러서 사정을 설명했다.

사실 설명이라기보다는 압박에 가까운 설득.

"보윤아, 오늘 오프닝 못 찍으면 앞으로 스케줄 완전 꼬여. 잘못하면 철야로 찍어야 할 수도 있고. 제작 발표회도 연기될 거야. 드라마 방영 날짜? 그거 장담 못 하지. 지금 MBS 편성국 사정이 그래. 최악의 경우 방영이 무기한 연기될 수도 있어. 어떡할래?"

사실 제작사가 배우에게 압박을 줄 수 있는 방법은 수천 가지도 넘는다.

방송 현장에서 안전사고 일어나는 경우가 어디 한둘인가. 하지만 웬만한 사건 사고는 다들 덮고 촬영을 강행한다.

만약 보충 걸리면 주연배우는 스케줄 꼬이고 제작사는 살인적인 방송 스케줄의 압박을 받기 때문이다. 심지어 주연배우가 갈비뼈가 부러진 채로 촬영을 강행한 드라마도 있다는 얘기를 들었다.

그런 분위기를 잘 아는 박보윤이 무작정 촬영을 못 하겠다고 거부할 수도 없는 상황.

거기에 직설적입 화법으로 거침없이 밀어붙이는 박 대표의 스타일도 한몫했다.

박 대표가 말했다.

"정 걱정이 되면 도로에 나가는 건 너 말고 다른 대역으로 쓸게."

"아니에요, 그냥 제가 할게요."

박 대표가 속으로 안도했다.

'후우, 이제 됐다.'

김 피디가 조연출 이선재를 불렀다.

"와이어 탈 스턴트맨 있지?"

"한 명 있긴 한데 준비를 못 해서 제대로 연기가 나올지 모르겠습니다."

"일단 준비시켜. 정 안되면 짧게라도 써야지 뭐."

이미 오프닝 영상을 정상적으로 촬영하긴 어려워졌다. 최대한 땜빵이라도 하는 수밖에.

조연출이 촬영 재개를 알렸다.

"불미스러운 사고가 있어서 촬영이 지연됐습니다. 오늘은 오프닝 영상만 찍고 올라가겠습니다. 나머지 씬들은 다른 장소로 대체해서 갈 겁니다. 다들 촬영 준비해 주세요."

스태프가 다시 바쁘게 움직이기 시작했다.

트럭을 몰 운전사는 제작부원 중에서 뽑았다. 새로운 스턴트맨은 벌써 조끼에 와이어 줄을 매다는 중이었다.

태수는 어떻게 해야 할지 난감했다. 촬영을 멈추고 철수하는 게 최선이지만 자신이 그런 말을 할 수 있는 위치는 아니다.

그런 태수의 마음을 읽은 것처럼 천길강이 말했다.

"내가 한번 말해 볼 테니 잠시만 기다려 주게."

천길강이 김 피디에게 다가가더니 자못 심각하게 얘기를 나눴다.

아무리 연륜이 있다고 해도 천길강은 주연이 아닌 조연이다. 피디한테 촬영을 중지하라는 말을 한다는 게 몹시 부담스러운 위치다.

천길강의 말에 김 피디가 고개를 가로저으며 엷은 웃음을 짓는 모습이 멀리서도 보였다. 대충 무슨 얘기가 오가는지 알 것 같았다.

천길강이 허탈한 표정으로 돌아왔다.

"면목이 없네. 말이 전혀 통하질 않아. 원래 방송 하는 사람들이 귀신보다 스케줄을 더 무서워하는 사람들이라서."

"너무 신경 쓰지 마십시오. 선배님 도움이 필요하면 그때 말씀드릴게요."

태수는 천길강에게 촬영장을 두루 살펴 달라는 부탁을 하고 사고 트럭을 향해 다가갔다.

지금 자신이 할 수 있는 일은 촬영이 재개됐을 때 사고가 일어나지 않도록 조치를 취하는 것이다. 검은 기운이 다시 나타나 트럭 운전사를 조종할 수도 있으니까.

부적을 부르는 주문을 읊었다.

"축귀부."

화르르르륵.

공기가 흔들렸고 허공에 노란색 부적이 나타났다.

부적을 잡아서 트럭의 전면 유리에 붙였다. 적어도 부적이 효력을 발휘하는 동안은 트럭 안으로 악귀가 들어가는 일은 없을 것이다.

'후우, 아무 일이 없어야 할 텐데.'

촬영이 재개됐다.

박보윤이 친구들과 수다를 떨다가 바다를 보고 환호성을 질렀다. 강풍이 불어왔고 모자가 날아갔다. 박보윤이 모자를 줍기 위해 도로로 들어가자 모퉁이에서 트럭이 나타났다.

이전과 달리 트럭은 약속된 속도로 천천히 다가왔다. 그 사이에 와이어를 탄 스턴트맨이 트럭 앞으로 내려왔다.

"컷, NG!"

모든 게 순조로운가 싶더니 스턴트에서 NG가 났다.

스턴트맨이 배역에 대한 연습을 전혀 하지 못한 탓에 도무지 자세가 나오질 않았던 것이다.

와이어를 타고 허공에서 중심 잡는 것만도 쉬운 일이 아니다. 거기에 연습도 없이 멋진 자세까지 잡으라고 하니.

계속되는 NG.

스턴트맨도 지치고 스태프도 지쳐 갔다.

김 피디도 난감한 듯 양손으로 마른세수를 할 때였다.

"제가 와이어를 타 보면 어떨까요?"

저주가 깃든 안개는 계속 다가오고, 스턴트맨한테 맡겨 놨다가는 촬영이 언제 끝날지 알 수가 없었다.

김 피디가 다소 의아하게 태수를 바라봤다.

"태수 씨가 와이어를 타 봤나?"

"타 보진 않았지만 제가 운동신경이 좋은 편이라서 한번 타 보겠습니다."

김 피디가 고개를 저었다.

"저게 보기엔 쉬워 보여도 막상 타 보면 몸에 중심 잡기도 어려워. 저 친구도 와이어 여러 번 타 본 친구야, 그런데도 와이어 타고 연기까지 하려니까 자세가 안 나오잖아."

천길강이 다가와 말했다.

"피디님, 한번 시켜 보시죠. 아까 보윤 씨 구해 내는 거 보셨잖아요. 이 친구 운동신경이 상당히 좋아 보이더라고요."

김 피디의 미간이 좁혀졌다.

'참, 그렇지. 저 친구가 아까 보윤이를 구해 냈지?'

우연인지 실력인지 당시 태수의 움직임은 그 어떤 스턴트맨보다 매끄러웠다.

"그럼 한번 타 보든가."

태수가 안쪽에 와이어용 조끼를 입은 후 겉에 블랙 슈트를 걸쳤다. 와이어 조끼에 와이어 줄을 연결하고 나니 비로소 살짝 긴장이 됐다.

천길강이 엄지를 치켜올리며 응원을 했다.

"자, 그럼 올라갑니다."

와이어 기사의 말이 끝나자마자 쪼이는 압박감과 함께 몸이 허공으로 솟구쳐 올라갔다. 아래에서 볼 때보다 높이가 높았고 정말로 중심 잡기가 힘들었다.

태수가 허공에서 중심을 잡지 못하고 허둥대자 김 피디가 고개를 흔들었다.

"저렇다니까. 아이 씨, 오늘 촬영 어떡하냐?"

김 피디가 박영호 대표를 바라보며 푸념처럼 중얼거렸다.

"대표님, 아무래도 와이어 없이 가야 할 것 같은데요?"

"뭔 소리야? 그렇게 해서 그림이 나오겠어?"

"그럼 어떡합니까? 와이어 탈 사람이 없는데."

아래에서 옥신각신하는 사이 태수도 난감하긴 마찬가지였다.

퇴마행 때 귀기의 작용으로 높은 곳에서 뛰어내리는 것도 어렵지가 않았기에 선뜻 나섰던 것인데, 막상 허공으로 올라오니 생각했던 것하고 사뭇 달랐다.

괜히 욕심을 부렸다는 후회가 밀려드는 순간 칠성의 능이 작동하며 메시지가 나타났다.

제6성 연년 개양성의 능이 작동합니다!

칠성의 능 전수자를 보호하는 제6성 개양성이다.

칠성의 능이 작동을 하며 불안하던 마음이 사라지고 서서히 몸의 균형이 잡혔다.

'됐다!'

능의 힘이 작용하자 사방에서 보이지 않는 기운이 부력처럼 육신을 떠받쳤다. 물속에 둥둥 떠 있는 것처럼 중심을 잡는데도 어려움이 없었다.

태수가 와이어를 매단 채 허공에서 이런저런 자세를 잡아 봤다.

"감독님, 저기요!"

조연출의 말에 김 피디가 고개를 들었다.

허공에서 태수가 편안한 자세로 다양한 동작을 연습하고 있었다.

"저게 어떻게 된 거야? 갑자기 어떻게 저럴 수가 있어?"

"그 짧은 시간에 벌써 적응이 된 게 아닐까요?"

다른 스태프와 연기자들도 놀라운 시선으로 하늘을 쳐다봤다.

박 대표가 들뜬 목소리로 외쳤다.

“김 피디 뭐 해? 어서 슛 가지 않고.”

“아, 예, 알겠습니다.”

“자자, 마스터 샷으로 한 번에 갑시다!”

김 피디는 네 대의 카메라가 각각 잡아야 할 피사체를 지정해 줬다.

스턴트맨이 연기를 했다면 원거리에서 촬영해서 컷을 끊은 다음 태수의 클로즈업으로 붙여야 하지만, 강혁이 직접 와이어를 타고 내려온다면 완전히 다른 얘기가 된다.

이안 감독의 〈와호장룡〉을 아름다운 무협 영화로 꼽는 이유는 배우들이 직접 와이어를 타고 열연을 펼치는 모습을 편집 없이 롱 테이크로 보여 줬기 때문이다.

김 피디의 머릿속에 그것 못지않은 근사한 영상이 떠올랐다.

“1번 카메라, 강혁이 얼굴 클로즈업한 다음에 하강하면 줌아웃으로 길게 뽑으라고.”

“알겠습니다, 감독님.”

즉 태수의 얼굴 클로즈업에서 줌아웃이 되면 하강하는 태수의 움직임과 아득한 높이감이 함께 카메라에 담기게 된다. 그럼 드라마를 보는 시청자들 입장에서는 마치 영화를 보는 것 같은 생동감을 느낄 수가 있는 것이다.

김 피디가 하늘을 향해 소리쳤다.

"태수 군! 정말 괜찮겠어?"

태수도 마주 소리를 질렀다.

"네, 괜찮습니다!"

다들 긴장한 채 올 스탠바이.

"자, 레디…… 액션!"

김 피디가 큐 사인을 하자 박보윤이 연기를 시작했다. 조연출은 무전기로 트럭을 출발시켰고 이내 크레인이 작동했다.

태수도 마음을 다잡았다. 생각보다 빠른 속도로 몸이 아래로 하강했다.

멀리서 트럭이 오는 모습이 보였고 도로 위에서 모자를 줍는 박보윤도 보였다.

웹툰에서 저승사자 강혁의 움직임을 머릿속에 떠올렸다.

화르르르륵.

개양성의 능이 전신을 감쌌다.

머리카락과 블랙 슈트가 바람에 휘날렸고 전신에서 후광이 뿜어져 나왔다.

후광이라고 해서 눈으로 볼 수 있는 게 아니다. 마치 보정 처리한 사진처럼 화사하면서 우아한 느낌을 주는 은은한 기운이었다.

고개를 들고 하늘을 올려다보던 모든 이들의 입에서 소리

없는 탄성이 흘러나왔다.

아래로 하강하는 태수의 몸짓이 진짜 저승사자처럼 신비로우면서 아름다웠던 것이다.

이제 중요한 건 달려오는 트럭과 태수가 도로에 내려앉는 타이밍을 맞추는 일.

화르르르륵.

한 번 더 계양성의 능이 기운을 뿜어내며 태수는 한 치의 흐트러짐도 없이 도로 위로 내려앉았다. 트럭이 다가오는 타이밍도 딱 맞아떨어졌다.

시나리오의 지문대로 태수가 팔을 뻗어서 세상의 시간을 멈췄다. 아마 드라마 본편에서는 CG 효과가 들어갈 것이다.

트럭이 스르르 멈춰 섰고 뒤를 돌아보던 박보윤이 휘청하고 뒤로 쓰러졌다.

태수가 군더더기 없는 부드러운 동작으로 팔을 뻗어 쓰러지는 박보윤의 허리를 받쳤다. 시간이 정지된 상태에서 박보윤이 태수의 팔 안으로 들어왔다.

태수가 절절한 눈빛으로 박보윤을 내려다봤다. 두 사람의 시선이 허공에서 미묘한 감정으로 뒤엉켰다.

잠시 그렇게 정말로 시간이 멎은 듯했다.

김 피디가 연기를 끊고 싶지 않은 듯 마지못해 외쳤다.

"컷…… 오케이!"

귀귀도의 저주

오케이 사인에 박수가 터져 나왔고 촬영장이 술렁였다.

김보미는 물론이고 나란히 서 있던 양정애 작가도 손으로 입을 가린 채 말을 잇지 못했다.

그곳의 모든 시선이 태수에게 집중됐다.

다들 믿기지 않는 눈으로 모니터 앞으로 몰려들었다. 촬영한 장면을 다시 보기 위해서였다. 모니터 안에서 재생되는 동작 하나하나가 공연을 보는 것처럼 완벽했다.

연기 경력조차 없는 신인 배우라기엔 도무지 믿어지지 않는 연기였다.

여기저기서 '말도 안 돼'라는 소리가 연이어 들려왔다.

연기가 끝나고 집중력이 사라지자 태수를 감싸고 있던 칠성의 기운이 사라졌다.

태수는 다시 본래의 평범한 모습으로 돌아왔다. 물론 그 모습조차도 매력적인 강혁의 외모를 하고 있었지만.

바로 다음 촬영이 재개됐다.

태수가 박보윤을 안고 하늘로 솟구쳐 올라가는 고난이도의 씬.

물론 박보윤이 직접 올라가는 건 아니고 여자 대역을 쓰기로 예정되어 있었다. 이번 씬은 태수는 물론 여자도 와이어 줄에 매달려야 하기 때문이다.

대사는 나중에 커버리지 샷으로 촬영하면 되기 때문에 박보윤이 굳이 무리하게 와이어를 탈 필요는 없었다.

그런데 박보윤이 갑자기 의욕을 보였다.

"이 씬은 제가 직접 할게요."

박보윤의 말에 김 피디가 눈을 휘둥그레 떴다.

"직접 와이어를 타겠다고? 진짜?"

"네."

김 피디의 입꼬리가 올라갔다.

아무리 단순한 장면이라도 배우가 직접 하는 것과 대역이 하는 건 느낌이 다르다.

당연히 콘티와 앵글도 달라진다. 그렇게 해서 의외로 명장면이 나오는 경우도 많다.

"보윤아, 잠깐만."

매니저인 한기준이 박보윤을 데리고 가서 얘기를 나눴다.

“너 미쳤어? 이게 무슨 대단한 장면이라고 네가 직접 와이어를 타? 안 그래도 난 지금 아까 사고 때문에 마음이 조마조마한데.”

“저 지난번에 별빛 찍을 때도 와이어 탔었잖아요. 그리고 이번 씬은 연기라고 할 것도 없어요. 그냥 강혁한테 가만히 안겨만 있으면 되는 씬인데 뭘.”

“그러니까 내 말이. 그런 씬인데 왜 굳이 와이어를 타냐고. 그냥 대역 시키고 커버리지 샷으로 찍으면…….”

“지금 장태수 씨도 대역 없이 직접 와이어 타잖아요. 근데 나만 대역시키면 모양새가 좀 그렇죠. 이번 일은 제가 그냥 알아서 할게요.”

한기준은 단호하게 말하고 돌아서는 박보윤을 황당하게 바라봤다. 지금껏 저런 모습을 본 적이 없었던 것이다.

김 피디보다 더 흥분한 건 박 대표였다.

“보윤이가 직접 와이어를 탄다고? 와, 두 배우가 대역 없이 와이어 연기를 한다? 이런 걸 연기 투혼이라고 하는 거야. 자, 감독님 뭐 해요? 어서 갑시다.”

“오케이, 알겠습니다.”

김 피디도 마다할 이유가 없었다.

박보윤이 와이어를 타 주기만 한다면 꽤 근사한 영상을 찍을 자신이 있었다.

'그럼, 그렇고말고. 그림이 훨씬 낫지.'

원래는 원거리 샷만 찍을 예정이었다.

근데 지미 집에 카메라를 매달고 같이 올라가면서, 아득한 허공에서 이루어지는 두 사람의 로맨스 장면을 촬영할 생각을 하니 벌써부터 마음이 설레었다.

태수와 마찬가지로 박보윤도 와이어 조끼를 입고 줄을 매달았다.

"괜찮겠어요?"

태수의 물음에 박보윤이 눈을 반짝이며 고개를 끄덕였다.

"자, 갑시다!"

이번 씬에 앞에서 이어지는 연결 씬이다.

강혁이 쓰러지는 이초희의 허리를 받친 상태에서 촬영이 시작된다.

태수가 박보윤의 허리를 받치며 속삭였다.

"걱정 말아요, 다치는 일 없게 할게요."

박보윤이 걱정하지 않는다는 듯 웃어 보였다. 다른 사람도 아니고 상대가 장태수라면 정말로 걱정이 되지 않았다.

"레디…… 액션!"

김 피디의 큐 사인에 트럭이 출발했다.

태수가 박보윤을 안는 순간 와이어가 두 사람을 하늘로 잡아당겼다.

휘리리리릭.

하늘로 솟구쳐 올라가는 순간 박보윤이 저도 모르게 태수의 목을 꼭 끌어안았다.

박보윤의 얼굴이 태수의 볼에 밀착되며 닿았다.

지미 집에 매달린 카메라가 그런 두 사람을 비추며 따라오고 있었다. 연기라기보다 저절로 밀착될 수밖에 없는 상황이었다.

이제 대사를 해야 하는 시간.

박보윤이 촉촉한 눈으로 태수를 바라보며 대사를 했다.

"당신은…… 누구세요?"

태수가 강혁의 이미지에 집중하자 아직 몸 안에 남아 있던 생기탐랑 능의 기운이 작동했다.

수백 년 동안 찾아 헤맨 연인을 만난 저승사자의 감격스러운 마음이 심장을 두드렸고, 태수의 동공도 촉촉하게 젖어들었다.

태수가 깊은 눈빛으로 애절하게 바라보며 입을 열었다. 허스키하면서도 부드러운 중저음이 꿈결인 듯 흘러나왔다.

"오래전에 우린 약속했다. 어떠한 일이 있어도…… 서로의 얼굴을 잊지 말자고. 넌 잊었지만 난…… 한 번도 널 잊어본 적이 없다."

박보윤의 눈빛이 출렁하고 흔들렸다.

그 눈빛이 연기인지 실제 감정인지 박보윤 자신도 확신이 서지 않았다. 그만큼 태수의 목소리는 감미로웠고 그녀의 마음을 흔들었다.

'내가 대체 왜 이러는 거야? 야, 박보윤, 정신 차려.'

박보윤이 태수한테서 눈을 떼지 못한 채 눈빛이 촉촉하게 젖어 갈 즈음 갑자기 와이어가 출렁하고 흔들렸다.

"아악!"

박보윤이 비명을 지르며 태수를 힘껏 끌어안았다.

'이게 무슨 일이지?'

놀라서 아래를 내려다보던 태수의 입에서 침음이 흘러나왔다.

'세상에, 어떻게 된 거야?'

언제 다가왔는지 짙은 안개가 촬영장을 에워싸고 있었다. 스태프들의 머리 위로는 검은 기운이 둥둥 떠다니고 있고.

그 아래서 스태프들이 혼란스럽게 우왕좌왕하고 있었다.

다시 크레인이 흔들렸다.

"악! 어떡해요?"

와이어 줄이 꼬였고 박보윤이 태수를 더욱 세게 끌어안았다. 와이어 줄이 꼬이면서 허공에서 태수도 휘청거렸다.

이렇게 허공에 떠 있는 상황에서는 태수도 할 수 있는 게 없다.

스태프의 머리 위를 떠돌던 검은 기운이 트럭 운전사에게 했던 것처럼 몇몇 스태프들의 목을 휘감았다. 스태프들이 몸을 부르르 떠는 게 보였다.

안개가 짙어서 모두 볼 수는 없었지만 몇몇의 스태프들이 뭔가에 홀린 것처럼 바다가 있는 쪽으로 걸어가기 시작했다. 걸어가는 모습도 뭔가에 홀린 듯 기계적인 움직임이었다.

문득 트럭 운전사와 마찬가지로 저들도 검은 기운의 조종을 받고 있다는 생각이 들었다.

귀귀도에 12년마다 나타나는 짙은 안개.

그때마다 섬에 있던 많은 사람들이 익사체로 발견이 됐다는 기사가 떠올랐다. 그렇다면 그들도 저런 식으로 바다로 걸어 들어가 목숨을 있었단 말인가.

"이봐요, 가면 안 돼요! 바다로 들어가지 말아요!"

태수가 목청껏 소리를 질렀지만 그들에겐 아무런 소리도 들리지 않는 모양이었다.

몇몇 스태프들이 동료들의 앞을 막아섰지만 소용이 없었다. 검은 기운에 휩싸인 스태프들이 엄청난 힘으로 동료들을 집어 던졌던 것이다.

다시 와이어 줄이 출렁했다.

박보윤이 비명을 지르며 태수에게 매달렸다. 그녀의 입에서 가느다랗게 울음이 새 나왔다.

태수가 그런 박보윤에게 속삭였다.

"걱정 말아요, 보윤 씨. 날 믿어요."

박보윤이 태수의 가슴에 얼굴을 묻은 채로 고개를 끄덕였다.

물론 태수 자신도 지금 대책이 있을 리가 없었다. 하지만 허세라도 박보윤에게 그렇게 말을 해 주고 싶었다.

'대체 크레인이 어떻게 된 거야?'

짙은 안개 속에 가려져 있던 크레인이 서서히 모습을 드러냈다.

태수의 입에서 탄식이 흘러나왔다.

'맙소사.'

와이어를 조종하는 크레인 기사의 목 주위에 검은 기운이 휘감겨 있었던 것이다. 크레인 기사도 트럭 운전사처럼 악귀의 조종을 받고 있었던 것이다.

지금 태수가 떠 있는 허공은 지상으로부터 약 15미터 상공.

'이제 어떡하지?'

초조하게 아래를 살피는 태수의 시야에 천길강이 보였다. 천길강이 혼란 속에서도 걱정스러운 눈빛으로 태수를 올려다보며 손짓을 하고 있었다.

천길강은 안개 때문에 크레인 조종이 안 된다고 생각하고 있었다.

태수가 손으로 크레인 기사를 가리키며 검은 기운이 목을 휘감았다는 몸짓을 했다.

천길강한테는 검은 기운이 보이지 않는다. 하지만 이전에 트럭 운전사에 대한 얘기를 태수한테 들었기 때문에 무슨 일이 일어나 건지 금방 알아차렸다.

천길강이 크레인을 조종하는 기사에게 다가가 소리쳤다.

"이봐, 지금 뭐 하는 거야? 어서 내려 주라고!"

하지만 크레인 기사는 그 말에 아무런 반응을 보이지 않았다.

천길강이 다가가 팔을 잡자 크레인 기사가 고개를 돌렸다. 크레인 기사의 동공이 까맣게 변해 있었다.

"헉!"

놀라서 물러났던 천길강이 이내 다시 크레인 기사에게 달려들었다.

"이봐, 정신을 차리고 날 똑바로 보란 말야!"

천길강이 크레인 기사의 어깨를 움켜잡는 순간 크레인 기사가 엄청난 힘으로 팔을 휘둘렀다. 천길강의 몸이 수 미터를 날아가서 바닥을 굴렀다.

"으윽."

"선배님!"

허공에서 지켜보던 태수가 소리쳤고 천길강이 비틀거리며 일어났다. 그나마 모래사장이라서 충격은 크게 받지 않았다.

천길강이 크레인 기사를 노려보며 중얼거렸다.

"귀신인지 뭔지 모르겠지만 내가 그렇게 호락호락한 사람이 아니다."

천길강이 촬영 소품인 가검을 들고 와서 크레인 기사를 후려쳤다.

"이놈!"

"크악!"

크레인 기사가 괴성을 지르며 쓰러졌다.

천길강이 주위를 둘러보며 소리쳤다.

"여기 크레인 조종할 수 있는 사람 없어요?"

하지만 아무리 불러도 나서는 사람이 없었다. 다들 공포에 질려 안개 밖으로 나가기 위한 출구를 찾느라 여념이 없었다.

"이런 제기랄!"

천길강이 안타까운 표정으로 크레인을 살펴봤지만 도무지 뭐가 뭔지 알 길이 없었다. 그렇다고 쓰러진 기사에게 다시 크레인 조종을 맡길 수도 없는 노릇이고.

기사의 동공은 여전히 검은색으로 물들어 있었고 입에선 짐승의 괴성이 흘러나왔다.

그때 허공에 매달려 있는 태수의 휴대폰이 울렸다.

태수가 휴대폰을 받자마자 반갑게 외쳤다.

"신부님!"

―태수 군, 지금 어딘가?

"저 여기 안개 속에 갇혀 있는데 어디가 어딘지 알 수가 없어요."

―지금 나도 안개 속으로 들어와 있네. 촬영 팀은 보이는데 자네만 보이질 않아.

"그게 정말이세요? 전 지금 지상 15미터 상공에서 와이어 줄에 매달려 있어요."

–그래서 찾을 수가 없었군. 하늘에 매달려 있다고? 어디 보자…… 아, 지금 보이네. 세상에, 거기서 뭘 하는 건가?

태수에게도 신부복을 차려입은 강형진 신부가 짙은 안개 속에서 걸어 나오는 모습이 보였다.

"신부님, 저도 보입니다."

–거기에 왜 그러고 있어?

"저도 이러고 싶어서 있는 게 아니라 드라마 촬영 중에 사고가 좀 생겼어요."

–음, 내가 이제 뭘 어떻게 하면 되겠나?

"크레인 기사가 절 내려 줘야 하는데, 아무래도 악귀에게 홀려 있는 것 같아요."

–그 기사가 어디에 있는데?

태수가 아래를 살폈지만 어느새 안개가 밀려와서 크레인 기사의 모습이 보이질 않았다.

"혹시 천길강 씨라고 아세요? 얼마 전 사극 〈진덕여왕〉에 나왔던 분인데 그분이 사정을 알고 계세요."

–천길강 씨 잘 알지. 〈진덕여왕〉에서 팔숙 역할로 나왔던 그 무사분 아니야?

"네, 맞아요. 그분이에요."

–내가 제일 좋아하는 배우 분 중에 한 분이야.

"잘됐네요. 그분이 지금 신부님 바로 등 뒤에 계세요."

강현진 신부가 뒤로 돌아서자 뒤에 서 있던 천길강이 가볍게 목례를 했다.

강 신부도 천길강에게 목례를 하며 말했다.

"우리 태수 군이 곤경에 처한 모양인데, 무슨 크레인 기사 어쩌고 하는데 전 통 무슨 소린지 알아들을 수가 없네요."

천길강이 안개 속을 뒤지다가 쓰러져서 신음하는 크레인 기사를 찾아서 말했다.

"이 사람입니다. 이 사람이 크레인을 조종해야 태수 군을 내려 줄 수가 있는데, 저렇게 눈동자가 까맣게 변해서 짐승 소리만 내고 있으니 원."

강 신부가 미간을 찌푸리더니 품에서 성수병을 꺼내 들었다.

강 신부가 쓰러진 크레인 기사 앞으로 다가가 성호를 그은 후에 로사리오 9일기도에 수록된 구마경을 읊었다.

"천상 군대의 영광스러운 지휘자이신 성 미카엘 대천사여, 권세와 폭력과의 싸움에서 저희를 보호하시며……."

강 신부가 구마경을 읊자 크레인 기사가 고통스럽게 몸을 뒤틀더니 짐승처럼 이빨을 드러내고 으르렁거렸다.

"크르르르릉!"

강 신부가 그런 크레인 기사의 몸 위로 성수를 뿌리며 기도문을 읊어 나갔다.

"평화의 하느님께서 사탄의 세력을 저희 발아래 섬멸하여 사탄이 더는 인간을 지배하지 못하고……."

"크아아아악!"

크레인 기사의 몸이 활처럼 휘더니 입안에서 검은 기운이 토해져 나왔다.

"으흑."

강 신부가 얼른 힘없이 처지는 크레인 기사의 몸을 받쳤다. 크레인 기사의 가슴에 손을 댄 강 신부가 기도력을 방출해 크레인 기사의 몸을 감쌌다.

일종의 영적인 치유 의식이었다. 정신을 잃었던 크레인 기사가 천천히 눈을 떴다.

옆에 있던 천길강이 다가와서 물었다.

"이봐, 정신이 좀 드나?"

크레인 기사가 어리둥절한 표정으로 중얼거렸다.

"이게 어떻게 된 일인지……?"

"다른 소리 할 거 없고, 어서 크레인을 조종해서 허공에 떠 있는 배우들을 아래로 좀 내려 주게."

크레인 기사가 하늘을 올려다보고는 탄식을 뱉어 냈다.

"세상에, 내가 무슨 짓을 한 거야?"

기사가 일어나서 크레인을 조종하자 비로소 태수와 박보윤이 천천히 지상으로 내려왔다.

태수가 자신과 박보윤의 조끼에 끼워져 있던 와이어 줄을 풀어냈다.

박보윤이 기력이 다한 듯 풀썩 자리에 주저앉는 걸 태수가 재빨리 부축했다. 멀리서 가슴을 졸이며 보고 있던 박보윤의 매니저 한기준이 한달음에 달려왔다.

"보윤아!"

한기준이 박보윤을 부축하며 속상한 듯 말했다.

"그러게 내가 올라가지 말라니까 왜 올라가서는……."

한기준에게 박보윤을 맡긴 태수가 강 신부를 돌아봤다.

"신부님은 지금 무슨 일이 벌어지는지 아세요?"

"다른 건 몰라도 악귀가 소리로 사람들을 현혹하고 있다는 건 알지."

"소리요?"

"그래, 가만히 들어 보게."

태수가 숨을 죽이고 정신을 집중했다.

처음엔 들리지 않던 소리들이 고막을 자극하며 들려오기 시작했다. 평범한 인간의 고막으로는 결코 들을 수가 없는 초저주파로 이루어진 소리였다.

그러고 보니 트럭 운전사의 잔류사념 속에서도 속삭이는 것 같은 비슷한 소리를 들었다. 죽은 아내의 모습을 한 형체가 트럭 운전사의 귀에 대고 속삭였던 것도 바로 이런 소리였다.

강 신부가 말했다.

"정확한 건 모르겠지만 일단 내가 보기엔 악령이 사람들을 안개 속에 몰아 놓고 초저주파로 암시를 주면서 조종을 하는 것 같아."

태수도 고개를 끄덕이며 말했다.

"말하자면 이 안개로 공포심을 심어 줘서 사람들을 불안하게 만든 후에 소리로 현혹시킨다는 말씀이시죠?"

"그렇다네."

"그럼 대체 어떤 악귀가 이런 짓을 하는 걸까요?"

그때 태수의 눈에 막 바닷물로 걸어 들어가는 스태프의 모습이 보였다.

"신부님, 우선 바다로 걸어 들어가는 사람들부터 막아야겠어요!"

"알았네. 내가 기도문으로 악령의 소리를 혼란시킬 테니 자네가 사람들을 막게."

강 신부의 말은 악귀가 초저주파로 사람들을 현혹시켜 조종을 하고 있으니 기도문을 읊어서 대항하겠다는 뜻이었다.

초저주파와 마찬가지로 주문이나 기도문을 읊으면 공기 중에 비슷한 형태의 파동이 발생한다.

만약 주문이나 기도문을 읊는 사람이 영능력자이거나 독실한 신자라면 그 파동의 크기는 더욱 커지게 된다.

"무슨 얘긴지 알겠어요. 그럼 신부님은 기도문으로 초저주파의 힘을 방해해 주세요. 그동안 저는 사람들을 구하러

갈게요."

"그렇게 하게."

태수가 돌아서려는데 강 신부가 뒤늦게 생각난 듯 말했다.

"태수 군, 사람들에게 음악을 듣거나 노래를 부르라고 하게."

"네?"

"음악을 듣거나 혼자 노래를 흥얼거리면 초저주파의 영향을 훨씬 덜 받을 거야."

처음엔 의아했지만 이내 무슨 얘긴지 알 것 같았다. 음악이나 노래도 파동을 일으키는 소리니까 정신을 조종하려는 초저주파를 방해할 수가 있다는 말이다.

"무슨 말인지 알겠어요, 신부님."

태수가 스태프들을 구하러 모래사장을 향해 달려가자 강 신부는 성경 책을 펴 들었다.

휘이이이잉~.

마치 성경 펼치는 걸 방해하려는 듯 어디선가 거센 돌풍이 짙은 안개와 함께 몰려들었다.

시야를 거의 가릴 정도의 짙은 안개가 강 신부를 에워쌌다. 조금 전까지 보이던 모든 것들이 시야에서 사라졌고 안개 외에는 아무것도 보이지 않았다.

마치 자신만 다른 세상에 갇힌 것 같은 불길한 기분이 들었다.

몸이 휘청거릴 정도로 돌풍이 점점 더 거세졌다. 성경 책을 펼칠 수가 없을 정도였다.

강 신부의 머리카락이 엉클어졌고 책장이 바람에 이리저리 휘날렸다.

지옥에서 고통받는 영혼의 울부짖음 같은 소리가 사방에서 들려왔다.

–아아아악…… 사……려…… 줘

–몸이…… 뜨……거……워

–물…… 물…… 좀…….

–죽……여…… 줘…… 끄아아아악…….

사람인지 괴물인지 모를 무시무시한 울부짖음이다.

수많은 퇴마 현장을 다닌 강 신부지만 이런 일은 한 번도 겪어 보지 못했다. 안개 속에서 금방이라도 뭔가 튀어나올 것 같은 두려움이 강 신부의 마음을 흔들었다.

강 신부가 마음을 다잡기 위해 성경 책을 움켜잡았지만, 한 번 마음을 비집고 들어온 두려움은 쉽게 떨치기가 어려웠다.

바로 악령이 의도하는 바였다. 힘을 과시해서 강 신부에게 겁을 주고 마음에 두려움을 심어 주려는 목적.

두려움이 침투하면 믿음이 약해진다.

믿음이 약해지면 신성한 기도도 힘을 잃는다.

지금 사방에서 휘몰아치는 악령의 위력은 파라다이스 모텔에서 겪었던 백귀들과는 차원이 달랐다.

강 신부는 지금의 이 공간이 외부와 단절된 다른 차원의 공간이라는 걸 어렴풋이 짐작하고 있었다. 자신이 섬기는 하느님의 존재가 유독 멀게 느껴졌던 것이다.

악령은 이 넓은 지역과 이렇게 많은 사람들을 안개라는 자신의 결계 속에 가두고 제물로 희생시키려고 작정을 한 것 같았다.

강 신부가 안개를 노려보며 물었다.

"하느님의 이름으로 명하노니…… 대답하라. 너의 이름이 무엇이냐?"

휘이이이잉~!

악령이 강 신부의 질문을 비웃는 듯 돌풍과 울부짖음이 더욱 커졌다.

강 신부의 미간이 좁혀졌다.

강 신부가 바람에 책장이 마구 넘어가는 성경 책을 두 손으로 움켜쥐고는 눈을 감았다.

두려움에 맞설 수 있는 힘을 얻기 위해 스스로 선택을 한 것이다.

눈을 감자 두려움이 이전보다 더욱 커졌다.

강 신부는 마음속에서 점점 커지는 두려움을 억누르며 주님의 말씀을 떠올렸다.

평소엔 악령을 제압하기 위한 기도를 했지만 지금은 자신을 채찍질해 줄 말씀을 떠올렸다.

강 신부가 눈을 감은 상태로 중얼거렸다.

"너는 마음을 강하게 하고 담대히 하라. 그들을 두려워 말라. 그들 앞에서 떨지 말라, 이는 네 하느님 여호와 그가 너와 함께 행하실 것임이라. 반드시 너를 떠나지 아니하시며 버리지 아니하시리라."

마음의 두려움이 사라지는 게 느껴졌다.

마침내 강 신부가 눈을 떴다. 돌풍이 잔잔해지고 울부짖음이 멀어졌다.

강 신부가 한손엔 성경 책을 펼쳐 들고 다른 손엔 십자가를 움켜쥔 채 기도문을 읊기 시작했다.

레오 13세의 구마기도문이다.

"세상 전장에서 권세와의 싸움 중에 있는 저희를 보호하시어 사악한 마귀의 악의와 흉계로부터 저희를 방어하소서. 천주, 당신께서…… 세상을 두루 떠도는 마귀의 악령들을 하느님의 권능으로 결박하시고 하느님의 권능으로 그들을 지옥으로 추방하소서……."

강 신부의 맑은 목소리를 타고 공기 중에 파동을 일으키며 기도문이 번져 나갔다.

푸르스름한 강 신부의 기도력이 안개를 조금씩 밖으로 밀어내며 시야를 다시 밝혔다.

안개가 물러가며 무수한 사람들이 바다를 향해 좀비처럼 휘적거리며 걸어가는 모습이 시야에 들어왔다.

강 신부의 기도문과 기도력이 닿은 사람들은 바다로 향하는 발길을 멈추고 제자리에 서서 몸을 부르르 떨었다. 사람들의 마음속에서 악령의 속삭임과 강 신부의 기도가 맹렬하게 부딪쳤다.

사람들이 그 충돌을 견디지 못하고 하나둘 모래사장에 쓰러져서 힘겨운 신음을 토해 냈다. 그렇다고 그들의 몸에서 검은 기운이 사라진 건 아니었다. 바다로 향하는 발걸음을 잠시 늦추는 효과만 있을 뿐.

태수가 모래사장을 가로지르며 달려갔다.

바닷물로 들어가는 스태프는 제작부의 막내였다. 오늘 아침 귀귀도 해물 뚝배기를 아침 식사로 선정해서 사람들의 박수를 받았던.

“멈춰요, 멈춰!”

태수가 숨을 헐떡이며 막 허리까지 물속으로 들어가는 막내 스태프의 어깨를 낚아챘다. 고개를 돌리는 막내 스태프의 동공이 검게 물들어 있었다.

‘제기랄.’

“크르르르릉.”

막내 스태프가 이빨을 드러내며 금방이라도 달려들 것처럼 몸을 도사렸다.

가능하면 부적이나 영능력을 쓰지 않고 검은 기운을 몰아

내고 싶었다.

부적이나 영능력으로 무리하게 악귀를 몸에서 몰아내면 영적인 충격을 받아 후유증이 생길 수 있기 때문이다.

가장 최선은 힘으로 제압한 후 항마의 기운을 서서히 주입해서 저절로 검은 기운이 빠져나가게 만드는 것.

하지만 이런 난리 북새통에서는 그런 방법을 사용할 수 있는 여유가 없었다.

"어쩔 수가 없네요. 미안해요."

태수가 가쁜 숨을 고르며 주문을 읊었다.

"축귀부(逐鬼符)!"

화르르르륵.

태수의 손안에서 노란 빛이 일렁였다.

축귀부는 집 안에 침입한 악귀나 몸에 들어온 악귀를 내쫓는 데 힘을 발휘하는 부적이다. 으르렁거리며 위협하던 막내 스태프가 몸을 돌려 다시 바닷물로 걸어 들어갔다.

태수가 막내 스태프의 등에 부적을 붙이며 일갈했다.

"축귀!"

화르르르륵.

부적에서 노란 항마의 기운이 물감처럼 일렁이며 막내 스태프의 등 전체로 번져 나갔다.

"으흑."

막내 스태프가 침음과 함께 몸을 부들부들 떨기 시작했다.

이윽고 막내 스태프의 허리가 뒤로 꺾이며 입안에서 검은 기운이 토해져 나왔다.

"크억!"

검은 기운을 토해 내고 푹 쓰러지는 막내 스태프를 태수가 얼른 붙잡아 물 밖으로 끌고 나왔다.

막내 스태프를 백사장에 눕힌 후 생기탐랑의 능을 불러내 급하게 영적인 치유를 행했다.

막내 스태프가 의식을 차리며 깨어나는 모습을 본 뒤에야 겨우 자리에서 일어났다.

안개가 걷히며 반대편 상황이 보였다.

태수의 입에서 탄식이 흘러나왔다.

"미친."

반대편에서 수많은 사람들이 좀비처럼 흐느적거리며 바다를 향해 걸어가고 있었던 것이다.

그중에는 웹툰 원작자 김보미의 모습도 보였다.

태수가 김보미를 향해 달려갔다.

"작가님!"

태수가 불렀지만 김보미는 듣지 못한 채 계속 앞으로 나아갔다.

"작가님!"

태수가 김보미의 팔을 잡아서 돌려세웠다. 무섭게 돌아보는 김보미의 동공에 까만 물이 들어 있었다.

"크르르르릉."

이빨을 드러내고 으르렁거리는 김보미의 모습은 마치 뱀파이어 영화에서 뱀파이어로 변신한 소녀를 떠올리게 만들었다.

태수는 부적을 소환했다가 다시 집어넣었다.

남자보다 여자가 영적인 충격을 받으면 후유증이 오래간다. 특히 예민한 감성을 가진 작가나 배우 들은 더더욱 그런 후유증에 힘들어할 가능성이 높다.

얼마 전 〈모텔 파라다이스〉 촬영장에서 충격을 받았던 소영희가 아직도 심리적인 어려움을 겪고 있다는 얘기를 기사에서 봤다.

당시 태수가 생기탐랑의 능으로 치유를 해 줬음에도 불구하고 말이다.

게다가 김보미는 자신의 웹툰 배경이 된 이곳 귀귀도에서 이런 일이 발생한 탓에 누구보다 심적인 고통이 클 것이다.

태수가 김보미의 양쪽 팔을 움켜잡았다.

양쪽 팔이 잡힌 김보미가 이빨을 드러내고 으르렁거렸다.

"작가님, 정신 차려요!"

김보미가 어떻게든 달려들려고 힘을 쓰며 으르렁거렸다.

"크앙!"

태수는 물리지 않기 위해 뒷걸음질을 쳤다. 김보미는 양팔을 붙잡힌 채 태수를 물려고 계속 얼굴이 앞으로 다가왔다.

두 사람이 양팔을 잡은 채 원을 그리듯 제자리를 빙빙 돌았다.

태수가 김보미를 지켜보며 생기탐랑의 능을 불러냈다.

김보미를 잡고 있는 태수의 양손에 푸르스름한 기운이 서렸다. 생기탐랑의 기운이 마주 잡고 있는 김보미의 손으로 옮겨 갔다.

김보미의 몸이 점점 푸르스름한 기운으로 감싸였다.

생기탐랑의 기운은 악귀를 서서히 몰아내면서 동시에 치유의 기운을 함께 보내기 때문에 영적인 충격이 거의 없다.

태수가 김보미의 눈을 바라보며 간절한 목소리로 말했다.

"작가님, 날 봐요. 내가 누군지 기억을 해야 악귀를 몸에서 쫓아낼 수가 있어요. 그리고 작가님이 누군지도 기억해야 해요, 작가님!"

생기탐랑의 능으로 악귀를 몰아낼 때는 당사자의 의지가 중요했다.

김보미의 이마에 땀방울이 송골송골 맺혔고 입에서 신음이 흘러나왔다. 김보미가 스스로 싸우고 있다는 걸 알 수가 있었다.

마침내 손을 마주 잡고 빙빙 도는 김보미한테서 악귀의 힘이 조금씩 빠져나가는 게 느껴졌다. 이윽고 김보미의 몸에서 검은 기운이 흘러나왔다.

"으흑."

김보미가 무릎을 꿇었고 태수가 얼른 부축했다. 김보미가 태수의 품에 안겨 들어오며 흐느끼듯 말했다.

"장태수 씨 목소리는 들리는데 말을 할 수도, 몸을 마음대로 움직일 수도 없었어요."

"네, 알아요. 이제 괜찮아요."

태수가 김보미의 등을 두드리며 주변을 둘러보는데, 혼자 모래사장에 쪼그리고 앉아 있는 김찬의 모습이 보였다.

옆으로 사람들이 좀비처럼 지나가고 있었지만 김찬은 미동도 하지 않은 채 모래사장만 내려다보며 뭔가를 그리고 있었다.

"저기 김찬 씨가 있네요. 같이 가 봐요."

태수가 김보미를 데리고 김찬에게 다가갔다. 혹시라도 검은 기운에 의해 조종을 당할 수가 있어서 조심스럽게 김찬을 불렀다.

"김찬 씨."

아무런 반응이 없어서 어깨를 붙잡았다.

그제야 김찬이 고개를 들었다. 다행히 동공에 검은 기운의 흔적은 보이지 않았다. 대신 그토록 카리스마 있던 슈퍼스타의 얼굴에 지금은 두려움이 가득했다.

"김찬 씨, 여기서 뭐 해요?"

김찬이 아무런 반응도 보이지 않고 멍하니 태수를 바라봤다.

"김찬……."

말을 하려던 태수의 눈에 김찬의 귀에 꽂혀 있는 이어폰이 보였다.

태수가 김찬의 귀에서 이어폰을 빼냈다. 이어폰에서 김찬이 속한 보이 그룹 천성천하의 노래가 엄청나게 큰 음량으로 흘러나오고 있었다.

이제야 김찬이 왜 아무런 소리도 듣지 못하고 반응도 못했는지 알 것 같았다.

"대체 여기서 뭐 하는 거예요?"

김찬이 떨리는 음성으로 말했다.

"미, 미안해요. 난 너무…… 무서워서…… 매니저 형도 안 보이고 감독님도 안 보이고……."

말을 하는 동안 김찬의 온몸이 사시나무처럼 떨리고 있었다.

다행히 검은 기운한테 지배를 받지 않은 건 음악을 듣고 있었기 때문이다.

태수가 김보미를 돌아보고 말했다.

"여기 김찬 씨하고 같이 있어요. 그리고 둘이 이어폰을 하나씩 나눠 끼고 같이 음악을 듣도록 해요. 꼭 음악을 듣고 있어야 해요. 알았죠?"

두 사람이 고개를 끄덕였다.

박보윤은 자신의 스타크래프트 밴 안에서 혼자 오들오들 떨고 있었다. 이유는 알 수 없지만 자꾸만 온몸에 소름이 돋으며 음산한 기분이 들었던 것이다.

차라리 태수의 품에 안겨서 허공에 매달려 있던 때가 훨씬 포근했다.

'왜 이렇게 자꾸만 무서운 생각이 들고 온몸에 소름이 돋는 거지? 장태수 씨는 지금 어디에 있을까? 그 사람과 함께 있을 때는 그 높은 허공에 매달려 있는 위험한 상황에서도 안심이 됐는데. 실장님은 어디 가서 이렇게 안 오는 거야?'

박보윤은 자꾸만 몸을 움츠리면서도 자신의 주위를 맴도는 검은 기운은 알아보지 못했다.

그때 스타크래프트 밴의 문이 열리면서 한기준이 허옇게 질린 얼굴로 들어왔다.

"미친, 이게 무슨 일인지 모르겠네."

"왜요?"

"밖에 완전 난리야. 사람들이 전부 미쳐서 물속으로 뛰어 들어가고 서로 공격하고, 그리고……."

"그리고 뭐요?"

"사람들 눈동자가 까매. 눈동자가 까맣게 변해서 좀비처럼 걸어 다녀."

"흑."

"가만, 혹시 여기 들어올 수도 있으니까."

한기준이 얼른 밴의 잠금장치를 잠갔다.

박보윤의 눈이 불안으로 출렁거렸다.

"경찰에 연락 안 했어요?"

"연락을 왜 안 해? 진즉에 했지."

"근데요?"

"말도 안 되는 일이 벌어졌어. 경찰이 안개 때문에 우릴 못 찾겠대."

"그게 말이 돼요? 어떻게 안개 때문에 우릴 못 찾을 수가 있어요? 귀귀도가 그렇게 큰 섬도 아닌데."

"그러게 말야. 근데 그게 틀린 말도 아닌 것 같아."

"뭐라고요?"

"내가 바깥으로 나가려고 출구를 찾는데, 출구를 찾을 수가 없는 거야."

박보윤의 동그란 눈이 더욱 동그래졌다.

"대체 그게 무슨 소리예요, 출구를 찾을 수가 없다니? 아니, 그러지 말고 차라리 지금 우리끼리 밴 몰고 서울로 먼저 올라가요."

한기준이 자신의 머리를 감싼 채 가만히 숨을 죽이고 있다가 번쩍 고개를 들었다.

"내 말 못 알아듣겠어? 나갈 수가 없다고 했잖아. 뭔지 모르지만 여긴 우리가 있던 현실하고 다른 공간인 것 같다고."

"무슨 소린지 모르겠으니까 차근차근 알아듣게 설명 좀 해

봐요."

한기준이 벌겋게 핏발이 선 눈으로 말했다.

"원래 우리 밴에서 왼쪽으로 쭉 걸어가면 네가 촬영하던 그 해변 도로가 나와야 해, 그 해변 도로를 쭉 따라가면 읍내가 나오고. 근데 그 도로가 흔적도 없이 사라졌어. 죽어라고 걸어가면 다시 이 자리로 되돌아온다고. 그게 말이 돼? 계속 직선으로만 걸었는데 어떻게 다시 이 자리로 되돌아올 수가 있냐고!"

박보윤은 한기준이 하는 말이 도무지 믿어지지가 않았다. 어떻게 보면 한기준이 제정신이 아닌 것 같기도 하고.

박보윤이 휴대폰을 꺼내 소속사 정 대표한테 전화를 걸었다.

"여보세요? 대표님?"

휴대폰 너머에서 다급한 정 대표의 목소리가 흘러나왔다.

–보윤아, 너 지금 거기 어디야?

"저기 귀귀도 섬인데요. 지금 안개가 너무 심한 데다 여기 이상한 일이 일어나고 있어요. 근데 신고를 해도 경찰도 안 오고…… 여기 너무 이상해요."

–보윤아, 내 말 잘 들어. 지금 뉴스에서 귀귀도에 갔던 촬영 팀이 전부 실종됐다고 나오고 있어.

"네? 그게 무슨 소리예요?"

–귀귀도에 안개가 심한 지역을 경찰들이 수색을 했는데 촬영 팀의

흔적이 전혀 보이질 않는다는 거야. 거기 한 실장도 있어?

"네, 여기 같이 있어요."

—한 실장도 그렇고 보윤이 너도 그렇고 전화 연락이 안 돼. 전화를 하면 고객이 전화를 받을 수 없다는 메시지만 흘러나오고.

"아니에요. 제가 계속 휴대폰 들고 있었는……?"

말을 이어가던 보윤이 헉 숨을 삼키며 어깨를 움츠렸다.

그러고 보니 평소 수도 없이 쏟아지던 친구들의 카톡이며 전화가 지금까지 한 통도 오지 않았다는 걸 방금 깨달았던 것이다.

"대, 대표님…… 저희들 여기 다 살아 있어요. 그러니까…… 여보세요? 대표님……."

휴대폰에 이상한 노이즈가 끼어들면서 아무런 소리도 들리지가 않았다.

"아…… 어떡해?"

박보윤의 눈빛에 두려움이 떠올랐다.

옆에서 멍하니 허공을 보고 있던 한기준이 갑자기 머리를 감싸 쥐더니 비명을 질렀다.

"아, 진짜. 이놈의 섬 짜증 나 죽겠네."

그러자 박보윤의 머리 위를 맴돌던 검은 기운이 스르르 움직였다. 검은 기운이 한기준의 귀와 눈으로 스며들어갔다가 다시 밖으로 흘러나왔다.

한기준이 미간을 좁히며 중얼거렸다.

"이게 뭐지?"

조금 전까지는 보이지 않던 검은 기운이 지금은 눈앞에서 어른거리고 있는 걸 볼 수가 있었던 것이다.

박보윤은 그런 한기준을 돌아보며 고개를 갸웃했다.

자신의 눈에는 아무것도 보이질 않는데, 한기준은 뭔가가 보이는 사람처럼 아무것도 없는 허공을 멍하니 바라보고 있었던 것이다.

한기준의 미간이 점점 더 좁혀졌다.

눈앞에 떠 있던 검은 형체가 점점 사람의 형상으로 변해갔다.

한기준이 허공을 보며 중얼거렸다.

"어…… 엄마……?"

박보윤이 놀라서 한기준을 바라봤다. 여전히 그녀의 눈에는 아무것도 보이는 게 없었다.

한기준의 엄마 모습으로 변한 형체가 한기준의 귀에 대고 속삭였다.

—죽여…… 죽여…… 죽여…….

몸을 부들부들 떠는 한기준의 동공이 점점 검은색으로 변하기 시작했다.

태수는 물에 들어가는 사람들에게 부적을 붙여서 계속 밖으로 끌어내고 있었다.

"들어가면 안 돼요, 다들 밖으로 나와요!"

태수가 다시 스태프를 구하기 위해 달려가는 순간이었다. 갑자기 옆에서 누군가 튀어나와 태수에게 달려들었다.

"크앙!"

"헉."

옆에서 달려온 상대가 몸을 날려 태수의 옆구리를 들이받았다.

둘은 함께 뒤엉키며 백사장을 뒹굴었다. 상대가 위로 올라가서 엄청난 힘으로 태수를 누르며 목을 졸랐다.

위에서 누르는 사람을 보니 동공이 검게 변한 카메라 감독이었다.

원래도 덩치가 크고 힘이 센 사람이었다. 근데 검은 기운의 영향으로 모든 게 업그레이드된 것 같았다. 숨이 막혀서 주문을 읊을 수도 없는 상황.

"으으으."

그때 카메라 감독의 뒤에서 천길강의 얼굴이 스윽 나타났다.

천길강이 들고 있던 가검으로 카메라 감독의 등을 후려쳤다.

"크억!"

카메라 감독이 옆으로 쓰러졌다가 금방 다시 벌떡 일어났다.

카메라 감독이 화가 많이 난 듯 천길강을 노려보며 이빨을 드러냈다.

"크르르르르."

카메라 감독이 천길강에게 달려들기 위해 몸을 움츠렸다.

그 순간 카메라 감독의 등 뒤에서 노란 빛이 쏟아졌다. 태수가 손안에 부적을 소환했던 것이다.

"축귀!"

태수가 일갈하며 손에 쥐고 있던 부적을 카메라 감독의 등에 붙였다. 순식간에 항마의 기운이 퍼지며 카메라 감독의 전신을 노랗게 물들였다.

"크억!"

카메라 감독이 발작을 일으키듯 몸을 부들부들 떨다가 그대로 앞으로 꼬꾸라졌다.

카메라 감독의 얼굴이 모래사장에 처박혔다. 쓰러진 카메라 감독의 입에서 검은 기운이 스르르 빠져나오는 게 보였다.

태수는 비로소 안도의 한숨을 내쉬었지만, 천길강은 검은 기운을 볼 수가 없으니 여전히 긴장을 늦추지 못했다. 그는 카메라 감독이 다시 덤비면 후려치려고 가검을 움켜쥔 채 눈을 부릅뜨고 있었다.

"선배님, 이제 괜찮습니다."

"괜찮다니?"

"카메라 감독님 몸에 들어가서 육신을 조종하던 악귀의 기운이 방금 빠져나갔거든요."

천길강이 무슨 소린지 모르겠다는 듯 태수를 의아하게 바라봤다.

그때 태수의 말을 증명하듯 카메라 감독이 몸을 꿈틀거렸다.

"끄응."

카메라 감독이 자리에서 일어나 앉았다. 동공에 들어 있던 검은 기운도 보이질 않았다.

천길강이 놀라운 듯 중얼거렸다.

"이게 무슨 일이람."

천길강의 입장에서는 검은 기운도 볼 수가 없고 태수의 부적도 볼 수가 없으니 무슨 영문인지 알 수가 없었던 것이다.

태수가 손을 펼치고 주문을 외웠다.

"안명부(眼明符)."

화르르르르륵.

일전에 송현주에게 사용했던 무형의 노란 부적, 안명부가 허공에 나타났다. 안명부는 일정 시간 동안 영을 볼 수 있게 해 주는 부적이다.

태수가 안명부를 손에 넣자 천길강의 눈이 휘둥그레졌다. 아무것도 없는 허공에 손을 뻗어 뭔가를 잡는 시늉을 하자 태수의 손에서 노란 빛이 일렁이는 게 보였던 것이다.

눈을 휘둥그레 뜨고 바라보는 천길강에게 태수가 말했다.

"선배님 눈 한번 감아 보세요."

태수가 검지와 중지 두 개를 천길강의 이마에 가만히 갖다 댔다. 안명부의 기운이 손가락을 타고 천길강의 피부 속으로 스며들었다.

이윽고 천길강의 이마에 문신처럼 안명부의 도형이 새겨졌다.

눈을 뜨고 의아하게 주변을 둘러보던 천길강의 입에서 탄성이 흘러나왔다.

"이럴 수가!"

태수가 말했다.

"아마 시야가 푸른색으로 변했을 거예요. 마치 선글라스를 낀 것처럼요. 제가 선배님한테 부적의 기운을 불어넣었거든요. 그 기운이 몸에 남아 있는 동안은 영적인 존재들을 볼 수가 있을 거예요."

"세상에, 하늘에 떠다니는 저 검은 것들이 전부 악귀들이란 소리야?"

"네, 맞아요."

태수가 다시 주문을 읊었고 허공에 축귀의 부적이 떠올랐다.

축귀부를 천길강이 들고 있는 가검에 새겨 넣었다. 가검의 날에 처음부터 그렇게 새겨져 있었던 것처럼 부적의 도형이 생겨났다.

태수가 가검을 가리키며 설명을 했다.

"이전에는 그 가검으로 검은 기운에 오염된 사람들을 때려도 금방 다시 일어나서 달려들었을 거예요. 하지만 지금은 그 가검으로 때리면 그 사람들 몸에서 악귀의 기운이 빠져나갈 거예요. 사람들이 바다로 들어가지 못하도록 선배님이 가검으로 막아 주세요."

"그래, 알았어."

천길강이 신기한 듯 자신의 가검을 들고 바라보며 중얼거렸다.

"〈진덕여왕〉에서 팔숙 역할을 하던 때가 생각나는군."

"그리고 참 선배님, 좋아하는 노래 있으시죠?"

"노래? 노래야 많지. 근데 갑자기 노래는 왜?"

"노래를 흥얼거리세요. 그래야만 악귀에게 현혹되지 않아요. 그럼 부탁드릴게요."

태수가 달려가자 천길강이 고개를 갸웃했다.

"노래를 흥얼거리고? 그거야 어렵지 않지."

천길강이 구성진 목소리로 노래를 흥얼거리기 시작했다.

"울려고 내가 왔던가~ 웃으려고 왔던가~."

노래를 흥얼거리며 천길강이 검은 기운에 오염된 사람들을 찾아내 가검으로 후려쳤다.

그런 천길강의 눈에 김정훈 피디가 보였다.

"어이고, 저기 감독님도 악귀한테 조종을 받고 있네."

천길강이 다가가 앞을 가로막자 동공이 검게 변한 김 피디가 으르렁거리며 몸을 도사렸다.

천길강이 고개를 흔들며 말했다.

"그러게 내가 뭐라고 했소? 촬영 팀 철수시켜야 한다고 했소, 안 했소? 이게 다 박 대표하고 감독님 책임입니다."

검은 기운에 오염된 김 피디 귀에 그런 소리가 들어올 리가 없었다.

"크앙!"

김 피디가 그렁거리며 달려들었다.

천길강이 옆으로 살짝 발을 빼며 가검으로 김 피디를 후려쳤다.

"옆구리!"

옆구리에 가검을 맞은 김 피디가 괴성을 지르며 바닥에 쓰러졌다.

이젠 천길강도 발버둥을 치는 김 피디의 입에서 검은 기운이 토해져 나오는 모습을 볼 수가 있었다.

천길강이 동공에서 검은 기운이 빠져나간 김 피디를 부축해서 일으키며 말했다.

"감독님 미워서 때린 거 아닙니다. 오해하지 마세요."

태수가 안개 속을 헤매고 다니는데 날카로운 여자의 비명이 들려왔다.

어딘지 모르게 낯익은 비명 소리.

"보윤 씨? 보윤 씨 어딨어요?"

"아악! 여기요, 여기!"

태수가 소리를 따라 안개를 헤집고 들어가자 모래사장을 달리는 박보윤의 모습이 보였다.

"보윤 씨!"

태수의 목소리에 박보윤이 고개를 돌렸다.

"태수 씨!"

박보윤이 흐느끼며 태수를 향해 달려오는데 그녀의 뒤로 또 한 사람이 달려오는 게 보였다. 바로 박보윤의 매니저 한기준이었다.

박보윤이 숨을 헐떡이며 쓰러지듯 태수의 품에 안겼다.

"실장님이 이상하게 변했어요. 너무 무서워요."

"일단 내 뒤로 가 있어요."

태수가 박보윤을 자신의 등 뒤로 보낸 후 부적을 소환해서 달려오는 한기준을 기다렸다.

"크아아악!"

한기준이 태수를 향해 달려들었다. 슬쩍 몸을 빼면서 한기준의 다리를 걸었다. 한기준이 꼬꾸라지며 모래에 얼굴을 처박혔다.

태수가 쓰러진 한기준의 등에 부적을 붙였다.

"축귀!"

쓰러진 한기준이 몸을 부들부들 떨었고 이내 검은 기운이 흘러나왔다.

몸이 축 늘어지는 한기준의 가슴에 손을 대고 생기탐랑의 능을 흘려보냈다.

의식이 돌아온 한기준이 어리둥절한 얼굴로 중얼거렸다.

"내가 왜 여기에 있지?"

태수가 뒤에 숨어 있는 박보윤을 돌아보고 말했다.

"이제 괜찮을 거예요."

하지만 박보윤은 세차게 고개를 흔들며 태수의 팔에 더욱 절박하게 매달렸다.

"싫어요, 전 태수 씨하고 같이 있을래요."

그때 안개가 걷히며 강 신부의 기도문 읊는 소리가 들려왔다.

"신부님!"

"태수 군!"

소리를 듣고 강 신부가 안개 속에서 바삐 걸어 나왔다.

강 신부 옆에 불안한 표정으로 연신 주변을 두리번거리는 낯선 노인이 동행하고 있었다.

강 신부가 노인을 돌아보고는 말했다.

"어르신, 이쪽으로 오시지요."

강 신부가 노인을 태수에게 소개시켰다.

"이분은 귀귀도에서 오랫동안 살고 계신 주민이셔. 이분이 조금 전에 우릴 구해 주려고 안개를 헤치고 찾아오셨다는군.”

태수가 놀라서 되물었다.

“우릴 찾아왔다고요? 지금 밖에서는 저희를 못 찾는다고 했잖아요. 다들 저희가 실종된 걸로 생각하고 발칵 뒤집혔다고 하던데.”

노인이 여전히 불안한 눈빛으로 주변을 두리번거리더니 조심스럽게 말했다.

“그건 귀귀도의 저주 때문이오. 본명년의 저주가 사람들의 눈과 귀를 가리기 때문이지.”

“본명년이라니요?”

태수의 반문에 강 신부가 대신 설명해 줬다.

우리의 12간지처럼 중국 사람들도 열두 가지 동물을 채택해서 해마다 동물 하나를 뽑아 그 해에 태어난 사람의 띠로 삼았다고 한다.

그리고 중국 사람들은 자신들이 태어난 띠의 해를 ‘본명년(本命年)’이라고 불렀다. 본명년에는 액운이 끼어 있어서 좋지 않은 일들이 일어난다고 믿었다.

그래서 본명년에 걸린 사람은 액운을 쫓기 위해 빨간 양말을 신거나 신발에 빨간 밑창을 대는 등 액을 막기 위한 여러 방법을 사용한다.

그리고 본명년에 한을 품고 죽은 사람은 그 원한이 몇 배는 더 강하게 사무치게 된다고도 말했다.

얘기를 듣던 태수가 물었다.

"근데 그게 이 안개와 무슨 관련이 있다는 거죠?"

이번에는 노인이 대답했다.

"지금으로부터 48년 전의 일이오. 그날은 유난히 안개가 자욱하게 낀 날이었는데, 마일청이라는 조선족 사람이 이곳 귀귀도로 들어왔소."

노인이 예전 생각이 떠오르는 듯 먼 곳을 바라보는데 쪼글쪼글한 두 눈이 가늘어졌다.

그 마일청이라는 사내는 우리나라의 무당처럼 신기를 가지고 있던 사내였다고 한다.

마일청이 섬에 들어온 후부터 마을에 이상한 일이 일어나기 시작했다. 섬에 모든 사람들이 스스로 음식과 돈을 마일청에게 갖다 바치기 시작한 것이다.

노인이 혼란스러운 표정으로 말했다.

"그때는 몰랐소. 우리가 마음에 두지도 않은 그 사람한테 왜 음식과 돈을 갖다 바치는지. 그러다가 마을에 한 청년이 결혼을 했는데 그 아내 되는 젊은 여자가 마일청의 집에 가서 잠을 자고 온 거요. 신랑이 아내를 죽인다고 펄펄 뛰자 그 여자는 왜 자신이 마일청과 잠을 잤는지 모르겠다고 하소연을 하였소."

노인이 잠시 숨을 돌리고는 계속 말을 이어나갔다.

"나중에 마을 사람들은 마일청이 사람들의 마음을 움직이는 이상한 힘이 있다는 걸 알았소. 그런 마일청을 사람들은 요물이라고 생각한 거요. 그날도 귀귀도에 안개가 자욱하게 끼던 날이었소. 화가 난 마을 사람들이 모두 마일청의 집으로 몰려가서 그를 몽둥이로 때려죽였소."

쪼글쪼글한 주름 속에 감춰진 노인의 눈빛이 파르르 떨렸다.

노인이 깊은 한숨을 내쉬고는 말을 이어 갔다.

"우린 마일청의 시신을 그의 집 아래에 묻었소. 이후 마을엔 더 이상 변고가 일어나지 않았소. 근데 마일청을 죽인 지 12년이 되는 해에 한 번도 보지 못한 짙은 안개가 나타났지. 그러곤 사람들한테 마일청의 목소리가 들려오기 시작했소. 그 목소리를 들은 마을 주민들은 뭔가에 홀린 것처럼 스스로 바다로 걸어 들어가서 죽었소. 경찰에선 자살이라고 했지만 말도 안 되는 소리야."

노인이 고개를 설레설레 흔들었다.

태수가 조심스럽게 물었다.

"그럼 아까 본명년이라는 얘기는 무슨 소린가요?"

"우리가 마일청을 죽인 해가 바로 마일청의 본명년이었소. 마일청이 그해가 자신의 본명년이라서 액운을 막기 위해 1년 내내 빨간 양말만 신고 다닌다고 떠들고 다녔거든. 말하자면 본명년의 저주에 걸린 자를 죽인 거요."

강 신부가 그제야 알겠다는 듯 깊게 한숨을 내쉬었다.

"그래서 12년마다 재앙이 몰려오는 것이군요."

노인이 참담하게 고개를 끄덕였다.

"마일청을 죽인 건 우리 잘못이지만 그는 악마였소. 그와 얘기를 나누고 나면 누구든 그의 말을 듣게 되어 있소. 그게 누구든!"

노인은 진저리가 난다는 듯 다시 몸을 부르르 떨었다. 쪼글쪼글한 얼굴에도 공포의 기색이 선명하게 드러나 보였다.

태수가 도무지 모르겠다는 표정으로 말했다.

"혹시 마일청이 사람들의 마음을 움직이는 모습을 본 적이 있으세요?"

"봤지, 여러 번 봤소. 마일청과 얘기만 나누어도 사람들은 그 사람 앞에서 넋을 잃었소. 정말 무서운 일이었소."

태수가 조심스럽게 말했다.

"죄송한데 어르신. 제가 손을 한번 잡아 봐도 될까요?"

노인이 의아한 표정으로 보다가 이내 고개를 끄덕였다.

"그러시오."

노인이 검게 검버섯이 피어 있는 쪼글쪼글한 손을 앞으로 내밀었다.

"당시 마일청이 다른 사람과 얘기를 나누거나 조종하는 기억을 떠올려 주세요."

태수가 노인의 거친 손을 잡고 조용히 주문을 읊었다.

"사이코메트리."

만약 물건이라면 잔류사념이 남아 있을 리가 없다. 워낙 오래된 일이니까.

하지만 사람의 기억은 다르다. 인상적인 기억, 특히 무서웠던 기억은 아무리 오래된 기억이라도 어제 일처럼 생생하게 기억하게 된다.

화르르르륵.

공기가 흔들리며 노인의 기억이 떠올랐다.

영상은 지금으로부터 48년 전 귀귀도의 허름한 농가에서 일어났던 일들이다.

한 50대 남자가 30대 초반의 마일청에게 삿대질을 하며 소리를 지르고 있었다. 당시 노인은 대문 밖에 숨어서 두 사람을 지켜보고 있었고.

삿대질을 하며 욕을 하던 50대 남자가 어느 순간 목소리가 잦아들더니 이윽고 마일청의 앞에서 무릎을 꿇었다.

그러곤 스스로 땅에 머리를 박고 고개를 드는데 이마에서 피가 줄줄 흘렀다.

마일청은 그런 남자에게 침을 뱉기도 하고 발로 차기도 했다. 마일청이 남자를 폭행하고 희롱했지만 남자는 전혀 반항을 하지 않았다.

남자가 피투성이 얼굴로 자리에서 일어나더니 마일청에게 넙죽 인사를 하고는 영혼 없는 사람처럼 비실비실 그 집을 나섰다.

"후우."

영상에서 빠져나온 태수가 깊게 숨을 내쉰 후 강 신부를 돌아보고 말했다.

"이제 어떻게 된 일인지 알 것 같아요. 마일청은 악마나 신기가 있는 사람이 아니라 최면술사였던 것 같아요."

강 신부의 눈이 커졌다.

"최면술사라고?"

노인도 그게 무슨 말이냐는 듯 옆에서 눈을 껌뻑거렸다.

"예. 어떤 사람이 마일청에게 화를 내고 있었는데 마일청의 입술이 계속 움직이고 있었어요, 최면을 거는 것처럼. 잠시 후 상대방은 마치 최면에 걸린 것처럼 자신의 의지가 사라지고 마일청이 말하는 대로 움직이기 시작했어요."

강 신부가 침음과 함께 고개를 끄덕였다.

"최면이라…… 그럴 수 있겠네. 당시 사람들은 최면술사가 뭔지도 몰랐을 테고 마일청이 악마처럼 무섭게 보였을 수도 있겠어."

태수가 최면이라는 단어를 떠올리며 새삼스러운 눈으로 주변을 둘러봤다.

태수가 사람들 사이를 뛰어다니면서 음악을 듣고 노래를 흥얼거리라고 알린 덕분에 대부분의 사람들이 휴대폰으로 음악을 듣고 있었다. 몇몇은 큰 소리로 노래를 부르기도 하고.

박보윤은 천길강, 김보미, 김찬 등과 함께 모여 있었다. 김찬과 김보미도 지금은 휴대폰의 노래 대신 천길강의 노래를 듣고 있었다.

태수가 말했다.

"보기엔 괜찮아 보이지만 지금 우리 모두는 최면에 걸려 있어요. 이 안개의 공간에서 빠져나가지 못한다는 게 증거예요."

강 신부도 고개를 끄덕였다.

"나도 예전 신학 공부를 할 때 최면에 대해 관심을 가진 적이 있어. 허허벌판에 있는 사람한테 최면을 걸었더니 아늑한 자신의 집에 있다고 착각을 하더군. 지금 여기 있는 모든 사람들, 아니 밖에서 우릴 찾고 있는 경찰들까지도 모두 집단 최면에 걸렸다면 우린 서로 가까이에 있으면서도 알아보지 못할 수가 있어."

"맞아요, 신부님. 저도 글 쓸 때 최면에 대한 자료를 본 적이 있어요. 우린 지금 얕은 최면에 걸려 있을 거예요. 얕은 최면에 걸리면 우리처럼 공간에 대한 착각을 해요. 근데 만약 깊은 최면에 걸린다면 최면술사가 조종하는 대로 움직이게 되죠. 바다로 걸어 들어가는 것 같은."

그러자 한 가지 의문이 떠올랐다.

다른 모든 사람들은 최면에 걸리는데 왜 앞에 있는 노인은

최면에 걸리지 않았을까.

최면에 걸리지 않았기에 안개 속으로 들어와 자신들을 찾을 수 있었던 것이다.

태수가 의아한 표정으로 노인에게 물었다.

"할아버지는 어떻게 최면에 걸리지 않으셨어요?"

노인이 귀에서 조그만 기계를 빼내더니 두 사람에게 보여줬다.

"보청기요. 난 이게 없으면 거의 소리가 들리질 않소. 예전에는 보청기가 없어서 귀머거리처럼 살았지."

태수가 '아' 하고 고개를 끄덕였다.

귀가 들리지 않는 노인은 최면에 걸리지 않는다.

이제는 확신이 들었다.

마일청은 최면술로 사람들을 부리다가 죽임을 당했고 그 후에 본명년의 저주로 원한령이 된 것이다.

마일청은 자신의 모든 귀기를 최면을 거는 데 사용했을 것이다. 그랬기에 이 많은 사람들을 최면으로 현혹할 수 있었다.

그 말은 곧 최면에 걸리지만 않으면 마일청의 원혼을 제령하는 건 그리 어렵지 않다는 것.

태수가 팔짱을 낀 채 중얼거렸다.

"마일청의 원혼이 어디에 있는지만 알면 어렵지 않게 제령을 할 수 있을 텐데."

노인이 말했다.

“내가 마일청의 원혼이 어디에 있는지 알고 있소. 날 따라 오시오.”

노인이 먼저 안개를 헤치며 앞서서 걸어갔고 둘은 노인의 뒤를 따라 걸었다.

둘의 눈에는 안개만 보이는데, 앞서 걷는 노인이 이렇게 중얼거렸다.

“가능하면 왼쪽으로 붙어서 따라오시오. 오른쪽이 바다라서 자칫하면 빠지니까.”

5분여를 앞장서서 걸어가던 노인이 걸음을 멈추고 두 사람을 돌아봤다.

“여기가 마일청의 원혼이 있는 곳이요.”

태수가 주변을 둘러보니 온통 안개밖에는 보이지 않았다.

“전 안개밖에 보이질 않는데요?”

“내가 서 있는 여기까지 오시오.”

노인이 서 있는 곳까지 걸어가서 고개를 든 태수의 눈이 휘둥그레졌다.

눈앞에 투명한 막이 벽처럼 앞을 가로막고 있었던 것이다. 더욱 놀라운 건 투명한 벽 너머에 허름한 집이 보였고 그 집 마당 평상 위에 앉아 있는 남자와 풍경이 눈에 익는다는 것이다.

지금 눈앞의 장면은 노인의 잔류사념 속에서 봤던 마일청과 그의 집이었다. 아마도 원혼인 마일청이 영력으로 만든 시공간인 모양.

"이럴 수가, 신부님, 저기 마일청이 있어요."

마일청이라는 말에 강 신부도 다가와서 투명한 장막 너머를 바라봤다.

"저 사람이 마일청이라고?"

이번엔 노인이 의아한 눈빛으로 태수에게 물었다.

"젊은이가 어떻게 마일청을 아시오? 저 사람은 48년 전에 죽은 사람인데."

"전 어르신의 기억 속에서 마일청의 얼굴을 본 거예요."

노인은 도무지 이해할 수 없다는 표정으로 태수를 빤히 바라보다가 뒤로 물러서며 말했다.

"난 아직까지 한 번도 저 장막 너머로 넘어가 본 적이 없소. 앞으로도 그럴 거고."

태수가 투명한 장막 안으로 손을 밀어 넣자 팔이 쑥 들어갔다.

강 신부도 장막 안으로 몸을 들이밀었다.

두 사람이 장막 너머로 들어가자 주변의 공기가 흔들렸고 평상에 앉아 있던 마일청이 고개를 돌렸다.

마일청이 이미 두 사람을 알고 있는 것처럼 말했다.

**—용케도 여기까지 왔군.**

신기한 건 마일청의 목소리가 귀가 아닌 머릿속에서 울린다는 사실이었다.

그리고 이어지는 작은 속삭임.

그러자 허공이 흔들리며 눈앞에 메시지가 나타났다.

제6성 연년 개양성의 능이 작동합니다!

태수가 고개를 갸웃했다.

제6성인 개양성의 능은 칠성의 능 전수자를 보호하는 능이다.

'이상하네. 지금은 아무런 위협도 없는데 왜 개양성의 능이 작동을 하는 거지? 설마 이것도 오류가 나는……?'

문득 느낌이 이상해서 옆을 돌아보니 강 신부가 몸을 부르르 떨고 있었다.

"신부님?"

태수가 불렀지만 강 신부는 반응이 없었다.

'가만, 그렇다면 혹시 조금 전에 머릿속에서 들려오던 속삭임이 마일청이 나한테 최면을 걸려고 했던 거야? 그걸 위협으로 인지한 개양성의 능이 저절로 작동을 했던 것이고?'

이제야 알 것 같았다.

마일청은 사람들에게 이런 식으로 최면을 걸어 자신이 원하는 목적을 이뤘다. 그저 잠깐 얘기만 나눴을 뿐인데 사람들은 어느새 마일청의 최면에 걸려 그의 노예가 됐으니까.

'퇴마사제인 강 신부님마저 저렇게 쉽게 최면에 걸리다니.'

태수도 개양성의 능이 아니었다면 강 신부와 똑같이 깊은 최면에 걸렸을 것이다.

태수는 생기탐랑의 능을 이용해 강 신부를 깨우려다가 그만뒀다. 일단은 마일청이 방심하도록 두는 게 좋을 것 같았던 것이다.

태수가 자신도 최면에 걸린 것처럼 몸을 떨었다.

강 신부의 눈앞에서 검은 기운이 뭉치더니 사람의 형상으로 변해 갔다.

강 신부가 몸을 떨며 중얼거렸다.

"소, 소현아……."

마일청은 당연히 태수도 최면에 걸렸으리라 생각한 듯 낄낄거리며 강 신부를 조롱했다.

**-파문을 왜 당했나 했더니, 자신의 여동생을 구제하려다가 오히려 죽게 만들었군. 킬킬킬.**

강 신부의 눈에서 굵은 눈물이 주르륵 흘러 내렸다.

"소, 소현아……."

마일청이 강 신부의 주위를 맴돌며 말했다.

**-무릎을 꿇어라, 사제.**

마일청의 말에 강 신부가 저항하듯 몸을 부들부들 떨었다.

**-다시 명령한다. 난 네가 모시는 신보다 위대한 존재다. 무**

릎을 꿇어라, 사제.

강 신부의 입에서 고통스러운 신음이 흘러나왔고 한쪽 무릎이 꿇리는 순간 태수가 나서며 일갈했다.

"간악한 악귀 같으니라고!"

―으헉!

마일청이 놀라서 태수를 돌아봤다.

태수의 손에는 설호검이 들려 있었다.

검의 날에서는 뇌전(雷電)의 기운이 파지직거리며 튀어 오르고 있었다.

설호검이 공기 중에 있는 뇌전의 기운을 모으는 중이었다. 마일청을 제령하고 이 시공간을 부수려면 가능한 많은 뇌전의 기운이 필요했다.

마일청이 기겁을 하며 말을 더듬었다.

**―어, 어떻게 네놈이 멀쩡할 수가 있지?**

"살아서도 사람들을 현혹시켜서 자신의 욕망을 채우더니, 죽어서도 정신을 못 차리고 간교한 재주로 선량한 사람들을 죽음으로 내모는구나."

마일청이 태수를 바라보며 재빠르게 입술을 달싹거렸다. 머릿속에서 마일청의 속삭임이 들려왔고 그 순간 눈앞에 메시지가 나타났다.

[제6성 연년 개양성의 능이 작동합니다!]

공기가 출렁이며 개양성의 기운이 태수를 휘감으며 최면으로부터 보호했다. 덕분에 마일청의 최면은 태수에게 전혀 통하질 않았다.

태수의 입꼬리가 올라가자 마일청의 원혼이 부들부들 떨기 시작했다.

**—마, 말도 안 돼. 어떻게 내 최면에 걸리지 않을 수가 있는 거지?**

"각오해라."

태수가 서서히 설호검을 들어 올렸다.

**—자, 잠깐만.**

마일청이 천천히 뒤로 물러서더니 순식간에 모습이 흐려졌다.

"어딜 도망가려고? 그래 봤자, 소용없어!"

태수가 푸르스름한 기운이 파지직거리는 설호검을 들어 허공을 향해 내리치며 일갈했다.

"뇌전!"

순간 설호검에서 흰 빛이 폭사하며 엄청난 에너지와 충격파가 주변으로 번져 나갔다. 공기가 출렁하고 흔들렸고 충격파가 파도처럼 주변으로 번져 나갔다.

눈에 보이던 모든 허상들에 균열이 생기기 시작했다.

눈앞에서 사라졌던 마일청의 비명이 들려왔다.

**—끄아아아악!**

허상의 공간이 무너지며 영체가 갈기갈기 찢어진 마일청의 영이 모습을 드러냈다.

—으으으윽.

찢어진 영체에서 그동안 마일청이 품고 있던 귀기가 쏟아져 나왔다.

마일청의 찢어진 영체가 고통을 호소하며 울부짖었다.

—끄아아아악!

지금의 상태 그대로 마일청을 버려두면 영체가 조금씩 풀어지면서 결국엔 소멸하게 된다. 그 과정에서 마일청은 엄청난 고통을 겪게 되고. 사람으로 치면 매일 조금씩 살점이 떨어져 나가는 고통이다.

문제는 영체가 완전히 해체되기까지 며칠이 걸릴지 몇 년이 걸릴지 모른다는 것.

아무리 악귀라고 하나 저런 고통을 방치하는 건 너무 가혹하다는 생각이 들었다. 어쨌든 자신도 살해당한 원한이 있었을 테니.

태수가 인을 맺고 광명진언을 읊었다.

광명진언은 지옥 아귀 축생 등의 나쁜 세계를 없애는 진언인 동시에 업장을 소멸시킨 후 영을 천도하는 진언이다.

태수는 마일청의 영을 천도하는 대신 소멸시킬 작정이었다.

"옴 아모가 바이로차나 마하무드라……."

광명진언이 공기 중으로 파동을 일으키며 퍼져 나가자 가상의 공간이 무너지는 속도가 더욱 빨라졌다.

이윽고 마일청의 영이 완벽하게 해체되며 허공으로 사라졌다.

잠시 후 서늘한 한기가 몸 안으로 스며들더니 눈앞에 메시지가 떠올랐다.

귀기를 흡수했습니다.

최면에 걸려 있던 강 신부가 그제야 정신이 돌아와서 태수를 돌아봤다.

"혹시 내가 무슨 이상한 행동을 한 게 있었나?"

"아뇨, 전혀요."

태수가 시치미를 떼고 돌아섰다.

눈앞에도 안개가 사라지고 허상의 공간이 사라졌다.

놀랍게도 실종된 촬영 팀과 수색을 나온 경찰들이 서로 한 공간에 뒤섞여 있는 모습이 보였다. 다들 집단 최면으로 바로 옆에 있으면서도 서로를 알아보지 못했던 것이다.

마일청은 촬영 팀은 물론 수색을 나온 경찰들에게도 최면을 걸었다.

촬영 팀에겐 길이 없이 안개 속에 갇혔다는 암시와 최면을 걸었고, 수색을 나온 경찰들에게는 촬영 팀이 안개 속에서 실종되어 사라졌다는 집단 최면을 걸었을 것이다.

마일청의 영이 소멸되면서 최면도 사라졌고 그가 만든 허상의 공간도 사라졌다.

강 신부가 태수의 어깨에 손을 올리며 물었다.

"나도 최면에 걸렸을 때 분명히 무슨 얘기를 했을 것 같은데. 혹시 마일청이 내 앞에 누군가의 모습을 보여 주면서 날 마음대로 조종하려고 하지 않았나?"

태수가 고개를 저었다.

"아뇨, 신부님은 마지막까지 저항하셨어요. 마일청도 신부님은 어떻게 하질 못하던걸요."

태수가 강 신부를 바라보며 환하게 웃었다.

촬영 팀 실종 사건은 이후 신문과 방송에서 많은 조명을 받았다.

가장 다행스러운 건 희생자가 한 명도 나오지 않았다는 것이다. 심지어는 외국 방송사에서도 촬영 팀을 보내 귀귀도를 찾아가 취재할 정도였다.

박보윤과 김찬은 토크쇼에 나갈 때마다 그 사건에 대한 질문을 받아야만 했다. 그때마다 박보윤은 이렇게 대답했다.

"꿈을 꾼 것 같아요."

영화제 출품작 준비와 기술 시사

며칠 동안 인터넷은 귀귀도와 관련된 기사로 도배가 되다시피 했다.

클럽 동생들도 태수에게 무슨 일이 있었는지 꼬치꼬치 캐물었지만 일절 답하지 않았다. 설명하기도 어렵고, 설명한다고 해도 믿기 어려운 얘기니까.

기자라면서 귀귀도와 관련된 인터뷰를 하자는 요청을 받았지만 마찬가지 이유로 모두 거절했다. 어차피 대중의 호기심을 충족시키기 위한 가십성 기사에 딱히 해 줄 얘기가 없었던 것이다.

다만 영혼의 존재에 대해 세상에 알릴 수 있는 기회가 온다면 적극 나서서 알리고 싶은 마음은 있었다.

세상에 많은 사람들은 영혼이 없다고 믿는다.

하지만 태수는 거의 매일 영혼의 존재를 느끼면서 살아가고 있다.

사람들에게 영혼이 정말 존재할 뿐만 아니라 살아생전 자신이 저지른 업보가 죽음 이후에도 계속 이어질 수 있다는 걸 알려 주고 싶기 때문이다.

그럼 사람들은 현재 자신의 삶을 다시 돌아보지 않을까.

귀귀도 때문에 가장 곤욕을 치른 사람은 아무래도 박보윤과 김찬이었다. 두 사람은 스타이다 보니 대중의 관심이 집중될 수밖에 없었다.

토크쇼에 나올 때마다 귀귀도 얘기부터 물어보고 인터뷰도 마찬가지였다. 나중에는 두 사람 모두 그 얘기는 이제 그만하고 싶다고 대놓고 얘기할 정도.

반면 귀귀도 사건으로 전화위복이 된 경우도 있었다.

드라마 〈오늘도 연애〉의 홍보가 자연스럽게 이루어졌고 만년 조연 천길강에게 대중의 관심이 집중됐다.

방송사에서 박보윤과 김찬을 섭외하기 힘들어지자 너도나도 천길강을 섭외한 것이다.

천길강이 귀신 들린 사람들을 가검으로 때려서 구해 냈다는 소문이 퍼지자 방송사에서 천길강 모시기 경쟁이 벌어질 정도였다.

실질적으로 사람들을 구한 건 태수지만, 얼굴이 잘 알려져 있고 가검이라는 무기를 들고 뛰어다닌 천길강의 이미지가 훨씬 강해서 태수는 상대적으로 묻히는 결과가 됐다.

물론 태수한테는 그게 오히려 다행스러운 일이지만.

천길강이 방송 나가기 전에 태수에게 전화를 걸어왔다.

–자네 덕분에 갑자기 날 찾는 곳이 많아졌네. 고맙네.

"아니에요. 선배님이 정말 열심히 사람들을 구하셨잖아요. 선배님이 도와주지 않으셨으면 분명 희생자가 나왔을 거예요."

–사실 나야 뭐 허깨비지. 그나저나 요즘 여기저기서 연락이 와서 귀귀도에서 있었던 일에 대해서 물어보는데 내가 어떻게 얘기를 해야 할지 모르겠네. 사실 악귀들과 싸운 건 자네인데 마치 내가 대단한 사람이라도 되는 것처럼 포장이 되고 있어서 영 마음이 불편해.

"그렇게 생각하지 마세요. 다른 사람이 아니라 선배님이라서 제 부적이 힘을 발휘했던 거예요. 그리고 전 오히려 선배님한테 고마운 게, 선배님 덕분에 사람들이 절 잊어버렸잖아요. 전 아직 제가 가진 능력이 세상에 드러나는 게 부담스럽거든요."

–무슨 말인지 알겠네. 그럼 방송에 나가면 내가 알아서 둘러서 말을 하겠네.

"그게 딱 제가 부탁드리고 싶은 겁니다."

태수는 캔 맥주와 육포를 준비해서 침대에 드러누웠다.

"선배님이 출연한다는데 내가 왜 이렇게 긴장이 되지?"

태수는 리모컨을 들고 천길강이 나오는 프로그램 시간에 맞춰서 텔레비전을 틀었다.

입으로는 육포를 씹고 양손에는 캔 맥주와 리모컨을 들었다. 캔 맥주를 홀짝거리며 리모컨으로 채널을 돌렸다.

"나온다."

천길강이 출연하는 프로그램은 예전에 송현주가 출연했던 〈티비스타〉.

오늘은 소위 의리 배우라는 콘셉트로 게스트가 모두 세 명이 출연했다.

왕년에 태권도 국가 대표이자 영화배우인 이동중과 작년까지 '의리'라는 컨셉으로 인기를 얻은 김부성 그리고 천길강이었다.

이동중과 김부성은 이전에도 함께 출연한 적이 있고 비슷한 토크를 몇 번 진행한 적이 있어서 질문은 자연스럽게 천길강에게 집중됐다.

김국전이 특유의 음색으로 물었다.

"사람들이 악귀한테 홀렸다는 건 어떻게 아셨어요?"

"눈동자가 까매요."

옆에서 듣던 김구리가 참견을 했다.

"아니, 사람이 눈동자가 까맣지 하얗습니까?"

"그게 아니라…… 그러니까 뭐라고 표현을 해야 하나. 눈알 전체가 까맣다고요."

"헐, 눈알이 전체가?"

김구리가 아쉽다는 듯 말했다.

"아, 그럴 때는 휴대폰으로 동영상 촬영을 좀 해 오시지."

김국전이 핀잔을 줬다.

"여보세요, 지금 옆에서 악귀들이 날뛰는 판국에 동영상 촬영하고 있으면 됩니까?"

"에이 참, 농담이에요, 농담. 그리고 그때 그 가검을 가지고 나오셨다고 하던데."

"아, 예. 이게 그 가검입니다."

천길강이 당시 소품으로 들고 다니던 가검을 MC들에게 건넸다.

김국전이 가검을 보며 물었다.

"겉보기에는 평범해 보이는데…… 이게 악귀를 쫓아냈던 그 가검이라 이거죠?"

"그렇습니다."

김구리가 말했다.

"그럼 이왕 나오신 김에 앞에 나가서 직접 시범을 한번 보여 주시죠. 예전에 〈진덕여왕〉 때도 팔숙이었죠, 아마? 그 역할로 많이 사랑을 받으셨는데. 멋지게 한번!"

천길강이 직접 무대로 나와서 가검을 들고 검술 동작을 보여 주자 MC들 사이에서 감탄사가 나왔다. 물론 다들 방송 멘트로 분위기를 띄워 주는 것일 테지만.

태수는 낄낄거리기도 하고 혹시라도 자신의 얘기가 나올까 봐 마음을 졸이면서 토크쇼를 지켜봤다.

다행히 토크쇼는 큰 문제없이 잘 끝났고 태수도 마음을 쓸어내렸다.

"으으으."

토크쇼가 끝난 후에 다시 노트북 앞에 앉았다.

낮에는 동아리방에서 내내 〈집착〉의 편집 작업을 했는데, 지금부터는 두 달 앞으로 다가온 대학생영화제에 출품할 영화 시나리오를 써야만 했다.

영화제 작품은 그동안 스토리 구상을 계속해 왔기에 며칠 전부터 시나리오를 쓰기 시작했다.

영화의 제목은 〈수상한 아파트〉.

장르는 국내에서 쉽게 보기 힘든 판타지 공포다.

처음에 예상한 러닝타임은 30분 내외.

판타지 공포라서 여러 가지 준비할 것들도 많고 특수 분장도 필요해서 가능한 러닝타임을 짧게 잡았는데 막상 시나리오를 쓰다 보니 계속 이야기가 늘어났다.

적어도 60분은 돼야만 하고 싶은 이야기를 모두 할 수 있을 것 같아서 결국 시간을 60분으로 늘렸다.

문제는 현재 클럽 멤버들만으로는 스태프의 수가 턱없이 부족할 것 같다는 것.

'후우, 어떻게든 방법이 있겠지.'

청담동 SU 스튜디오.

의류 브랜드 인터걸의 화보 촬영 현장.

사진작가가 카메라 셔터를 누르는 소리가 스튜디오 안에 경쾌하게 울려 퍼졌다.

찰칵…… 찰칵…… 찰칵!

박보윤이 능숙하게 포즈를 취하며 다양한 표정으로 카메라 렌즈를 바라봤다.

"좋아, 오케이…… 지금 포즈 유지해 주고……."

찰칵…… 찰칵…… 찰칵!

촬영이 끝나고 사진작가가 엄지를 치켜 올리며 말했다.

"역시 최고. 수고 했어요, 보윤 씨."

"고생하셨습니다."

카메라 앞에서 깜찍한 표정으로 촬영을 마친 박보윤이 서둘러 스튜디오를 빠져나왔다.

박보윤이 밴에 올라타자마자 피곤한 듯 좌석에 몸을 파묻고 눈을 감았다.

오늘따라 카메라 앞에서 집중이 되지 않고 기분이 계속 가라앉았다. 간신히 촬영은 마쳤지만 평소보다 몇 배는 힘이 들었다.

'내가 왜 이러지?'

귀귀도를 다녀온 후부터 이상하게 마음 한구석이 텅 빈 것처럼 허전하고 일에 집중하기가 어려웠다.

밤에 침대에 누워 자려고 눈을 감으면 귀귀도에서 있었던 일들이 자꾸만 생각났다.

모래사장에 뒹굴었을 때 걱정스럽게 자신을 바라보던 태수의 눈빛과 가슴을 설레게 만들던 그 이상한 느낌들.

도로 위에서 자신의 허리를 받치고 감미롭게 속삭이던 태수의 목소리.

태수의 품에 안긴 채 허공에 매달려 있을 때의 무서우면서도 감미롭던 순간들.

무서워서 매달릴 때 얼굴에 와 닿던, 남자의 피부라는 게 믿기지 않을 정도의 부드럽던 태수의 얼굴.

시간이 흐를수록 그 모든 감정과 느낌들이 점점 더 짙고 또렷하게 되살아나 심장이 터질 것처럼 답답했던 것이다.

박보윤의 뒤를 이어 밴으로 따라 들어온 코디 현정이 놀라서 물었다.

"보윤아, 너 어디 아프니? 왜 그래?"

"아니에요, 언니. 그냥 좀 피곤해서 그래요. 이상하게 일이 집중도 잘 안 되고 기분도 자꾸 가라앉고 그러네요."

"어떡하니? 귀귀도에서 충격을 받아서 그런가 보다. 정신과 치료라도 받아 봐야 하는 거 아냐? 괜히 트라우마 같은 거 걸리면 골치 아픈데."

"참, 실장님은 책 사러 가서 아직 안 왔어요?"
"어, 내가 전화해 볼게."
현정이 한기준 실장한테 전화를 걸었다.
"실장님, 보윤이가 얘기한 그 책 어떻게 됐어요? 아, 그래요? 네, 알겠습니다."
전화를 끊은 현정이 말했다.
"네 가방에 넣어 놨대."
박보윤이 자신의 가방을 뒤져 보니 정말로 책이 들어 있었다.
"근데 그 책, 강혁 역할 맡았던 장태수가 지은 책이라며?"
박보윤이 ≪비가 오면≫ 표지를 손으로 쓸며 고개를 끄덕였다.

"으으으, 끝났다!"
동아리방에서 편집을 마친 용만이 기지개를 켜며 비명을 질렀다.
태수와 클럽 멤버들이 다음 영화 회의를 하는 동안 혼자서 미경이 넘겨준 영어 대사를 자막으로 입히는 작업을 했던 것이다.
태수가 수고했다고 어깨를 주물러 줬고 멤버들과 모여서 영어 자막이 들어간 〈집착〉 영화를 다 같이 시청했다.
영화를 보고 난 후 미경이 말했다.

"전 〈앞집녀〉보다 〈집착〉을 사람들이 더 좋아할 것 같아요."

민지는 다른 의견을 냈다.

"난 〈앞집녀〉를 더 재미있게 볼 것 같은데?"

"같은 공포라도 좋아하는 관객층이 완전히 달라서 그런 비교는 큰 의미가 없을 거야."

사실 공포 장르는 좋아하는 관객들 사이에서도 취향이 극명하게 나뉜다. 현실 공포를 좋아하는 관객과 오컬트 공포, 즉 원혼이 나오는 심령 공포를 좋아하는 관객.

〈앞집녀〉가 심령 공포를 원하는 관객이 좋아할 만한 영화였다면 〈집착〉은 현실 공포를 원하는 관객이 좋아할 수 있는 영화다.

두 영화가 함께 유튜브에 올라가면 '오싹한 이야기'이라는 채널이 다양한 공포 전반을 다룬다는 걸 유저들에게 알려 줄 수가 있을 것이다.

용만이 즐거운 듯 말했다.

"지금까지 〈앞집녀〉 클릭 수가 9만 뷰니까, 〈집착〉이 올라가면 클릭 수가 확 늘어나겠지?"

반면 미경은 아쉬운 듯 입맛을 다셨다.

"왜 9만 뷰밖에 안 되지? 내가 볼 땐 진짜 재밌고 방송도 탔는데."

"아무리 방송 한번 탔다고 해도 솔직히 송현주 씨가 톱 배

우는 아니잖아. 내가 보기에 저 정도면 괜찮은 것 같은데? 그나마 방송을 탔으니까 저 정도라도 나온 거 아닌가?"

정우의 말에 소영도 거들었다.

"맞아, 내 생각도 그래. 미경이 너는 파워 블로거니까 9만이라는 숫자가 작아 보이는지 모르지만, 내가 보기엔 저것도 엄청 많은 거야. 올린 지 아직 한 달도 안 됐잖아."

미경이 입을 삐죽 내밀며 말했다.

"클릭 수가 빨리 빨리 안 오르니까 속상해서 그렇죠. 제가 블로그에도 엄청 홍보했거든요. 근데 사람들이 댓글에 뭐라고 했는지 알아요? 공포 영화 무서워서 못 본대요."

태수가 모두를 다독이며 말했다.

"맞아. 우리나라에서 공포 영화가 안 되는 게, 아예 공포 영화를 안 보는 사람들이 많아서 그래. 내 생각에도 9만 뷰면 상당히 괜찮은 출발인 것 같아. 첫술에 배부를 순 없잖아, 열심히 좋은 영화 만들어서 계속 올리면 클릭 수도 빠르게 늘어날 거야."

어차피 길게 보고 하는 프로젝트라서 조급한 마음은 들지 않았다.

오히려 이렇게 하고 싶은 일을 열심히 할 수 있다는 게 고마울 뿐이다. 결과도 중요하지만 과정을 즐길 수가 있으니까.

〈집착〉을 유튜브에 올리고는 클럽 멤버들과 〈수상한 아파트〉 제작 회의를 가졌다.

이번 영화의 주인공은 아파트라고 할 수 있다. 사실 독립 영화나 학생 영화를 제작할 때 가장 힘든 부분이 바로 장소 섭외다.

그래서 〈앞집녀〉와 〈집착〉의 경우 처음부터 최소한의 공간으로 만들 수 있는 영화 소재를 찾아서 기획을 했다.

근데 영화제 출품 작품은 러닝타임도 길고 공간도 그렇게 단순화하기가 어려웠다.

따라서 이번 영화의 최대 관건은 영화의 분위기에 맞는 아파트를 어떻게 섭외하느냐다.

일단은 낡고 오래된 분위기의 아파트여야만 하고 분위기가 음산하면서도 촬영이 자유로워야 한다는 까다로운 조건이 붙었다.

정우가 한숨을 푹푹 내쉬며 말했다.

"우리가 그런 아파트를 어떻게 섭외하지? 상업 영화도 아닌데."

소영도 걱정스럽게 말했다.

"스토리 보면 영화의 80퍼센트가 아파트에서 벌어지는 일인데, 아파트 한 층은 거의 통째로 전세를 내야 할 것 같아요. 게다가 촬영 회차도 5-6회는 나올 것 같고."

사실 태수도 딱히 다른 방도가 떠오르질 않아 시나리오 쓸 때도 계속 걱정이 됐다. 이러다가 촬영 못 들어가는 건 아닌가 하고.

용만이 결연한 표정으로 말했다.

"태수 형, 일단 내가 좀 알아볼게. 건축 회사나 아파트 분양 회사 다니는 선배들을 좀 알거든."

"분양 회사면 전부 새 아파트인데 우리하고 컨셉이 안 맞잖아요."

미경의 말에 용만이 대답했다.

"분양을 하려면 기존의 아파트를 철거해야 하잖아. 만약 철거하기로 결정된 아파트가 있으면 들어가서 찍을 수 있을 거야."

"아, 맞다. 그럼 되겠네요. 재건축하는 아파트."

태수도 한층 밝아진 표정으로 말했다.

"오케이, 아파트만 결정되면 바로 오디션 진행하자."

밤 11시에 회의를 마친 후 카니발을 몰고 여의도로 향했다.

오늘은 여의도의 한 극장에서 〈모텔 파라다이스〉 기술 시사가 있는 날이었다. 말하자면 편집이 끝난 〈모텔 파라다이스〉가 세상에 첫 선을 보이는 날인 셈이다.

영화가 어떻게 나왔을지, 또 환상 속 영상에서 봤던 영화와 스크린에 영사된 영화가 얼마나 차이가 있을지 무척 궁금하고 흥분이 됐다.

여의도 극장 주차장에 차를 대고 엘리베이터를 타는데 휴대폰이 울렸다.

띠리리링.

낯선 번호라서 망설이다가 받았는데 뜻밖의 목소리가 들려왔다.

—저 보윤인데요.

"예?"

—설마 제 목소리 벌써 잊은 거예요? 저 박보윤이라고요.

순간 저도 모르게 긴장이 됐다. 아직도 연예인한테 전화를 받는 일이 익숙하지가 않아서다.

"예, 보윤 씨. 제가 어떻게 보윤 씨 목소리를 잊겠어요? 보윤 씨한테 전화가 올 수 있다는 생각을 전혀 하지 않고 있다가 갑자기 전화를 받아서 그랬어요."

귀귀도에서 그렇게 헤어진 후로는 서로 연락을 하는 게 처음이었다.

당연한 일 아닌가.

박보윤은 당대 최고의 청춘스타이고 자신은 영화감독 지망생에 불과한데.

너무 갑작스럽게 받은 전화라서 딱히 할 말이 떠오르질 않았다.

박보윤이 잠시 뜸을 들이다가 말했다.

—우리…… 지상 15미터 상공에서 생사를 함께했던 사이 맞죠?

박보윤이 하는 말이 재미있어서 웃으며 대답했다.

"하하, 그렇긴 하죠."

–요즘 많이 바쁘세요?

"예. 조금 있으면 대학생영화제가 있는데 거기 영화를 출품할 예정이거든요."

–정말요? 시나리오 있으면 제가 봐 드릴 수 있는데.

"그럼 좋죠. 근데 아직은 시나리오 탈고가 안 돼서, 지금 열심히 쓰는 중이에요."

박보윤이 특유의 밝은 음성으로 말했다.

–저…… 태수 씨 영화 봤어요. 댓글 보니까 다들 〈앞집녀〉라고 하던데.

"와, 엄청 바쁠 텐데 어떻게 그 영화를 봤어요?"

–워낙 짧으니까요. 근데 정말 무섭고 재미있더라고요. 태수 씨 연출력 정말 좋던데요? 전 그냥 아마추어인 줄 알았다가 깜짝 놀랐어요.

"단편이라서 그래요."

–그 여자 귀신 역할은 저도 꼭 해 보고 싶은 캐릭터였어요.

"다음에 그런 캐릭터 있으면 보윤 씨한테 부탁해 볼까요?"

농담으로 한 얘기였다.

만약 박보윤이 출연한 단편 공포 영화를 유튜브에 올린다면 진짜 대박이 나겠지만, 대한민국 최고의 청춘스타가 학생이 만든 아마추어 단편영화에 출연한다는 것 자체가 영화 같은 이야기니까.

괜히 쓸데없는 농담을 해서 박보윤이 기분이 상하지 않았을까 살짝 걱정을 했는데 박보윤의 반응이 뜻밖이었다.

—농담 아니라 다음에 영화 연출하면 저한테도 시나리오 꼭 보내 줘요. 보니까 촬영 시간도 그렇게 오래 걸릴 것 같지 않고. 혹시 알아요? 스케줄 맞으면 출연할 수 있을지. 요즘엔 독립 영화에 출연하는 배우들도 많거든요.

"와, 말만 들어도 꿈만 같네요. 단편 공포 영화에 박보윤이 출연한다면 그것만으로도 기사 나오겠네요. 근데 아쉽게도 다음 영화는 여고생하고 나이 든 아저씨가 주인공이라서."

—정말요? 아, 아쉽다. 저 그럼 잘린 거예요?

"아니죠. 지금 얘기한 거 제가 잘 기억해 뒀다가 다음에 부탁할 겁니다."

—알았어요, 꼭 기억해야 해요.

태수가 고개를 갸웃했다.

뭔가 대화가 자연스럽지 않은 느낌이 들었던 것이다.

"아참, 〈오늘도 연애〉 드라마는 어떻게 됐어요?"

—방영이 뒤로 많이 밀렸어요. 근데 귀귀도에서 찍은 오프닝 장면은 너무 잘나왔다고 다들 난리래요.

"정말요? 후우, 다행이다."

—제가 며칠 후에 제작사 가서 볼 건데 그때 같이 가지 않을래요?

"저야 좋죠. 보윤 씨 시간될 때 언제든 연락해 줘요."

박보윤이 잠시 사이를 뒀다가 말했다.

—그때 둘이서 와이어에 매달려 있던 일 있잖아요…… 엄청 오래전

일 같다. 그죠?

"예, 그날 워낙 많은 일들이 있어서."

–하긴 태수 씨는 그랬겠다. 저는 그 순간만 생각나던데. 우리 조만간 만나서 꼭 제작사 같이 가요.

"그래요, 일부러 전화 줘서 고마워요."

–태수 씨는 직접 볼 때는 안 그런데 전화할 때는 원래 그렇게 사무적으로 얘기해요?

"네?"

–아니에요, 그냥 잘 지내는지 궁금해서 전화했어요. 가끔 전화해도 되죠?

"그럼요. 저야 언제든 환영이죠."

–네, 그럼.

박보윤이 잠시 머뭇거리다가 전화를 끊었다.

전화를 끊고 나니 뭔가 야릇한 느낌이 들었다.

마지막에 전화를 끊을 때는 왠지 박보윤이 기운이 없는 것 같기도 하고.

"혹시 내가 너무 농담을 많이 했나? 근데 박보윤이 전화를 왜 한 거지? 정말 나한테 안부 전화를 한 건 아닐 테고. 무슨 일이 있나?"

그때 누가 부르는 소리가 들려왔다.

"어이, 장 작가!"

돌아보니 고스트라인 조진호 대표였다.

조진호 대표도 쫑파티 후 처음으로 보는 거라서 몹시 반가웠다.

“대표님, 잘 지내셨어요?”

“나야 늘 그렇지. 참, 그 이번에 대학생영화제 출품하는 영화 말이야.”

“〈수상한 아파트〉요?”

“그래, 〈수상한 아파트〉. 그거 대학생영화제에 출품하기엔 좀 아까운 것 같아서. 장 작가가 그거 상업 영화 시나리오로 디벨롭시켜 보는 건 어때? 상황 봐서 직접 연출할 수도 있고. 내가 볼 때 충분히 괜찮은 작품 나올 것 같은데. 난 정말 재밌게 봤거든.”

영화제에 출품할 작품이라 조언을 받고 싶어서 며칠 전 〈수상한 아파트〉 시놉을 정리해서 조진호 대표한테 보냈던 것이다.

근데 저렇게 얘기하는 걸 보면 정말 재미있게 본 모양이었다. 혼자 스토리 구상할 때는 이야기가 재미있을지 불안했는데, 좋은 평가를 듣고 나니 비로소 마음이 놓였다.

그렇다고 정식 상업 영화로 스토리를 확장시킬 생각은 전혀 없었다.

태수가 고개를 흔들며 말했다.

“말씀은 고마운데 저 그거 80분으로 못 늘려요. 지금 이야기도 원래 30분이었는데 60분으로 늘린 거거든요.”

조진호 대표가 재차 말했다.

"장 작가가 최근 단편 작업을 많이 해서 그래. 장편은 그렇게 타이트하게 만들지 않아도 돼, 에피소드 서너 개만 추가하고 흐름만 잘 타면 충분히 가능하다니까. 일단 나하고 상의를 한번 해 보자고."

조진호 대표가 평소답지 않게 적극적으로 푸시를 했다.

하지만 태수의 판단으로 〈수상한 아파트〉는 딱 60분이 최대치인 영화였다.

물론 조진호 대표 말처럼 에피소드 몇 개 늘리면 80분은 채울 수 있겠지만, 필연적으로 영화가 늘어지는 부분이 생겨서 처음 생각한 미스터리적인 긴장감은 줄어들 수밖에 없다.

그래도 대놓고 거절하긴 미안해서 생각해 보겠다고 대답했다.

조진호 대표가 조심스럽게 말했다.

"혹시 말야, 40대나 50대 나이로 연기 잘하는 남자 배우 필요 없어?"

"예? 40대나 50대 남자 배우면 〈수상한 아파트〉에 경비원 역할 있는데."

"에이, 〈수상한 아파트〉는 상업 영화로 디벨롭시켜 보자니까."

"어떤 배우예요? 연기를 잘하는 모양이죠?"

"그냥 뭐 연극도 하고 이런저런 일을 했는데 당사자가 경력을 밝히는 걸 싫어해서 말야. 근데 연기 하나는 내가 보증할 정도로 잘하니까 혹시 필요하면 얘기하라고."

그런 배우가 있다니 눈이 번쩍 뜨였다.

그렇잖아도 이번 영화에서 제일 고민이 〈수상한 아파트〉의 경비원 역할을 맡을 배우였다. 거의 주연급에 가까울 정도로 비중이 있는 역할인데 맞는 배우가 떠오르지 않았던 것이다.

20, 30대에는 기성 배우가 아니라도 연기 잘하는 아마추어나 무명 배우들이 많은데 40, 50대에는 연기 잘하는 무명 배우 찾는 게 정말로 어려웠다.

그렇다고 기성 배우를 캐스팅하자니 출연료도 많이 못 주는데 나이 많은 분을 현장에서 마음대로 디렉팅하기도 불편할 것 같고.

"일단 어떤 분인지 연락처를 주세요. 만약 오디션 진행하면 제가 연락을 할게요."

"그래? 잠깐만. 내가 명함 받아 놓은 게 있을 텐데…… 여기 있네."

조진호 대표가 지갑에서 명함을 꺼내 태수에게 건넸다.

명함에는 간단하게 이렇게 적혀 있었다.

연극인 유승현

그리고 아래에 이메일과 전화번호가 적혀 있었다.

"유승현? 어디서 들어 본 이름 같은데?"

조진호 대표가 화제를 돌리듯 반대편을 향해 손을 들며 말했다.

"어? 저기들 있다."

조진호 대표가 가리킨 극장 로비 한쪽에 한 무리의 사람들이 모여 있었다.

이미 새벽 1시가 가까운 심야 시간이라서 극장에 일반 관객의 모습은 거의 보이지 않았다.

가까이 가서 보니 반가운 얼굴들이 모두 한자리에 있었다.

박홍식 감독을 비롯해 손예지와 장웅인도 보였고 카메라 감독과 한상훈 피디, 스크립터 민자영의 모습도 보였다.

박홍식 감독과 함께 앉아 있던 손예지가 태수를 보자마자 어서 오라고 마구 손짓을 했다.

"잘 지내셨어요?"

태수가 앉자마자 손예지가 얼굴을 빤히 보다가 고개를 갸웃거리고는 물었다.

"너 얼굴에 뭐 했니? 안 보는 사이에 얼굴이 변한 것 같아."

"얼굴요?"

"감독님, 태수 얼굴이 갑자기 잘생겨진 거 같지 않아요? 처음에 촬영장에서 봤을 때 엄청 촌스러웠는데. 뭐지?"

박홍식 감독도 고개를 끄덕이며 동의했다.

"그러게요. 피부도 매끄러워진 것 같고 이목구비도 훨씬 또렷해진 것 같네."

"그렇죠? 확실히 얼굴이 변했어."

손예지가 마침 생각난 듯 말했다.

"참, 태수 너 드라마에 출연했다며?"

"어? 그걸 누나가 어떻게 알아요? 아직 제작 발표회도 안 했는데?"

"내가 왜 모르냐? 내가 이래 봬도 이 바닥 마당발이거든?"

박홍식 감독도 신기한 얼굴로 태수를 돌아봤다.

"그게 정말이야? 무슨 드라만데?"

이번에도 손예지가 대신 대답했다.

"〈오늘도 연애〉라고, 보윤이하고 천상천하의 김찬이 나오는 드라마 있어요."

"아, 그 웹툰 원작으로 했다는 드라마요? 어? 그 드라마 이번에 무슨 섬에서 촬영 팀 실종됐다는 그 드라마 아니에요?"

"왜 아니겠어요? 우리 태수가 가는 곳엔 항상 사건이 터지잖아요."

박홍식 감독이 물었다.

"근데 태수 넌 거기서 무슨 역할을 맡은 거야? 아니, 어떡하다가 드라마에 출연을 하게 된 거야?"

태수가 간략하게 그동안의 얘기를 들려줬다.

웹툰에 나오는 강혁이라는 캐릭터와 닮아서 웹툰 원작자인 김보미 작가의 권유로 출연을 하게 됐다는 과정까지.

그사이에 휴대폰으로 웹툰을 찾아본 손예지가 탄성을 내질렀다.

"세상에 이럴 수가 있어? 진짜 똑같아."

그때 조진호 대표가 다가와서 말했다.

"우리 장 작가 잠깐 빌려 가겠습니다. 장 작가, 잠깐 나 좀 봐."

조진호 대표가 태수를 데려가자 손예지가 말했다.

"와, 우리 태수 찾는 사람이 왜 이렇게 많아?"

태수가 조진호 대표를 돌아보고 물었다.

"무슨 일인데요?"

"저쪽에 투자사 사람들 있으니까 인사 좀 하라고. 다음 영화 연출하려면 투자사 사람들 미리 인사해 놓는 것도 나쁘지 않아. 더구나 위브라더스는 할리우드 자본이라서 공포 영화에 대해서 꽤 호의적이거든."

조진호 대표가 태수를 투자사인 위브라더스 관계자들에게 데리고 가서 일일이 인사를 시켰다.

"여긴 나하고 뉴욕에서 같이 공부했던 투자 3팀 황태식 팀장."

"안녕하세요, 장태수라고 합니다. 말씀 많이 들었습니다."

황태식이 태수와 악수를 나누며 말했다.

"와, 실제로 보니까 정말 젊으시다."

조진호 대표가 웃으며 말했다.

"솔직히 말하면 젊은 게 아니라 어린 거지. 이제 겨우 스물넷인데."

"스물넷에 입봉이라. 최근에 그런 감독 있었나?"

"네가 도와줘야 입봉하지, 하하. 참, 〈비가 오면〉 개발 투자는 어떻게 됐어?"

"어, 지금 검토 중이야. 일단 우리 팀원들 반응은 괜찮던데?"

"오, 그래? 정말 다행이다."

얼마 전에 조진호 대표가 원작 판권을 구입한 ≪비가 오면≫을 위브라더스 투자 심사에 넣었다.

보통 영화 투자는 시나리오를 가지고 심사를 거쳐서 투자를 받는다.

근데 드물긴 하지만 시나리오 없이 원작 소설 판권만으로 투자를 받는 경우도 있다.

물론 전체 제작비가 아니라 적게는 몇 천에서 많게는 3~4억까지 일부의 투자금만 미리 투자받는 것이다.

그런 투자를 개발 투자라고 하는데, 아무래도 개발 투자를 받으면 시나리오가 나왔을 때 전체 투자를 받을 확률이 그만큼 높아지기 때문에 제작사들이 선호하는 방식이다.

조진호 대표가 다음으로 인사를 시킨 사람은 위브라더스

한국 지사 본부장인 마틴 김.

위브라더스에서 한국 영화 투자를 결정하는 실질적인 결정권자였다.

"장 작가, 아니 장 감독 인사해. 여기 마틴 김 본부장님."

태수가 인사를 하자 마틴 김이 반갑게 손을 잡았다.

재미 교포라서 발음이 좀 어눌하긴 했지만 의사를 전달하는 데는 전혀 문제가 없었다.

"반가워요, 장태수 감독님."

워낙 깍듯하게 인사를 해서 조진호 대표도 의아한 표정이었다.

마틴 김이 조진호 대표를 돌아보고 말했다.

"그렇잖아도 제가 대표님한테 장태수 감독님하고 자리 좀 만들어 달라고 부탁을 하려고 했는데, 이렇게 인사를 하게 돼서 아주 반가워요."

마틴 김은 제작사 대표들도 얼굴 한번 보기 힘든 사람인데 이런 환대를 받으니, 태수는 물론이고 조진호 대표도 영문을 몰라 얼떨떨한 표정이었다.

마틴 김이 입을 열었다.

"저는 〈모텔 파라다이스〉 시나리오를 수정 전 오리지널로도 읽었고 수정 후의 원고로도 읽었습니다. 그리고 여기 와서 〈모텔 파라다이스〉 편집본 영화를 미리 봤습니다. 전 영화를 보고 확신했습니다, 우리 영화 〈모텔 파라다이스〉가 이번 여름 극장가의 승자가 될 것이라는 걸. 너무너무 무섭고 재미있었어요."

보통 영화를 보기 전에 스포를 들으면 맥이 빠지고 짜증이 나지만, 지금과 같은 스포는 얼마든지 듣고 싶었다. 투자사에서 이런 극찬을 받다니 결코 흔한 일은 아니었다.

어느새 조진호 대표의 얼굴에도 홍조가 피어올랐다.

마틴 김이 말을 이어 갔다.

"제가 영화를 보면서 무슨 생각을 했는지 아세요? 장태수 감독이 수정한 모든 장면들이 영화 곳곳에 긴장감을 불어넣고 관객이 몰입할 수 있도록 만들어 줬다는 거예요. 그리고 전 이곳에 와서 여러분들을 기다리는 동안 아주 흥미로운 영화 두 편을 봤습니다."

조진호 대표가 물었다.

"아니, 얼마나 일찍 오셨기에 영화를 두 편씩이나?"

마틴 김이 웃으면서 엄지와 검지를 들어 1센티미터쯤 벌리고는 말했다.

"영화가 이렇게 짧거든요. 유튜브에서 봤는데 이름이 앞진녀? 앞잡녀?"

"〈앞집녀〉요. '앞집에 사는 여자'의 준말이에요."

태수의 대답에 마틴 김이 박수를 치며 말했다.

"맞아요, 〈앞집녀〉! 그리고 진착?"

"집착요."

"오, 〈집착〉. 지난번에 조 대표님이 보라고 한 말이 생각나서 그렇게 두 편의 단편영화를 봤는데 아주 놀라웠어요. 거기에 영어 자막까지 있어서 보기에 아주 편하더군요. 그래 잇이었어요."

불과 몇 시간 전에 유튜브에 올린 영화를 마틴 김이 봤다는 사실이 신기하고도 놀라웠다.

마틴 김이 말했다.

"장 감독님 원작 소설을 저희 투자 팀에서 검토 중인 걸로 알고 있는데, 감독님만 괜찮으시다면 저희들은 앞으로 장 감독님과 함께 작업을 하고 싶습니다."

조진호 대표가 기쁨을 감추지 못했고, 태수도 지금 이 순간이 꿈인지 현실인지 분간이 가지 않을 정도였다. 이후에는 머릿속이 멍해서 무슨 애기를 나눴는지 기억도 잘 나지 않았다.

이후에 진행된 기술 시사는 심야에 영화관 하나를 통째로 빌려서 소수의 관계자들만 미리 영화를 보는 행사다.

영화관이 끝난 심야에 소수의 참석자들만 모여서 아직 개봉도 하지 않은 영화를 보는 기분은 말할 수 없이 특별했다.

게다가 그 영화가 바로 자신이 각본을 쓴 〈모텔 파라다이스〉라면 더더욱.

커다란 스크린에 손예지, 장웅인이 등장하고 그들의 뒤쪽으로 파라다이스 모텔의 건물이 등장하자 울컥한 감정과 함께 심장이 찌릿찌릿하게 울렸다.

영화가 진행되는 동안 간간이 짧은 비명이 나왔고 시사가 끝났을 때 박수 소리가 터져 나왔다. 기술 시사는 수정을 전제로 하는 시사라서 이렇게 박수가 나오는 경우는 드물었다.

손예지는 박홍식 감독과 감격의 포옹을 했고 장웅인은 여운이 많이 남는지 한동안 자리에서 일어나지 않았다.

많은 사람들과 인사를 나눈 박홍식 감독이 태수에게 다가와서 말했다.

"장 작가, 정말 고마워. 장 작가가 없었으면 우린 오늘 〈모텔 파라다이스〉를 볼 수 없었을 거야."

<모텔 파라다이스> 제작 보고회

기술 시사가 끝난 뒤 위브라더스 한국 지사장인 마틴 김이 간단한 뒤풀이를 제안했다. 무려 새벽 3시가 다 되어 가는 시각에 말이다.

물론 시사회에 참여한 모든 관계자들이 참석하는 자리는 아니다. 제작사측 참석 명단은 투자 3팀 조윤진 대리에 의해 조진호 대표에게 조용히 전달했다.

투자사에선 마틴 김 지사장과 함께 〈모텔 파라다이스〉 투자를 담당하는 투자 3팀의 황태식 팀장, 배급 팀의 조윤진 대리가 참석했고 앞으로 홍보 마케팅을 담당할 '영화홀릭' 송혜진 대표도 명단에 들어갔다.

제작사에서는 조진호 대표와 박흥식 감독, 주연배우인 손예지, 장웅인 그리고 태수가 참석하기로 했다.

투자 팀과 마케팅 팀은 모두 마틴 김 지사장 차를 타고 이동했고 태수는 박홍식 감독, 장웅인과 함께 조진호 대표 차를 타고 이동했다.

손예지는 그녀의 밴으로 따로 이동했다.

투자 팀에서 조진호 대표에게 목적지를 알려 줬고, 차는 뻥 뚫린 새벽의 올림픽대로를 시원하게 달렸다.

오늘은 왠지 차창 밖으로 보이는 한강의 야경이 평소와 달라 보였다.

아직도 영화의 여운이 조금도 가시지 않았다.

영화의 주연배우인 손예지, 장웅인과 나란히 앉아 영화를 봤다는 사실이 현실 같지가 않았다. 심장엔 여전히 찌릿찌릿한 여운이 남아 있었고 눈앞엔 〈모텔 파라다이스〉의 오프닝 장면이 어른거렸다.

태수는 영화가 시작되던 그 흥분된 순간을 다시 곱씹으며 떠올렸다.

영화가 시작되면서 화면이 열리고 스타렉스가 비포장도로를 달리는 장면이 나온다. 달리는 스타렉스를 배경으로 투자자들의 이름이 크레딧으로 나오기 시작했다.

자신의 이름은 당연히 엔딩 크레딧에 나올 줄 알았다.

근데 바로 그 오프닝 크레딧에, 그것도 앞부분에 이름이 나오는 게 아닌가.

공동 제작 : 조진호 / 장태수

지분이 있어서 공동 제작이란 건 알고 있었지만 막상 크레딧으로 보니까 기분이 너무 이상했다. 커다란 스크린에 장태수라는 이름이 뜨는 순간 찌릿찌릿한 전율이 밀려와서 심장이 아플 정도였다.

근데 그게 전부가 아니었다.

영화 속 스타렉스가 파라다이스 모텔 앞마당에 도착하고 민수 가족이 내려서 파라다이스 모텔과 처음으로 조우하는 그 장면.

파라다이스 모텔을 배경으로 하는 여백에 단독 크레딧이 떴다.

각본 : 박흥식 / 장태수

비록 단독 각본은 아니지만 눈앞 커다란 스크린에 나오는 장면들이 모두 자신의 시나리오에서 비롯된 것이란 생각을 하자 벅찬 감동을 주체하기가 어려웠다.

태수는 울컥하는 감정을 억누르기 위해 계속 자신의 허벅지를 찔러야만 했다.

만약 영화가 개봉한다면 수많은 관객들이 저 이름을 보게 될 것이다.

물론 대부분의 관객들은 별 의미 없이 지나치겠지만, 태수를 알고 있는 사람들은 신기한 기분과 함께 남다른 생각을 가지는 사람들도 있지 않을까.

뒤풀이 장소까지 가는 차 안에서의 화제도 단연 〈모텔 파라다이스〉 시사회에 대한 얘기였다.

조진호 대표가 백미러를 보며 아직도 흥분이 가시지 않은 목소리로 말했다.

"장 작가 정말 고마워, 박 감독도 고생했고. 난 영화 끝나고 크레딧 올라가는데 정말 눈물이 핑 돌더라. 난 민수하고 혜수 가족이 해피 엔딩으로 끝난 게 너무 좋더라고. 지금 우리 집도 민수네처럼 힘든 처지라서 그런지 더 몰입이 잘된 것 같아. 공포 영화 보면서 이런 감동 받는 거 진짜 쉽지 않은데."

장웅인이 말했다.

"아마 이 영화가 흥행한다면 바로 그런 가족애 코드 덕분일 거예요."

"맞아, 웅인 씨. 마틴 김도 그 부분을 굉장히 잘 봤나 봐. 그 사람 굉장히 프라이버시 중요하게 생각하는 사람인데 이 시간에 뒤풀이하자고 하니까 투자 팀에서도 내심 놀란 분위기야. 뭐니 뭐니 해도 이렇게 영화가 잘 나와서 개봉까지 갈 수 있는 건 우리 장태수 작가 덕분이라니까."

박흥식 감독도 고개를 끄덕였다.

"그럼요. 누가 뭐라고 해도 이번 영화의 일등공신은 장 작가죠."

차창 밖으로 흘러가는 한강의 야경을 보며 감상에 젖어 있던 태수가 고개를 돌리고 말했다.

"영화가 어떻게 저 하나 때문에 잘됐겠어요? 감독님이 연출을 잘해 주셨고 여기 웅인 선배하고 예지 누나가 정말 연기를 잘해 주셔서 그런 거죠. 물론 대표님도 정말 지원을 잘해 주셨고요."

"저거 봐. 저렇게 일목요연하게 모든 사람 챙기는 사람이 주인공 맞다니까."

조진호 대표의 농담에 다들 웃음을 터뜨렸다.

"어휴, 처음에 영화 엎어졌다는 소리 들었을 때는 전 정말 하늘이 노랗더라고요."

박홍식 감독의 말에 조진호 대표가 아직도 분이 안 풀리는지 목소리가 높아졌다.

"이번에 영화 개봉하면 KU엔터 애들 배 좀 아플 거다. 싸가지 없는 놈들. 내가 아직도 그때 생각만 하면 피가 거꾸로 솟는다니까. 아니 모텔에서 그런 일이 벌어진 게 제작사 잘못이냐고? 천재지변 아냐, 천재지변. 갑질도 그런 갑질이 없지."

박홍식 감독도 그쪽에는 감정이 많은 모양이었다.

"제가 지지난 달 술집에서 우연히 KU 투자 2팀 김성욱 과

장 봤다고 했잖아요."

"어, 그래. 기억나."

"그때 대표님한테 말은 안 했지만 얼마나 기분 나쁘고 자존심 상했는지 아세요?"

"왜? 무슨 일 있었어?"

"그때 제가 오랜만에 친구 만나서 술 한잔하는데 김성욱 과장이 누구랑 같이 들어오는 거예요. 그때가 우리 영화 프리 끝나고 막 크랭크인 들어가기 직전이었어요."

"같이 온 사람이 누군데?"

"〈오래된 기억〉, 이명호 감독요."

이명호라는 얘기에 창밖을 보고 있던 태수가 고개를 돌렸다.

조진호 대표가 물었다.

"아참, 이명호 감독이 박 감독 학교 후배라고 하지 않았나? 한강대학교."

"예, 맞아요. 근데 명호 그 녀석 워낙 교만한 성격이라서 걔한테 선배 대접 받아 본 기억은 없어요."

"그러고 보니까 나도 이명호 싸가지 없단 얘기는 들은 것 같아."

"유명하죠. 집안이 워낙 스펙이 좋아요. 아버지가 서울 중앙지검에 무슨 부장검사고 한강대학교 문창과 학과장으로 있는 한정호 교수라고 있거든요. 나름 그쪽에서 입김이 있는 양반인데 이명호 외삼촌이에요.”

“진짜 빵빵하네.”

“그래서 학과에서도 말이 많았어요. 너무 노골적으로 밀어주는 분위기라서…….”

얘기를 하던 박홍식이 문득 장웅인과 태수를 돌아보고는 아차 하는 표정을 지었다.

“아이고, 내가 이거 다른 사람 욕을 너무 함부로 했네. 장 선배, 그냥 못 들은 걸로 해 주세요. 장 작가도 괜한 오해하지 말고. 이명호 감독 그렇게 나쁜 사람 아냐, 그냥 내가 감정이 좀 있어서 그래.”

장웅인이 말했다.

“뭘 새삼스럽게 나한테까지 그래? 난 신경 쓰지 않아도 돼. 장 작가나 괜한 오해하지 않았으면 좋겠네.”

태수가 저도 모르게 입꼬리를 올리며 말했다.

“저도 신경 쓰지 마세요. 이명호한테 그 누구보다 악감정 가지고 있는 사람이니까요.”

태수의 말에 나머지 세 사람이 어리둥절하게 돌아봤다.

“명호랑 저랑 중학교 때부터 단짝 친구였거든요.”

“그게 정말이야?”

박홍식 감독이 눈을 휘둥그레 뜨자 태수가 고개를 끄덕였다.

“대박이네. 무슨 이런 우연이 다 있냐?”

"중학교 때는 나름 친하게 지냈는데 어느 순간부터 명호가 교만해져서 사람을 무시하고 모욕을 주더라고요. 아무튼 명호 얘기 시작하면 제가 이성을 잃을 수도 있기 때문에 그만하는 게 좋을 것 같겠습니다, 흐흐."

조진호 대표가 의외라는 듯 말했다.

"이야, 성인군자 같은 우리 장 작가가 저 정도로 흥분하는 거 보면 이명호 인성이 문제가 있긴 한가 보다. 박 감독 그래서? 아까 하던 얘기 계속해 봐."

"아, 예, 제가 바로 뒤쪽 칸막이 너머에 있어서 두 사람 하는 얘기가 다 들리더라고요. 근데 이명호가 그러는 거예요. 〈오래된 기억〉 개봉을 7월 말에 하려고 하는데 〈모텔 파라다이스〉에 투자를 하면 어쩌냐고."

이번엔 조진호 대표가 발끈했다.

"뭐? 이런 개싸가지 없는 새끼를 봤……."

조진호 대표가 얼른 손으로 입을 막으며 말했다.

"아니고, 내가 또 거친 본성을 드러내네. 죄송, 이해들 좀 해 주십시오, 헤헤."

태수가 물었다.

"그게 무슨 얘기예요? 명호가 왜 우리 영화 투자받은 걸 가지고 뭐라고 해요?"

조진호 대표가 말했다.

"말하자면 이명호가 〈오래된 기억〉을 7월 말에 개봉하는

데, 공포 영화인 〈모텔 파라다이스〉에 투자를 하면 개봉 시기가 겹친다 이거지. 같은 투자사 영화의 개봉 시기가 겹치면 자기네 영화 개봉관 수가 줄어드니까 싫다 이거야."

"아무리 그렇다고 남의 영화에 대고 투자를 왜 했냐는 둥 망발을 하냐?"

조진호 대표의 말에 박홍식 감독이 대답했다.

"명호 걔 스타일이 원래 그래요. 어쨌든 〈오래된 기억〉은 제가 알기로 총제작비가 130억 가까이 되는 걸로 알고 있거든요. 근데 우리 영화는 P&A(배급 광고 마케팅비)까지 다 합쳐봐야 30억 짜리잖아요. 그러니까 우리 영화는 눈에 보이지도 않는 거예요."

"그래서 김성욱이 뭐라고 했는데?"

"저희 영화는 마중물이랍니다."

"마중물?"

"예. 저희 영화는 개봉관 미리 선점하는 용도고, 2주 있다가 〈오래된 기억〉 개봉하면 저희 영화는 싹 다 내릴 거라고."

보통 제작비가 100억을 넘는 영화들은 전체 개봉관에서 상영관 수를 조금이라도 더 차지하려고 경쟁이 치열한 배급 전쟁을 벌인다.

그래서 자신들이 투자한 작은 영화를 먼저 개봉해서 상영관을 몇백 개라도 선점한 후 뒤에 오는 큰 영화가 그 상영관을 그대로 물려받는 배급 방식을 취하기도 한다.

그런 배급 방식을 취하면 앞에 개봉한 작은 영화는 흥행을 하더라도 큰 영화가 개봉하면 투자사가 상영관을 빼 버려서 울며 겨자 먹기로 극장에서 사라지는 피해를 입게 된다.

다시 말해 만약 〈모텔 파라다이스〉가 KU엔터에서 투자를 받아 개봉했다면 아무리 흥행을 잘해도 〈오래된 기억〉 개봉에 맞춰서 상영관을 철수시켰을 것이란 얘기다.

조진호 대표가 도저히 못 참겠다는 듯 차를 갓길에 세우고는 핏대를 세웠다.

"이런 개씨부럴 놈들을 봤나? 뭐? 우리 영화가 마중물? 아니 현장에서는 조금이라도 더 좋은 영화 만들려고 죽을 고생을 하는데."

빅홍식 감독이 말을 이어 갔다.

"솔직히 투자사에서 그러는 건 업계에서 아는 사람들은 대충 알잖아요. 근데 김성욱 과장은 그렇다 쳐도 어떻게 감독이란 놈이 그럴 수가 있냐고요."

"그놈은 예술 할 자세가 안 된 놈이야. 공정하게 경쟁을 해야지. 이야, 나 지금 팔뚝에 소름 돋은 거 봐라. 만약 우리가 KU에서 투자받았으면 어쩔 뻔했냐?"

태수도 얘기를 듣는데 피가 끓어올랐다.

조진호 대표 말대로 만약 KU에서 투자를 받아서 영화가 흥행을 하고 있는데 투자사에서 〈오래된 기억〉을 위해 상영관을 빼는 사태가 벌어졌다면 정말 미치고 팔짝 뛰었을 것 같았다.

그것도 명호의 영화 때문에 그런 일이 생긴다는 건 상상으로도 하기 싫은 일이었다.

조진호 대표가 물었다.

"박 감독, 〈오래된 기억〉도 얼마 전에 기술 시사 하지 않았어?"

"예, 했다고 들었어요."

"분위기 어땠대?"

"공개적으로 얘기는 안 하는데 그렇게 썩 좋은 분위기인 것 같진 않더라고요. 그래도 뭐 광고 물량 공세로 밀어붙일 테니까 기본은 하겠죠."

"개자식들, 이번에 맞대결해서 아주 박살을 내 주고 싶네."

가만히 듣고 있던 태수가 물었다.

"우리 영화하고 개봉 시기가 확실히 똑같나요?"

"그건 아직 몰라. 위브라더스에서 배급 전략을 어떻게 짜느냐에 달렸지. 영화라는 게 잘 만드는 것도 중요하지만 진짜 중요한 건 배급이야. 어떤 영화하고 맞짱을 뜨느냐에 따라 성패가 좌우된다고. 생각을 해 봐. 우리하고 붙는 영화가 블록버스터에 엄청 재미있으면 우리처럼 저예산 공포 영화 보러 오겠어?"

배급 쪽은 한 번도 생각해 보지 못한 신세계 얘기를 듣는 것 같았다.

그저 영화는 잘만 만들면 다 잘되는 줄 알았는데.

조진호 대표가 다시 차를 몰면서 말했다.

"묘하게 우리 고스트라인은 이명호한테 감정 있는 사람들만 모였네?"

조진호 대표의 말에 태수는 물론이고 박홍식 감독도 쓴웃음을 지었다.

박홍식 감독이 말했다.

"차라리 저도 〈오래된 기억〉하고 정면 대결로 한번 붙어봤으면 좋겠어요. 진짜 작품으로만 승부하게."

가만히 얘기를 듣고만 있던 장웅인이 말했다.

"그건 너무 무모한 전략 같은데? 거기 제작비는 차치하고라도 출연하는 배우들이 강동운, 조승수, 전지혜 스리 톱이야. 세 사람 출연료만 해도 우리 제작비보다 많은 데다 팬들 숫자는 또 어떻고? 예지 씨는 몰라도 내 팬클럽 숫자는 스무 명 조금 넘는다고."

장웅인의 웃픈 농담에 다들 웃음을 터뜨렸다.

차는 청담동의 한 와인바 앞에서 멎었다.

안으로 들어서자 은은한 피아노 소리와 함께 벽의 한 면을 장식한 와인병들이 시선을 사로잡았다.

전체적으로 고급스러운 분위기에 아무렇게나 놓여 있는 테이블 배치가 묘하게 자유로운 느낌을 줘서 인상적으로 다가왔다.

태수는 와인바는 처음이었다.

아마도 예약을 했는지 다른 손님들은 없었고, 먼저 도착한 마틴 김과 투자 팀이 안으로 들어서는 고스트라인 식구들을 반겼다.

투자 팀들이 다들 앉아서 뭘 구경하는 것처럼 한 방향을 바라봤다.

'뭐지?'

고개를 돌려 같은 방향을 바라보던 태수의 입에서 탄성이 흘러나왔다.

손예지가 와인바 구석에 있는 피아노를 치고 있었던 것이다. 와인바에 들어설 때 들려오던 피아노 소리가 다름 아닌 손예지가 치는 피아노 소리였던 것이다.

영화나 드라마가 아닌 실시간으로 손예지의 피아노 연주를 듣고 있다는 사실이 신기하게만 느껴졌다.

더불어 새벽 3시가 넘어가는 시간에 이런 대단한 사람들 속에 자신이 속해 있다는 사실이 여전히 실감이 나지 않았다.

얼마 전까지만 해도 이런 세상은 자신과 관계가 없고 범접할 수 없는 다른 세상이라고 여겨졌다.

손예지의 피아노 연주가 끝나고 박수가 쏟아졌다.

이윽고 와인과 함께 신선한 샐러드와 맛있어 보이는 안주들이 차례로 나왔다.

마틴 김이 앞으로 나와서 말했다.

"오늘 뒤풀이 행사를 하기 전에 여러분의 의견을 묻고 싶은 게 있습니다. 장웅인 배우님을 제외하고 현재 여기 모여 있는 분들은 모두 우리 영화의 투자자이거나 제작사를 대표하는 분들입니다."

마틴 김의 말에 태수가 새삼스럽게 주위를 둘러봤다.

그러고 보니 정말 그랬다.

조진호 대표는 고스트라인의 대표이고 태수 자신은 영화의 공동 제작자다. 또 손예지는 공동투자자였다. 박홍식 감독은 감독으로 참여한 것이고.

마틴 김이 계속해서 말을 이었다.

"그래서 저는 오늘 우리 영화의 개봉 시기를 결정하는 데 여러분의 의견을 들어 보고 싶습니다. 여러분이 의견대로 결정한다고 말할 수는 없지만 분명히 참고하도록 하겠습니다."

보통 영화의 개봉 시기는 투자 배급사에서 일방적으로 결정해서 통보하는 편인데 제작사의 의견을 적극 수용하겠다는 의사를 내비친 것이다.

"참고로 7월에 개봉할 국내 영화 중에서 다크호스는 KU 엔터의 〈오래된 기억〉입니다. 8월 초에는 다들 아시는 할리우드 마블 영화의 개봉이 잡혀 있습니다. 일단 〈오래된 기억

〉은 내부적으로 7월 말에 개봉하는 것으로 결론을 냈다고 합니다. 우린 세 가지 선택지가 있어요. 〈오래된 기억〉보다 먼저 개봉하는 것, 다음엔 〈오래된 기억〉과 함께 개봉하는 것, 마지막은 〈오래된 기억〉 뒤에 개봉하는 것. 자, 여러분의 의견을 말해 주세요."

마틴 김 지사장이 태수 일행이 차 안에서 나눴던 대화를 들은 사람처럼 개봉 시기에 대한 얘기를 꺼내자 다들 당혹스러운 분위기.

그럼에도 불구하고 태수는 묘하게 피가 끓어오르는 기분을 느꼈다.

조진호 대표가 어떡할 거냐는 듯 태수를 바라봤다.

마틴 김이 말했다.

"물론 지금 바로 대답하지 않으셔도 됩니다. 충분히 상의를 해 보시고 제작사 측 의견을 저희한테 전달해 주세요. 와인도 좀 드시면서요."

공을 제작사 측에 넘긴 마틴 김이 손예지를 포함한 투자사 사람들과 와인을 마시며 편안하게 대화를 나눴다. 제작사 의견대로 배급 시기를 결정하지 않더라도 분명 고마운 배려였다.

박홍식 감독이 말했다.

"저도 마음은 〈오래된 기억〉하고 제대로 붙어 보고 싶습니다. 작품에 대한 자신감도 있고. 하지만 이런 큰일을 감정으로만 결정할 수는 없잖아요. 전 우리 영화를 먼저 개봉하는 게 좋을 것 같습니다. 물론 어차피 결정권은 대표님하고 장 작가한테 있는 거니까 제 의견은 그냥 참고만 하세요."

박홍식 감독 말대로 조진호 대표와 태수가 공동 제작자다. 실질적인 결정권을 가졌다는 말이다.

만약 예지 영상처럼 영화가 흥행한다면 제작사 지분의 30퍼센트를 가지고 있는 태수도 상당한 수익을 얻게 될 것이다.

조진호 대표가 복잡한 표정으로 물었다.

"장 작가 의견은 어때?"

태수는 조금도 주저하지 않고 대답했다.

"전 정면으로 붙어 보고 싶습니다."

솔직히 태수는 명호의 〈오래된 기억〉과 〈모텔 파라다이스〉 포스터가 멀티플렉스에 나란히 걸려서 진검 승부를 벌인다는 생각만으로도 흥분이 되고 피가 끓어올랐다.

예전부터 명호가 짜는 이야기나 소설은 늘 허세가 가득했다. 뭔가 있는 것처럼 미사여구는 가득한데 실제로 모두 읽고 나면 알맹이가 없어서 허전했다.

명호의 작품은 딱 명호 자신을 그대로 빼닮았다. 맞붙는다면 확실하게 이길 자신이 있었다. 대중들은 분명 몰입감이 강한 〈모텔 파라다이스〉를 선택할 것이다.

다만 그런 예상은 어디까지나 공정한 경쟁이라는 사실을

전제로 한다.

톱스타들이 출연하고 제작비가 100억을 훌쩍 뛰어넘는 〈오래된 기억〉과 〈모텔 파라다이스〉는 처음부터 격차가 많이 벌어져 있었다.

그런 불리한 조건에도 불구하고 태수는 관객들이 재미있는 작품을 선택하리라는 확신이 있었다.

하지만 조진호 대표는 생각이 다른 모양이었다.

"장 작가 마음을 모르는 건 아닌데, 이건 감정적으로 선택할 수 있는 문제가 아냐. 우리한테 불리한 게 한두 가지가 아니라고."

태수는 일단 자신의 생각을 쏟아 내고 싶은 욕구를 억누르며 물었다.

"그런 게 어떤 게 있는데요?"

"일단은 홍보 규모지. 아무리 위브라더스에서 우리 밀어준다고 해도 쓸 수 있는 P&A(배급 마케팅비) 비용이 한계가 있어. 우리한테 책정된 총제작비가 30억이고 순제작비가 21억이야. P&A로 쓸 수 있는 돈이 기껏해야 10억 내외라고. 근데 저쪽은 P&A 비용만 최소 30~40억은 쓸 거라고. 뿐만이 아냐, 강동운, 조승수, 전지혜 뜬다고 생각해 봐. 우린 바동거려도 사람 모으기 힘든데 저쪽은 아무것도 안 해도 사람들이 구름처럼 모여들 거라고."

"영화만 재미있으면 아무리 많은 홍보비를 쏟아부어도 관객은 저희 영화를 찾지 않을까요?"

태수가 신념처럼 믿고 있는 생각이었다.

'솔직히 작품에 자신만 있다면 뭐가 걱정인가?'

태수는 혹시 조진호 대표가 작품에 자신이 없어서 맞대결을 피하려는 건 아닌지 의심이 들었다.

조진호 대표가 고개를 흔들며 말했다.

"그게 순진한 소리라고. 봐 봐, 일반인들은 영화가 재미만 있으면 결국은 관객이 알아줄 거라고 생각을 해. 물론 맞는 말이야, 관객이 알아주지."

"근데요?"

"문제는 관객이 알아줬을 때는 이미 영화가 극장에 없다는 거야."

"예?"

알쏭달쏭한 소리였다.

조진호 대표가 답답하다는 표정으로 설명을 이어 갔다.

"봐 봐, 우리 같은 작은 영화가 처음에 확보한 상영관을 극장에서 계속 유지할 수 있는 기간이 얼마나 될 것 같아?"

"그건……."

"기껏해야 2주야. 2주 안에 승부를 못 보면 다음 주 신작이 들어와서 상영관을 다 뺏어 간다고. 근데 2주 안에 입소문이 얼마나 날까? 극장주들은 관객이 입소문을 내 주는 기간 동안 상영관이 비어 있는 걸 못 참는단 말야. 그렇게 사라진 좋은 영화가 어디 한두 편인 줄 알아?"

조목조목 논리적으로 설명을 하는 조진호 대표의 말에 반박할 여지가 없었다. 영화가 개봉하고 입소문이 나려면 적어도 2~3주는 걸릴 텐데 그 안에 영화를 내려야 한다니.

'그렇다면 내가 본 미래의 영상은 뭐지?'

관객 300만 명을 넘어서서 한국 공포 영화의 역사를 다시 쓴다던 그 예지 영상 말이다.

"그럼 대표님은 어떻게 하길 원하세요?"

"난 〈오래된 기억〉보다 우리 영화가 먼저 개봉하는 게 좋다고 생각해."

"그럼 7월 초요?"

조진호 대표가 고개를 흔들었다.

"아니. 7월 초에는 또 다른 할리우드 블록버스터가 있어. 우린 5월 말에 개봉하는 게 최선이야."

태수는 생각지도 못한 조진호 대표의 말에 고개를 갸웃거렸다.

"5월 말요? 공포 영화를 여름에 개봉하지 않고 5월 말에 개봉한다고요?"

조진호 대표가 고개를 끄덕였다.

"그때 외에는 우리 같은 작은 영화가 들어갈 만한 시간이 없어."

5월 말이라면 시간이 한 달도 남지 않았다.

그때 등 뒤에서 여자 목소리가 들려왔다.

"제가 보기엔 나쁘지 않은 선택인데요?"

돌아보니 영화 홍보사 영화홀릭의 대표 송혜진이 와인 잔을 들고 서 있었다.

"안녕하세요? 방해가 되지 않는다면 저도 의견을 좀 내도 될까요? 어차피 개봉일이 결정되면 현장에서 뛰면서 홍보해야 할 사람은 저니까요."

조진호 대표가 인사를 했다.

"물론이죠. 사실 이 분야에서 제일 촉이 좋은 전문가는 송 대표님 아닙니까?"

영화 마케팅 전문가답게 세련된 외모의 송혜진이 입을 열었다.

"조금 전에 대표님께서 5월 말에 개봉하고 싶다고 하셨는데, 전 아주 좋은 선택이라고 봐요. 5월 말에서 6월은 어차피 영화 시장 비수기라서 고만고만한 영화들끼리 싸우게 되죠. 간단히 말해서 우리 같은 작은 영화도 공정한 싸움을 할 수가 있는 운동장이 마련된다는 거예요. 당연히 관객들은 스타 마케팅에 현혹되지 않고 순전히 영화의 가치로만 선택을 하게 되겠죠. 물론 시장의 파이는 작아질 거예요. 그나마 5월 말이 6월보다는 좀 낫죠."

"그게 무슨 말인가요? 파이가 작아진다니."

"극장을 찾는 관객 수 자체가 적다는 거예요. 예를 들면 성수기에는 마블 영화나 블록버스터 혹은 국내 대표 주자라고 할 수 있는 텐트폴 영화들이 개봉을 하니까 극장에 관객이 바글거리잖아요. 비수기에는 작은 영화들만 모여 있으니까 썰렁하고. 성수기 극장의 좌석 점유율이 평균 70~80퍼센트라면 비수기에는 30퍼센트 넘기기도 쉽지 않다는 얘기죠. 그 30퍼센트가 안 되는 관객을 두고 여러 작은 영화들이 치열하게 나눠 먹어야 하는 거예요. 그래서 〈오래된 기억〉 개봉하기 전에 우린 최대한 먹고 빠질 거예요."

얘기를 듣다보니 갑자기 불안한 느낌이 들었다.

〈모텔 파라다이스〉의 흥행 규모를 너무 적게 잡고 있는 건 아닌지.

"그럼 저희 영화는 최종 스코어를 어느 정도로 보시는 거예요?"

"음…… 영화가 잘 나와서 좀 낙관적으로 잡으면 200만?"

"200요? 그 이상은 어렵나요?"

태수의 반응에 조진호 대표가 웃으면서 말했다.

"장 작가, 공포 영화 200만이면 대박 수준이야. 일반 영화하고 다르다고. 우리 영화 총제작비가 30억이라고 하면 극장 수입 기준으로 손익분기점이 90만에서 100만 사이야. 200만이면 두 배 장사라고. 공포 영화로는 대박이지."

"그럼 구체적으로 수익이 어느 정도 되는데요?"

"200만이면 여러 조건에 따라 차이는 있겠지만 일반적으로 손익분기가 넘으면 극장 수입 기준으로 관객 한 명당 1,500원을 제작사 수익으로 계산하거든. 그럼 100만이면 얼만지 알아? 15억이야. 이후 2차 판권까지 생각하면 수익은 더 늘어나지. 거기에 장 작가 지분 30프로면 극장 수입 기준으로만 자그마치 4억 5천이라고. 설마 그 이상을 욕심내는 거야?"

태수가 속으로 중얼거렸다.

'아니에요, 우리 영화는 300만을 넘게 되어 있다고요. 지금 대표님이 얘기한 관객 수의 두 배를 넘어야 한단 말입니다.'

태수는 그 말을 하고 싶어서 입이 근질거렸지만 할 수가 없었다.

어쨌든 조진호 대표는 물론이고 영화홀릭 송 대표까지 그렇게 주장을 하니 태수로서는 반박할 여지가 없었다.

'지금 내 생각을 굽히고 두 사람의 말을 따르는 게 예지 영상대로 이루어지는 길일까?'

지금은 아무것도 확신할 수가 없었다.

할 수 있는 일이라곤 그저 그렇게 되길 바라는 것뿐.

조진호 대표가 마틴 김에게 다가가 제작사의 의견을 전했다.

조진호 대표가 한결 밝아진 표정으로 태수에게 돌아와서 말했다.

"잘됐네. 투자사도 같은 생각을 하고 있었대, 5월 말 개봉이 최적이라고."

영화가 잘 나온 덕인지 다들 분위기가 들떠 있었다.

영화나 드라마에서 보던 외국의 파티처럼 참석자들은 이리저리 옮겨 다니며 서로 얘기를 주고받았다.

영화 관계자들에게 이런 모임은 중요하다. 이런 자리를 통해 배우나 감독 혹은 제작사와 투자사 관계자들이 서로 친밀감을 높일 수 있으니까.

영화를 오래 하다 보면 영화가 만들어지는 모든 과정에서 사람들 간의 소통이 얼마나 중요한지 알 수가 있다.

투자받기 어려운 영화도 감독에 대한 신뢰 하나로 투자가 되고, 절대 출연하지 않겠다던 배우가 감독과의 술자리 한 번으로 의기투합해서 출연을 결정짓는 경우가 의외로 많다.

조진호 대표는 영화판을 모르는 태수를 위해 옆에 붙어 앉아 온갖 재미있는 얘기와 노하우들을 들려줬다. 태수에 대한 애정이 있기에 가능한 일이었다.

마틴 김이 살짝 취기가 도는 얼굴로 조진호 대표와 태수가 있는 자리로 다가와 〈앞집녀〉와 〈집착〉에 대한 칭찬을 이어갔다.

"한국 속담에 그런 말 있잖아요. 될 놈은…… 아니, 쏴리~ 될 사람은 떡잎부터 알아본다고. 난 장태수 감독이 그런 사람이라고 생각합니다. 당신은 분명히 훌륭한 감독이 될 거예요.”

마틴 김이 한바탕 태수 예찬론을 늘어놓은 후 자리를 뜨자 이번엔 투자 팀 황태식 팀장이 자리에 앉았다.

황태식 팀장이 조진호 대표를 보며 말했다.

“대표님도 알죠? 솔직히 〈모텔 파라다이스〉에 투자할 때 저희는 큰 기대하지 않았어요. 투자를 결심한 이유도 손예지 씨가 출연하고 투자까지 하겠다고 했기 때문이고.”

조진호 대표가 연신 고개를 끄덕이며 말했다.

“알죠, 물론.”

“근데 오늘 영화 보니까 크으~ 죽이네요. 진짜 한국 공포 영화 중에 이 정도 수작은 세 손가락도 안 됩니다. 영화를 보고 나니까 알겠는 거예요. 지사장님도 말씀하셨지만 여기 장 작가님이 수정한 시나리오가 얼마나 좋았는지. 가족애가 들어가니까 공포도 살고 캐릭터도 살잖아요. 정말 신의 한 수였다니까요.”

조진호 대표가 맞장구를 쳤다.

“거기 민지가 210호에서 처음 원귀 만나서 주저앉는 장면 있잖아요.”

“아, 그 장면 생각나요. 그 장면 진짜 무섭고 실감 나던데요? 아이가 연기도 너무 잘하고. 그 장면 보는데 진짜 거짓말 안 하고 팔뚝에 소름이 쫙 올라왔다니까요.”

조진호 대표가 주위를 살피고는 속삭였다.

박홍식 감독이 들으면 기분 나빠할 수도 있으니까.

"사실은 그거 장 작가가 아이디어를 내고 직접 연기 시범까지 보인 장면이에요."

"진짜요? 와, 작가님 진짜 대단하시다."

조진호 대표가 황태식 팀장한테 말했다.

"우리 호칭이 자꾸 헷갈리니까 앞으로는 작가 말고 감독으로 통일하죠. 어차피 감독으로 입봉할 거니까."

"아, 예, 그러시죠."

"아무튼 장 감독님 다음 작품은 우리하고 꼭 같이하셔야 합니다. 〈비가 오면〉은 최대한 빨리 투자 심사 넣고 결과 알려 드릴게요."

황태식 팀장이 자리를 뜨자 이번엔 조진호 대표가 기다렸다는 듯 태수를 구워삶기 시작했다.

"장 작가, 아니 장 감독. 내 말 들어 봐. 지금 마틴 김이 〈앞집녀〉랑 〈집착〉에 꽂혔잖아. 근데 내가 볼 때는 이번에 제작하는 〈수상한 아파트〉가 앞선 두 편의 영화보다 영화적으로 훨씬 나아. 내가 보증하는데 〈수상한 아파트〉 시나리오 마틴 김한테 갖다 주면 바로 투자 결정 난다. 이런 기회 진짜 자주 오는 거 아니야."

집요한 조진호 대표의 구애에 태수가 고개를 설레설레 흔들었다.

"대표님, 그 얘긴 제가 이미 말씀드렸잖아요."

"그러지 말고 일단 나하고 상의부터 해 보자니까? 그럼 방법이 생긴다고."

그때 건너편 테이블에서 손예지가 큰 소리로 외쳤다.

"대표님 언제까지 혼자서만 태수 독차지할 거예요?"

손예지도 오늘은 기분이 꽤 좋은지 제법 취기가 올라 있었다.

"야, 장태수! 아니지, 장태수 감독님…… 잠깐 이리 좀 와 보실래요?"

그렇잖아도 조진호 대표한테 잡혀서 곤혹을 치르던 참이라 태수가 얼른 자리를 옮겼다.

태수가 앉자마자 손예지가 갑자기 목에 팔을 감아 헤드록을 하며 말했다.

"야, 너 똑바로 말해. 보윤이한테 무슨 짓을 한 거야?"

"예? 그게 무슨 말씀이세요?"

"너 계속 시치미 뗄래? 어떡하다가 우리 보윤이가 태수앓이를 하게 됐냔 말야."

"누나, 저는 통 무슨 소린지……."

손예지가 헤드록을 풀고는 눈을 게슴츠레 뜨고 보며 물었다.

"뭐야, 그럼 넌 아무 감정도 없는 거야?"

태수는 도무지 영문을 몰라 눈만 휘둥그레 떴다.

손예지가 태수를 빤히 보더니 갑자기 피식 웃고는 말했다.

"뭐야, 보윤이가 혼자 그러는 거야?"

"대체 무슨 소리예요?"

손예지가 아무것도 아니라는 듯 손을 흔들며 말했다.

"보윤이가 나랑 같은 소속사라서 평소에 친동생처럼 친하게 지내거든. 근데 자꾸 네 얘기를 꼬치꼬치 물어보잖아. 이제야 뭔 상황인지 감 잡았어. 이야, 태수 너 대단하다? 어떻게 대한민국 최고의 청춘스타를 그렇게 앓이하게 만드냐? 고양이인 줄 알았는데 이제 보니까 완전 호랑이네? 어후…… 야."

손예지가 고개를 설레설레 흔들다가 뭐가 재미있는지 계속 피식거리며 웃었다.

〈모텔 파라다이스〉의 개봉 시기는 결국 5월 말로 확정됐다.

한 달도 남지 않은 개봉 시기 때문에 다른 일정들도 속도를 내며 빠르게 진행됐다.

박홍식 감독은 서둘러 〈모텔 파라다이스〉의 예고편을 만들었고 조진호 대표는 제작 보고회 관련 일정으로 정신없는 나날을 보냈다.

태수는 낮에는 동아리방에서 〈수상한 아파트〉의 프리 프로덕션 단계를 진행했고 밤에는 옥탑방에서 시나리오를 수정했다.

확실히 10분짜리 단편과 60분짜리 중편영화는 난이도는 물론이고 작업량에서도 비교할 수 있는 차원이 아니었다.

단순 비교하긴 그렇지만 10분짜리 단편 서너 편을 한꺼번에 만드는 느낌이었다.

게다가 단편은 하루 촬영이면 충분하지만 중편은 최소 7회 차 이상 촬영을 해야 한다. 때문에 제작비를 비롯해 학교 수업 출결 문제까지 문제가 한두 가지가 아니었다.

태수는 시나리오 초고와 촬영 계획서를 고민석 교수한테 제출했다.

대학생영화제는 원래 학교에서 공식적으로 인정해 주는 공모전이라서 도움이 되는 여러 가지 편의를 봐준다. 출품작이 학교 이름으로 출품되기 때문이다.

덕분에 수업 출결 문제는 물론이고 기자재 지원, 제작비 일부도 지원을 해 주곤 했다.

신생 예술대학인 드림대학 입장에서는 혹시라도 학교 이름을 달고 출품된 작품이 본상을 수상하게 된다면 그 어떤 광고보다 확실한 홍보가 되기 때문이다.

그동안 학교에서는 무슨 행사만 있으면 웹툰 작가 김보미를 내세워 홍보를 하곤 했다. 덕분에 올해 웹툰학과에 지원금을 대폭 늘렸다는 소문이 돌았다.

근데 최근 ≪비가 오면≫이 문학 베스트셀러에 오르고 태수가 시나리오를 쓴 〈모텔 파라다이스〉 개봉 소식이 이어지면서 학교의 분위기가 변했다.

김보미보다 태수를 홍보 모델로 내세우는 논의가 시작된 것이다.

똑똑똑.

"네, 들어오세요."

태수가 교수실 문을 열고 들어가자 고민석 교수가 반갑게 맞았다.

"요즘 눈코 뜰 새 없이 바쁘지? 영화제 출품작 준비하랴, 영화 개봉 준비하랴."

"영화 개봉하는 데 제가 할 일이 뭐 있나요?"

"공동 제작에 이름 올렸다며? 홍식이가 그러던데?"

사실 고민석 교수가 아니었다면 지금의 〈모텔 파라다이스〉는 존재하지 않았을 것이다. 당연히 단편영화를 제작할 생각도 하지 않았을 테고. 불과 석 달 전에 우연히 교수실에서 넘겨받은 〈모텔 파라다이스〉 시나리오 덕분에 여기까지 왔으니까.

당시 고민석 교수는 직접 박홍식 감독한테 전화를 걸어 태수의 자리를 알아봐 줬다.

“그냥 지분으로만 참여하는 공동 제작자라서 아는 게 아무 것도 없어요.”

“하긴 그렇지. 이번에 영화 개봉하는 거 옆에서 지켜보면서 많이 배우고.”

“예, 그러려고요.”

“참, 이번 영화제 출품작 시나리오, 〈수상한 아파트〉 잘 읽었다.”

태수는 살짝 긴장되는 기분으로 고민석 교수의 다음 말을 기다렸다.

“솔직히 많이 놀랐어. 어떻게 불과 몇 달 만에 이렇게 발전을 할 수가 있는지. 내가 볼 땐 이번 작품은 상업 영화로 발전시켜도 충분히 승산이 있을 것 같은데? 대학생영화제 수준은 아니야.”

신기하게도 조진호 대표와 똑같은 얘기를 했다.

고민석 교수까지 이렇게 얘기를 하자 순간 조진호 대표 권유대로 장편 상업 영화로 발전시켜 볼까 하는 마음이 들었다. 위브라더스 마틴 김 지사장에게 시나리오를 보여 줘서 평가를 받아 보고 싶은 욕심도 생기고.

하지만 이내 그게 아니란 생각이 들었다. 이번에 프리 준비를 하면서 아직은 장편 상업 영화를 연출할 만한 역량을 갖추지 않았다는 걸 절감했던 것이다.

괜히 입봉을 서두르다가 엄청난 자본이 들어간 영화를 망치고 싶진 않았다. 아직은 나이도 많이 어리고.

"아무튼 내 의견은 참고로 하고. 학교 입장에선 이 작품을 대학생영화제용으로 제작해서 출품하겠다고 하면 대환영이지. 내가 볼 때 작품상하고 각본상은 확실할 것 같은데?"

대학생영화제는 본상으로 작품상, 각본상, 남우여우주연상, 남우여우조연상, 미술상, 관객상 정도로만 시상을 한다.

고민석 교수가 책상에서 책을 한 권 가져와서 태수 앞에 내놓았다.

태수의 책 ≪비가 오면≫.

"사인 좀 해 주라."

"예?"

"학과장님이 너한테 사인 받아 놓으라고 하시더라. 곧 연구실로 오실 거야."

"학과장님한테 드리는 건가요?"

"그럼. 제자가 베스트셀러 작가가 됐는데 사인본 한 권은 받아 놔야지."

고민석 교수한테는 진즉 사인을 해서 한 권 보냈다.

태수가 책 안쪽 내지에 사인을 했다.

학과장님, 늘 신경 써 주셔서 감사드립니다.

문창과 장태수 드림

의례적인 인사말이었지만 평소 가깝게 지내던 분이 아니라서 달리 떠오르는 말이 없었다.

똑똑똑.

방문이 열리고 박대식 교수가 들어왔다.

총장의 동생으로 학과장을 맡고 있긴 하지만 교수의 느낌은 들지 않았다. 수업도 부실해서 학생들 사이에선 원성이 자자하다.

하지만 학교 발전에 대한 욕심이 많아서 대외 행사에는 적극적인 지원을 해 준다는 건 다행이었다.

태수가 인사를 하자 박대식 교수가 특유의 정신없는 말투로 말했다.

"어, 그래, 앉아, 앉아."

고민석 교수가 태수가 사인한 소설책을 내밀자 박대식 교수가 내지를 보고는 말했다.

"내가 이 소설책을 읽고 제일 감명 깊었던 대목이 어느 부분인지 아나?"

"……?"

"바로 이 부분이야."

박대식 교수가 태수의 프로필이 적힌 페이지를 펼치더니 손가락으로 집어서 보여 줬다.

'드림실용예술전문대학 문창과에 재학 중.'이라고 인쇄된 부분.

순간 태수는 헛웃음이 나올 번한 걸 간신히 참았다.

박대식 교수가 너무도 진지한 표정으로 말을 이어 갔다.

"내가 이 부분을 읽는데 얼마나 고마운지 순간 울컥하더라니까. 더구나 한강대학교 입학할 수 있는 특전까지 마다하고 말이야. 애교심이 얼마나 감동적이야? 그렇지 않소, 고 교수?"

고민석 교수도 애써 웃음을 삼키며 대답했다.

"예, 그렇습니다."

"태수 군, 이번에 대학생영화제 출품작 준비한다고 들었는데, 이상 없이 준비 잘하고 있는가?"

"예, 이제 막 시나리오 나와서 프리 단계예요."

"뭐든 필요한 게 있으면 말만 해. 태수 군이 아무것도 신경 쓰지 않고 작품에만 매진할 수 있도록 학교에서 전폭적인 지원을 해 줄 테니까. 제작비도 예산을 짜서 올리면 필요한 만큼 지원을 하도록 내가 총장님한테 결재를 올릴게. 알았죠, 고 교수?"

"예, 알겠습니다. 근데 이번에 연영과에서도 작품 출품을 준비하고 있는 걸로 아는데 자칫 형평성 문제가 생기지 않을까요? 기자재도 양쪽에서 동시에 사용하려면 문제가 있고."

"연영과는 담당 교수가 누구예요?"

"영화 제작 실습 과목을 담당하고 있는 김정민 교수가 지도를 맡고 있습니다."

박대식 교수가 잠시 고민을 하다가 말했다.

“그럼 시나리오로 평가해서 더 나은 작품을 학교에서 지원하는 것으로 하면 되지 않겠어요? 예전에도 그렇게 한 걸로 알고 있는데?”

“예, 맞습니다. 그럼 그 부분은 제가 김정민 교수와 상의해서 어떤 작품을 선정할지 결정하도록 하겠습니다.”

“예. 공정하게 심사를 해서 결과를 저한테 가져오세요. 연영과는 감독이 누구예요?”

“과 대표 맡고 있는 신호철이라는 친구입니다. 바깥에서 조감독 생활하다가 뒤늦게 입학한 친군데 무척 의욕적이라고 알고 있습니다.”

“아, 그 나이 많은 친구?”

“예, 맞습니다.”

박대식 교수가 비록 교수로서의 자질은 부족하지만 학교 발전을 위해서는 꼭 필요한 사람이었다.

사업적인 판단 능력이 탁월하고 어떤 일이든 결과로만 판단하기 때문에 선입견이 없다. 덕분에 본인이 원했든 아니든 공정한 경쟁을 유도한다는 장점이 있었다.

박대식 교수가 연구실을 나간 후 고민석 교수가 말했다.

“내가 알기로 연영과에서도 시나리오 초고가 나왔다고 알고 있으니까 두 시나리오 심사를 해서 결과를 알려 줄게. 뭐 해 보나 마나 비교할 수 있는 수준이 아닐 것 같지만.”

"예, 알겠습니다."

시나리오를 읽는 건 소설을 읽는 것보다 에너지 소모가 훨씬 크다.

단순히 텍스트만 읽어서 되는 게 아니라 지문을 머릿속에 그려 봐야 하고 캐릭터에 대한 이해를 하면서 읽어야 하기 때문이다.

김정민 교수는 연영과 영화 제작 실습 과목을 담당하고 있다.

본인도 흔히 말하는 다양성 영화로 분류되는 작가주의 성향의 장편영화를 세 편이나 연출한 감독이기도 하며, 지금도 끊임없이 작품을 기획하고 제작을 시도하는 중이다.

미스터리클럽에 대해서는 김정민 교수도 익히 들어서 알고 있었다.

문창과 학생들로 구성이 됐고 학생들 대부분이 자신의 수업을 수강했다.

연영과 학생들이 아닌 문창과 학생들이 모인 동아리에서 2년 연속으로 대학생영화제에 작품을 출품한다는 사실만으로도 대단하다는 생각이 들었다.

물론 작품의 완성도는 별개다.

지난 2년 동안 출품한 작품을 봤는데 부족한 부분이 많은 게 사실이었다.

반면 연영과 작품은 그래도 자신이 지도를 한 덕분에 일정 수준 이상의 완성도는 갖추고 있었다.

근데 그 미스터리클럽 회장을 맡고 있는 장태수라는 친구가 장편 공포 영화의 시나리오를 썼다는 얘기를 접했다. 뿐만 아니라 그 영화에 손예지가 출연을 한다고 했다.

손예지 정도의 배우가 저예산 공포 영화에 출연한다는 건 생각하기 힘든 일이다.

그래서 일부러 손예지의 인터뷰를 찾아봤다.

손예지는 인터뷰에서 그 영화에 출연한 첫 번째 이유로 시나리오를 꼽았다. 시나리오가 너무 재미있었고 마침 연기 변신을 하고 싶던 자신의 마음을 움직였다고 했다.

김정민 교수는 지금까지 드림대학 학생들을 가르치면서 그런 반짝이는 재능을 단 한 번도 만난 적이 없다. 덕분에 자신의 학교지만 가르치는 의욕이 생기질 않았다.

근데 방금 시나리오 〈수상한 아파트〉를 읽고서는 상당히 놀랐다.

시나리오의 반짝이는 아이디어는 물론이고 시나리오만 읽어 봐도 이 친구가 연출에서도 얼마나 뛰어난 재능을 가지고 있는지 충분히 짐작할 수가 있었던 것이다.

게다가 고민석 교수가 알려 준 오싹한 이야기 채널에 들어가 두 편의 단편영화를 보고는 그야말로 충격을 받았다.

더불어 드림대학에 와서 처음으로 희망을 가질 수가 있었다.

어쩌면 장태수 한 명으로 인해 드림대학의 발전이 10년은 앞당겨질 수도 있겠다는 생각이 들었다.

게다가 내년이면 드림대학 문창과와 연영과가 통합을 앞두고 있다.

신호철의 시나리오는 이미 읽었고.

이건 심사를 하고 자시고 할 필요도 없었다. 오히려 고민석 교수한테 보낸 연영과의 시나리오가 부끄러워질 지경이다.

김정민 교수는 즉시 과 대표이자 이번 출품작의 시나리오를 쓴 신호철을 호출했다.

신호철은 살짝 긴장되는 마음으로 김정민 교수실을 찾았다.

문창과 미스터리클럽 장태수가 쓴 시나리오와 자신이 쓴 시나리오를 심사해서 둘 중 한쪽만 학교에서 지원하기로 했다는 얘기를 들었다.

지금은 결과를 들으러 가는 길이다.

장태수가 제작하는 단편영화에 카메라맨으로 참여하고 있는 김동수나 배우로 출연했던 조인영, 박준호가 침을 튀겨가며 영화에 대한 칭찬을 했지만 신호철은 콧방귀도 뀌지 않았다.

아마추어인 학생들 시선으로 볼 때는 엄청 대단한 작품처럼 보이지만 프로의 눈으로 보면 허접한 경우가 대부분이기 때문이다.

게다가 10분도 안 되는 단편영화를 보고 그토록 호들갑이라니.

신호철은 태수의 단편영화 〈앞집녀〉를 보고 설정을 표절했다고 생각했다. 실제 그런 설정을 봤다기보다는 그렇게 믿고 싶었고 악플까지 달았다.

〈집착〉은 찾아보지도 않았다. 그걸 찾아본다는 것만으로도 자존심이 상했기 때문이다.

자신이 지난 10년 동안 영화판에서 했던 고생을 생각하면 더더욱.

신호철은 고등학교를 졸업하자마자 영화판에 뛰어들어 현장에서 프로들과 10년 가까이 일을 했던 경력이 있다.

'제깟 것들이 상업 영화의 조감독이 얼마나 대단한 자리인지 알기나 해? 문창과니까 어떻게 운이 좋아서 장편영화 시나리오를 한 편 썼겠지. 하지만 연출은 전혀 다른 분야거든?'

그래서 이번 시나리오 심사 얘기를 들었을 때도 큰 걱정은 하지 않았다.

이번에 자신이 쓴 〈수령〉은 러닝타임 90분 내외의 장편영화 시나리오다.

거의 7~8년 동안 가슴에 아이디어를 품고 다니다가 마침 내 시나리오로 써서 투자를 받아 보려고 애를 쓰던 작품이다.

자신이 아는 선배 감독들한테 시나리오를 보였을 때 다들 아이디어가 괜찮다고 격려까지 받은 작품이기도 하다. 그런 작품이 영화 동아리 학생이 쓴 시나리오보다 못하다는 건 말이 되지 않았다.

똑똑똑.

"들어오세요."

신호철이 넙죽 인사를 하고 교수실로 들어섰다.

"어, 왔어? 거기 앉지."

신호철이 소파에 앉자 김정민 교수도 책상에서 일어나 건너편으로 옮겨 와 앉았다.

"내가 자네 작품하고 문창과 장태수 군 작품하고 둘 다 읽어 봤는데 말이야."

김정민 교수가 잠시 뜸을 들인 후에 말했다.

"아쉽게 됐지만 고민석 교수도 그렇고 나도 그렇고, 이번 영화제 출품작은 장태수 군의 작품을 최종 선정하기로 했네. 물론 자네가 개인적으로 영화를 만들어서 출품하겠다면 상관은 없지만, 학교에서 여러 가지 지원을 해 주긴 어려울 것 같아."

신호철이 잠시 자신의 귀를 의심하며 침묵을 지키다가 물었다. 자신도 모르게 목소리가 떨려 나왔다.

"정말 객관적으로 그 친구 시나리오가 제 것보다 낫다는 건가요?"

김정민 교수가 고개를 끄덕였다.

신호철이 저항하듯 말했다.

"시나리오가 좋다고 연출력도 좋은 건 아니지 않습니까?"

김정민 교수가 다른 말없이 시나리오를 신호철에게 내밀었다.

표지에 〈수상한 아파트〉라는 제목이 인쇄되어 있었다.

"내가 아무리 얘기해 봐야 자네한테 와닿지가 않을 테고, 자네가 직접 읽어 보게. 그리고 유튜브에 오싹한 이야기 채널이라는 채널에 들어가면 두 편의 단편영화가 있을 걸세. 그것도 꼭 보도록 하고."

연영과 과 사무실에서 태수의 시나리오 〈수상한 아파트〉를 읽은 신호철은 한동안 자리에서 일어날 수가 없었다. 멍하니 허공을 바라보는 표정이 큰 충격을 받은 사람 같았다.

과 사무실을 들락거리던 학생들이 그런 신호철을 보고는 놀라서 슬금슬금 피할 정도였다.

이제는 확실하게 인정하고 받아들일 수 있었다.

장태수가 썼다는 〈모텔 파라다이스〉 시나리오가 결코 우연하게 나온 작품이 아니라는 걸.

〈모텔 파라다이스〉 시나리오는 우연히 나온 게 아니었다.

판타지 공포 장르인 〈수상한 아파트〉는 자신이 너무나 만

들어 보고 싶던, 늘 상상 속에서만 그리던 분위기의 시나리오였다.

얼마나 몰입해서 읽었는지 시나리오를 다 읽고 난 후에는 자신이 그 우중충한 아파트 속에 아직도 머물고 있는 것 같은 착각이 들 정도였다.

'어떻게 이런 생각을 할 수가 있지?'

비로소 파도처럼 충격이 몰려들었고, 질투심에 눈이 먼 자신이 무슨 짓을 저질렀는지 깨닫고 뒤늦게 후회가 들었다.

신호철은 얼른 유튜브 오싹한 이야기 채널에 들어가서 〈앞집녀〉를 다시 보고 새롭게 올라온 〈집착〉도 연속으로 봤다.

선입견을 걷어 내고 〈앞집녀〉에 이어 〈집착〉까지 보고 나니 비로소 그동안 보이지 않던 것들이 보이기 시작했다.

더불어 태수가 얼마나 뛰어난 이야기꾼이자 영화감독인지 알 수가 있었다.

이런 좋은 영화에 표절이란 악플까지 달았다는 자신이 너무도 찌질하고 한심하게 여겨졌다.

신호철은 당장 유튜브에 접속해서 자신이 단 악플을 지우고 새로운 댓글을 달았다.

–저 영화하는 사람인데 외국에서도 이 정도 수준의 단편 공포는 만나기 어렵습니다. 이거 만든 감독님 가까운 시일 안에 분명히 황룡영화제 시상식에서 감독상 받을 겁니다. 제가 장담합니다.

제작 보고회를 이틀 앞둔 날.

태수는 조진호 대표의 급한 전화를 받고 고스트라인 사무실로 달려갔다.

조진호 대표와 박홍식 감독이 어두운 표정으로 태수를 맞았다.

"무슨 일인데요?"

조진호 대표가 한숨을 푹푹 내쉬며 말했다.

"〈오래된 기억〉, 개봉 시기를 5월 말로 옮겼대."

"그게 정말이에요?"

조진호 대표가 머리를 마구 헝클면서 괴성을 질렀다.

"아, 진짜 개자식들! 상도덕이라는 걸 몰라."

조진호 대표한테 들은 얘기는 이랬다.

8월 초에 개봉 예정이던 할리우드 마블 영화가 개봉 시기를 일주일 앞당기는 바람에 7월 중순 개봉 예정이던 〈오래된 기억〉과 개봉 시기가 2주밖에 차이가 나지 않게 됐다.

〈오래된 기억〉은 개봉 날짜를 바꾸기로 했다.

그런데 7월 초에는 할리우드의 또 다른 블록버스터가 버티고 있고 6월은 극장가의 완전 비수기다. 결국 달아날 수 있는 시기는 5월 말밖에 없었다.

태수는 그 얘기를 듣는 동안 온몸에 찌릿찌릿 전기가 흐르

는 것 같았다.

사실 명호와의 맞대결이 무산되면서 아쉬움이 컸었는데, 이제 두 영화의 피할 수 없는 맞대결이 확정됐다는 소식을 듣자 저도 모르게 승부욕이 불타올랐던 것이다.

저쪽에 엄청난 광고비와 스타 마케팅이라는 무기가 있다면 자신에게도 미래의 예지 영상이라는 무기가 있다.

만약 이런 맞대결을 통해 〈모텔 파라다이스〉가 예지 영상에서 보여 준 것처럼 관객 300만을 넘는다면 〈오래된 기억〉은 영화의 완성도에 문제가 있을 가능성이 크다는 얘기다.

조진호 대표의 넋두리가 계속해서 이어졌다.

“아무리 할리우드 블록버스터라도 어떻게 130억 들인 영화가 도망을 다니냐고. 영화 개판으로 나온 거 아냐? 박 감독, 혹시 무슨 얘기 못 들었어?”

박홍식 감독이 말했다.

“워낙 쉬쉬하는 분위기라서 정확한 얘기는 못 들었는데, 잘 나왔으면 도망을 가겠어요? 당연히 맞짱 뜨면서 쌍끌이 흥행 노리는 게 맞겠죠.”

“참 나, 신인 감독한테 130억짜리 맡길 때부터 왠지 불안해 보이더라. 이명호 영화제 상 탄 것도 보니까 박찬억 감독 흉내 낸다고 스토리는 모호하고 미장센만 엄청 힘줬더구먼.”

“이번 영화도 미술비에 제작비 엄청 들어갔다고 하더라고요.”

조진호 대표가 답답한 듯 말했다.

“당장 발등의 불은 제작 보고회야. 그쪽도 제작 보고회를 내일모레로 잡았더라고. 오늘 보도 자료 돌린 거 보니까 시간도 우리하고 같아.”

“미쳤네, 정말. 설마 우리 견제하려고 일부러 그렇게 잡은 거 아냐?”

박흥식 감독의 말에 조진호 대표가 볼 것도 없다는 듯 잘라 말했다.

“당연히 그렇겠지, 날짜랑 시간까지 완전히 똑같은데. 5월 말에 개봉작들 중에서는 그나마 우리가 경쟁 상대라고 생각한 거지. 충무로에 시나리오 좋다는 소문이 이미 퍼진 데다 기술 시사 잘 나왔다는 얘기도 아마 들었을 거야. 어쨌든 우리도 손예지가 나오니까 화제성이 있잖아. 공포 영화가 여러 가지로 힘들긴 하지만 일단 바람을 타면 만만치가 않거든.”

“진짜 어이가 없네. 그렇다고 이런 식으로 더티 플레이를 하나?”

태수는 두 사람이 하는 얘기가 잘 이해가 되지 않았다.

“제작 보고회를 같은 시간에 하는 게 왜 문제가 되나요? 그냥 그쪽은 그쪽대로 우리는 우리대로 하면 되는 거 아닌가요? 우리 쪽은 이미 참석할 기자들 명단도 확정했고.”

고스트라인의 경우 지난 주말에 일찌감치 보도 자료를 돌렸던 것이다.

"그게 그렇지가 않아. 아마 제작 보고회 날 보면 알게 될 거야, 왜 내가 이렇게 걱정하는지."

조진호 대표의 예언은 정확히 맞아떨어졌다.

〈모텔 파라다이스〉의 제작 보고회가 열리는 왕십리 극장 로비는 한산하다 못해 썰렁할 정도였다. 취재를 신청한 기자들을 다 합쳐도 이십여 명 남짓.

반면 용산에서 제작 보고회를 개최한 〈오래된 기억〉 쪽은 100여 명의 기자들이 몰려들어서 북새통이란 연락을 받았다.

이제야 조진호 대표와 박홍식 감독이 왜 그렇게 분노하고 허탈해했는지 알 것 같았다.

사실 태수가 기자 입장이라도 그럴 것 같았다.

저쪽은 강동운, 조승수, 전지혜고 이쪽은 손예지와 장웅인이다.

기자들은 어느 쪽으로 가야 자신의 기사가 대중의 선택을 더 많이 받을지 너무도 잘 아는 사람들이다. 그나마 남아 있는 취재진도 하늘일보를 제외하고 메이저급은 거의 없었다.

안 그래도 광고비도 별로 없고 홍보할 기회가 부족한데 제작 보고회까지 이렇게 썰렁하면 정말 어려운 상황이 될 수 있었다.

태수는 무대 위에서 영화홀릭 송혜진 대표가 막바지 준비를 하는 모습을 객석에서 착잡한 심정으로 지켜봤다.
태수가 휴대폰을 꺼내서 명호한테 문자를 보냈다.

당당하게 페어플레이하자. 이런 식으로 찌질한 꼼수 부리지 말고.

제작 보고회가 같은 시간에 열리니까 아마 명호도 지금 자신처럼 무대가 준비되길 기다리고 있을 것 같았다.

우우우우웅.

휴대폰이 울려서 보니 명호였다.

"여보세요?"

명호가 대뜸 말했다.

—이야, 장태수 많이 컸네. 네가 모텔 파라다이스 각본 썼다며?

"그래, 내가 썼어. 네가 읽어 볼 가치도 없다고 했던 ≪비가 오면≫은 장르문학 공모대전 대상도 탔고. 이쯤 되면 네 안목을 의심해 봐야 되는 거 아니냐?"

—큭큭큭, 너 요즘 운이 제법 따르나 보다?

"운 따르는 사람은 너지, 반대로 난 늘 운이 없었고. 학교 때 내가 너 보면서 항상 했던 생각이 뭔지 알아? 재는 진짜 운이 좋구나. 근데 지금 생각해 보니까 그게 운이 아니더라고."

—운이 아니면?

"네 아버지와 외삼촌의 힘이었어. 졸업식 때 전교회장 대

신 네가 졸업생 대표로 나서서 졸업생들이 보내는 편지 읽었던 일, 그리고 민영이 때려서 코뼈가 부러졌는데 학폭위에 회부되지도 않고 흐지부지됐던 일, 일일이 열거하려면 한두 개가 아니지. 남들한테는 한 번 오기도 힘든 운이 이상하게 너한테는 늘 따라다니더라고."

그동안 잊었다고 생각했는데 막상 얘기를 하다 보니까 비슷한 기억들이 수없이 떠올랐다.

–그건 운이 아니라 힘이라고 하는 거야.

"그래서 지금도 힘자랑하는 거냐? 이렇게 꼭 남의 영화 짓밟으면서 올라가야 해? 꼭 이렇게 해야 해?"

–자본주의는 원래 냉혹한 경쟁 사회인 거 몰랐어?

"공정한 경쟁을 해야지."

–쿡쿡쿡, 세상에 그런 건 없어. 그리고 넌 왜 항상 그렇게 힘이 없고 가진 게 없을까, 난 늘 이렇게 넘치고. 억울하면 너도 부모 잘 만나서 태어나면 됐잖아. 원망은 네 부모한테 해야지 왜 나한테 징징거려?

부모님 얘기까지 들먹거리자 울컥하고 분노가 솟구쳤다.

그리고 바로 손간 허공이 흔들리며 메시지가 떠올랐다.

제1성인 탐랑성의 생기탐랑의 능이 작동합니다.

화르르르르륵.

칠성의 기운이 어루만지듯 태수의 온몸을 감쌌다. 맹렬하던 분노가 가라앉고 차가운 이성의 기운이 자리를 대신했다.

몸 안에 귀기가 많이 쌓일수록 칠성의 능은 점점 인공지능처럼 작용을 했다.

태수가 한결 차분해진 목소리로 말했다.

"그 운이 계속 널 지켜 주진 못할 거야."

-그건 내가 알아서 해.

"그래? 이번에 기대해라. 내가 너…… 제대로 밟아 줄 테니까."

-장난하냐? 네까짓 게 무슨. 힘도 없고 가진 것도 없는 주제에.

흥분을 가라앉히고 차분하게 마음을 가다듬자 문득 궁금해지는 게 있었다.

'휴대폰으로도 사이코메트리 능력을 사용할 수가 있으려나?'

태수는 정신을 집중하며 조용히 주문을 읊었다.

'사이코메트리.'

화르르르르륵.

몸에서 상당히 많은 양의 귀기가 빠져나가는 게 느껴졌다.

'후우, 이건 자주 쓰면 안 되겠네.'

가능한 한 사람의 생각이나 속마음을 읽는 데 영능력을 사용하지 않겠다고 원칙을 정했다. 하지만 명호는 예외다.

허공이 흔들리며 명호의 생각이 머릿속에서 차례로 들려오기 시작했다.

'태수가 어떻게 그런 시나리오를 썼다는 거지? 정말 영화가 그렇게 잘 나왔는지 어서 봤으면 좋겠네.'

'만약 정말로 영화가 잘 나왔다면 입소문 퍼지기 전에 처음부터 철저하게 밟아야 해. 개봉하자마자 평점 알바 풀어서 악플로 뒤덮으면 최소 일주일은 막을 수가 있을 거야.'

'우리 영화는 반대 전략을 쓰는 거야. 안 좋은 소문 퍼지지 않도록 평점 알바 풀어서 최대한 덮은 다음에 2주일만 버티면 큰 손해는 보지 않을 거야. 손익분기만 넘기면 돼, 손익분기만!'

'계획대로 되려면 초반에 상영관을 얼마나 많이 확보하느냐가 관건이지. 입소문 나기 전에 모든 광고비를 개봉 1주차에 쏟아붓고 최대한 많은 관객을 끌어모으는 거야. 그렇게 하려면 〈모텔 파라다이스〉의 상영관을 하나라도 더 뺏어 와야 해.'

머릿속에서 들려오던 명호의 목소리가 조금씩 멀어졌다.

화르르르륵.

멎었던 시간이 다시 흐르며 현실로 돌아왔다.

예상은 하고 있었지만 이렇게 작정하고 지저분한 계획을 세우고 있을 줄은 상상도 하지 못했다.

한 가지 확실한 건 영화 〈오래된 기억〉의 완성도에 심각한 문제가 있다는 것.

명호가 이렇게까지 초조해하는 모습을 본 기억이 없으니까.

130억 원이나 되는 돈을 쏟아붓고 영화가 흥행 참패를 한다면 아무리 명호라도 한동안 재기하는 게 쉽지 않을 것이다.

태수의 입꼬리가 저도 모르게 올라갔다.

"명호야."

-……?

"영화가 잘 안 나왔니?"

태수의 물음에 휴대폰임에도 불구하고 명호의 당황하는 기색이 고스란히 전해졌다.

-뭔 헛소리냐? 쓸데없는 소리하지 말고 네 영화나 걱정해.

"130억이나 들인 영화가 망하면 아무래도 영화계 분위기가 안 좋잖아.

-야, 말끝마다 망한다는 소리 할래? 좋게 말할 때 아닥해라.

"광고비 쏟아붓고 평점 알바로 덮으면 진실이 묻힐 것 같아?

이번에는 확실하게 들었다.

휴대폰을 통해 들려오는 명호의 신음 소리를.

-뭔 개소리야?

"네가 혹시라도 그런 지저분한 생각할까 봐 미리 경고하는 거야. 명호야, 나한테 네가 모르는 힘이 있거든. 네가 상상도 못 할 깜짝 놀랄 힘이. 그러니까 그런 짓 하지 마."

—……!

"알았지, 명호야?"

많이 당황했는지 명호는 아무런 대답도 없이 휴대폰을 끊었다.

전화를 끊고 나니 한편으로는 속이 시원하고 다른 한편으로는 정신을 바짝 차려야겠다는 생각이 들었다.

제작 보고회가 끝나면 조진호 대표에게 상대가 어떻게 나올지 알려 줘야 할 것 같았다.

그때 누군가 이름을 불렀다.

"태수야."

돌아보니 소희가 환하게 웃고 있었다.

"소희야."

오늘 따라 유난히 소희 얼굴이 반가웠다.

명호네 제작 보고회에 갈 수도 있었는데 이쪽을 선택해 줬으니 말이다.

"야, 〈오래된 기억〉이 배우들도 빠방하고 취재할 거리도 많은데 어떻게 여길 왔어?"

"무슨 소리야? 당연히 너한테 와야지. 지난번에 손예지 배우님이 인터뷰도 해 주셨는데. 그리고 솔직히 명호 영화는 내 취향 아냐. 근데 너…… 얼굴이 왠지 잘생겨진 것 같아. 뭐지?"

요즘 워낙 자주 듣는 얘기긴 한데 소희한테 들으니까 더 기분이 좋았다.

태수가 존재감 없던 시절 소희는 얼굴도 예쁘고 부반장에 공부도 잘했다. 근데 아직도 그 이미지가 남아 있어서 그런지 괜히 소희를 만나면 마음이 설레었다.

아마 명호도 비슷한 마음일 것이다. 지난번 동창 모임 때 명호의 표정이나 눈빛이 어떻게든 소희한테 인정받고 잘 보이고 싶어서 안달하고 있었으니까.

"너무 썰렁하지?"

"명호 영화 때문에 그렇지 뭐. 하필이면 이렇게 제작 보고회를 같은 날, 같은 시각에 할 게 뭐람? 솔직히 난 이렇게 스케줄 짠 거 보고 명호한테 섭섭하더라. 그래도 친군데."

"괜찮아. 우리가 잘하면 되지 뭐."

"난 너네 둘이 이렇게 같이 개봉할 줄은 정말 몰랐어."

"그러게 말야. 왠지 운명 같기도 하고."

"운명?"

"사실 이렇게 같이 개봉할 수가 없었거든. 아무튼 잘 왔어, 혹시 필요한 거 있으면 나한테 말해."

"응, 고마워."

소희가 카메라를 꺼내 들며 취재진 자리에 가서 앉았다.

무대에 조명이 켜지고 제작 보고회가 시작됐다.

오늘 제작 보고회 무대에 오늘 사람은 박홍식 감독과 손예지, 장웅인 세 사람.

아역인 민지와 동우는 참석을 하지 않았다.

250석 상영관을 대여했는데, 민망할 정도로 빈자리가 많아서 무대에 오르는 손예지도 난감한 표정을 지었다.

조진호 대표와 함께 관객석에서 무대를 바라보는 자신이 괜히 미안해질 지경이었다.

조진호 대표가 친분을 활용해서 어렵게 섭외한 MC 박영수가 사회를 봤다.

박영수도 민망했는지 특유의 호통 개그로 기자들을 향해 소리쳤다.

"왜 이거밖에 없는 거야! 다 어디 갔어?"

누군가 장난처럼 말했다.

"〈오래된 기억〉 쪽으로 갔어요."

몇몇 기자들이 헛웃음을 터트렸고 조진호 대표가 벌겋게 달아오른 얼굴로 중얼거렸다.

"저런 건 그냥 모른 척하고 지나가지. 더 썰렁하잖아."

제작 보고회는 예정된 순서대로 평이하게 진행이 됐다.

감독과 두 주연배우가 기자들에게 인사를 했고 일제히 카메라 플래시가 터졌다.

기자 한 사람이 질문을 했다.

"아역 배우들은 왜 안 나왔나요?"

그 부분에 대해서는 조진호 대표가 박영수에게 미리 언질을 해 놓았다.

박영수가 답변을 했다.

"우리 아역 배우들은 학교를 가서 오늘 참석을 못 한답니다. 촬영 기간 동안 학교를 너무 많이 빠져서 오늘도 빠지면 학교 잘린대요."

재치 있는 대답에 기자들 사이에서 웃음이 흘러나왔다.

"그러니까 우리 아이들 장래를 위해서 기자분들이 이해를 좀 해 주시기 바랍니다."

감독과 주연배우 세 사람이 〈모텔 파라다이스〉 포스터를 배경으로 포즈를 취했다.

포스터에는 파라다이스 모텔을 배경으로 절망적인 표정의 민수네 가족이 카메라를 바라보는 모습이 담겨 있었다.

포토 타임이 끝나고 예고편이 공개됐다.

티저 예고편은 주로 분위기 위주로 호기심을 자극하는 내용으로 채워졌다.

이어서 상영된 본 예고편은 민수네 식구들이 파라다이스 모텔에 들어가는 모습부터 차근차근 영화의 줄거리를 예상할 수 있도록 구성이 됐다.

태수는 옆에서 예고편을 보는 기자들의 반응을 세밀히 살폈다.

무서운 장면도 몇 장면 들어갔는데, 민지가 210호 앞에서 악귀를 보고 놀라 주저앉으며 벽으로 물러나는 장면이 나올 때는 몇몇 기자들이 깜짝 놀라는 표정을 지었다.

가장 무서운 장면이라고 할 수 있는 민수가 지하실에서 악귀와 마주치는 장면은 스포가 될 수 있는 데다 본 영화를 위해 보여 주지 않았다.

영화의 완성도를 예고편으로 보여 주기엔 한계가 있다.

하지만 짧은 영상 속에서도 손예지와 장웅인 두 사람의 뛰어난 연기와 열연은 그대로 기자들에게 전달이 됐다. 대체로 예고편에 대한 반응은 괜찮아 보였다.

예고편 상영이 끝나고 질의응답 코너가 이어졌다.

먼저 박영수가 영화와 관련된 질문을 던지면 무대 위 세 사람이 돌아가면서 답변을 했다. 이어서 객석에 있는 기자들이 질문을 했다.

질문은 주로 손예지에게 집중이 됐다.

"조이연예의 김희수 기자입니다. 손예지 씨는 공포 영화에 출연하는 것도 처음이지만 이번 영화에 투자자로 참여했다고 들었습니다. 이유가 있다면 말씀해 주십시오."

손예지가 마이크를 넘겨받아서 말했다.

"우선은 시나리오가 너무 마음에 들었어요. 저희 영화가 공포 영화긴 하지만 제가 맡은 혜수라는 캐릭터가 아이에 대한 모정이 정말 깊은 여자거든요. 모정의 마음이 공포 상황을 통해서 관객에게 전달된다는 점이 좋았습니다."

장웅인에겐 손예지와 부부로 출연한 소감을 물었다.

"저야 뭐 마냥 행복했죠, 하하."

장웅인은 박홍식 감독과의 인연도 얘기하면서 이번 영화에서 맡은 민수 캐릭터에 대한 설명을 이어 갔다.

질의응답 시간이 거의 막바지에 이르러서 기자 한 명이 손을 들었다.

“하늘일보 전소민 기자입니다. 이번 영화 촬영한 파라다이스 모텔에서 대량의 유골이 나와서 화제가 됐었는데 당시 촬영장에서 보도되지 않은 많은 일들이 있었다고 들었습니다. 어떤 일들이 있었는지 궁금합니다.”

전소민 기자의 질문이 끝나자 기자들이 술렁거리기 시작했다.

생각지도 못한 질문에 손예지와 장웅인은 물론이고 MC인 박영수도 영문을 몰라 당황해하는 모습이 역력했다.

박영수가 손예지와 장웅인을 향해 물었다.

“무슨 일이 있었는지 두 분은 아세요?”

손예지와 장웅인은 애매하게 고개를 흔들었다.

나중에 간단히 얘기를 듣긴 했지만 두 사람 모두 그날 밤 현장에는 없었기 때문이다.

전소민 기자가 계속 질문을 이어 갔다.

“〈모텔 파라다이스〉가 중간에 제작이 중단됐다가 다시 재개된 것도 바로 그 일 때문이라고 들었습니다. 그날 무슨 일이 있었는지 제작진 중에 누구 답변해 주실 분 안 계시나요?”

집요한 전소민 기자의 질문에 박영수가 제작진 쪽을 향해 약간 난처한 듯 물었다.

"뭐예요? 무슨 일이 있었던 거예요? 답변해 주실 분 없어요?"

스태프 한 명이 재빨리 달려가서 박영수에게 쪽지를 전했다.

박영수가 쪽지를 확인하고는 말했다.

"자, 이 문제는 잠시 후 제작진이 상의를 해 본 후에 적절한 설명을 하겠다고 합니다. 자, 그럼 다음 순서로 넘어가도록 하겠습니다."

일단 순서가 넘어가긴 했지만 제작진 입장에선 비상이 걸렸다.

조진호 대표와 한상훈 피디, 투자 팀 황태식 팀장, 영화홀릭 송혜진 대표 그리고 태수까지 모두 대기실에 급히 모여서 대책을 논의했다.

황태식 팀장이 말했다.

"어떡하죠? 당시 상황을 어떻게 설명해요? 제가 듣기로는 기자재가 막 날아다니고 난리가 났었다고 하던데."

송혜진 대표가 말했다.

"제가 알기로는 당시 제작진 중에 누군가가 영혼과 접촉을 해서 모텔 지하에 유골이 묻혀 있다는 사실을 밝혀냈다고 하던데 그게 누구예요?"

"접니다."

태수의 대답에 송혜진 대표가 손으로 입을 가리며 눈을 휘둥그레 떴다.

"저, 정말 영혼을 본 거예요?"

"네. 항상 그런 건 아니지만 제가 가끔 영혼을 보거든요."

송혜진 대표는 물론 투자 팀 황태식 팀장도 놀라서 태수를 돌아봤다.

조진호 대표와 한상훈 피디는 예전에 얘기를 했기 때문에 알고 있었고.

조진호 대표가 태수의 표정을 살피고는 말했다.

"우리가 뭘 잘못한 건 아니지만 그 부분을 설명하려면 어쩔 수 없이 장태수 작가의 개인적인 얘기를 할 수밖에 없기 때문에, 이 부분은 그냥 덮고 넘어가는 게 좋을 것 같습니다."

나머지 사람들도 동의했고 어떻게 이 상황을 큰 문제없이 넘어갈 수 있을 것인지에 대한 논의가 시작됐다.

태수는 딱히 어떻게 해야 할지 판단이 서지 않았다.

물론 자신이 영혼을 볼 수 있다는 사실을 알고 있는 사람은 꽤 된다.

송현주도 알고 있고 정확하게는 모르지만 손예지도 어렴풋이 짐작하고 있다.

이곳에 있는 조진호 대표, 한상훈 피디, 귀귀도에서 태수를 도왔던 천길강도 알고 있다.

요즘 케이블에서 방영하는 〈영혼을 찾아서〉라는 프로그램

에서는 스스로 영혼을 볼 수 있다며 흉가를 찾아다니는, 소위 퇴마사라는 사람들이 패널로 매주 출연하기도 한다.

물론 그들이 정말 영혼을 볼 수 있는지는 태수도 알지 못한다.

'후우, 이럴 때는 어떻게 해야 하는 거야?'

가장 걱정스러운 건 자신이 영혼을 볼 수 있다고 세상에 밝혔을 때 행여나 사람들이 선입견을 가지고 자신을 보면 어쩌나 하는 걱정이었다.

그때 머릿속에서 오랜만에 노인의 음성이 들려왔다. 태수는 늘 마음속에서 노인의 존재를 느끼고 있었기에 새삼스럽지는 않았다.

-자네는 이미 답을 알고 있네.

'그게 무슨 말씀이세요?'

-지난번에 자네가 했던 생각을 떠올려 보게. 영혼의 존재를 세상에 알리고 싶다는 생각을 하지 않았나? 사람들은 부정하지만 그들은 실제로 존재하네. 지난번에 내가 얘기했던 2007년 12월 31일 로마교황청 최고의 퇴마사인 가브리엘 아모르트 신부가 영국 일간지 〈텔레그라프〉와 가졌던 인터뷰 기사를 떠올려 보게. 그는 당시 인터뷰에서 악마주의와 초자연적 현상 같은 '극단적인 신의 부재 상태'에 신속하게 대항할 수 있도록 각 교구 내에 적합한 퇴마 교육을 받은 퇴마사들의 존재가 매우 절실하다고 말했어.

'아, 예, 그 인터뷰 기사는 저도 기억하고 있습니다.'

-사람들에게 경고를 해야 해. 영혼이 실제로 존재한다는 걸 세상에 알리도록 하게. 많은 사람들에게 현재 자신의 삶을 돌아보는 계기가 될 걸세. 두려워하지 말고 조금씩…… 천천히…… 자네를 세상에 드러내도록 하게. 그리고 자네가 가진 영능력을 좀 더 적극적으로 활용하도록 하게.

노인의 얘기를 듣고 나니 답답하게 앞을 가리고 있던 장막이 걷히는 기분이었다.

그러자 두려움도 사라졌다.

조진호 대표가 논의를 마무리하듯 말했다.

"그럼 그런 식으로 일단 넘기는 걸로……."

"전 괜찮습니다."

모두의 시선이 태수를 향했다.

"먼저 송 대표님한테 물어보고 싶은 게 있습니다."

영화홀릭 송혜진 대표가 말했다.

"네, 뭐든 물어보세요."

"제가 파라다이스 모텔에서 영혼을 만났고 그 영혼이 지하에 유골이 있다는 걸 알려 줬다는 걸 밝히면 우리 영화 홍보에 도움이 될까요?"

"물론이죠. 처음 우리 영화를 기획할 때 가지고 있던 장점이 실화라는 것이었는데 당시 정말로 유골이 발견되면서 실화 콘셉트를 없애기로 했거든요. 그런 부분을 잘못 건드리면 오히려 문제가 될 수 있기 때문에. 하지만 제작진이 영혼과 직접 만나서 지하에 유골이 있다는 사실을 밝혀냈다고 하면 전혀 다른 얘기가 되죠."

"그럼 제가 얘기할게요. 어떻게 유골을 발견하게 됐는지."

조진호 대표가 걱정스러운 표정으로 물었다.

"장 작가, 이건 쉽게 결정할 문제가 아니야. 물론 기사가 얼마나 크게 다뤄질지는 모르지만 주위에 있는 모든 사람들이 대단히 놀랄 수도 있는 문제야."

"어차피 영원히 숨기고 갈 생각은 없었습니다. 지금이 그걸 밝힐 적절한 시기인 것 같아요."

송혜진 대표는 물론 황태식 팀장의 얼굴에도 화색이 돌았다.

"만약 작가님이 정말로 결심이 섰다면 지금 제작 보고회를 중단시켰다가 1시간 후에 다시 재개하는 것으로 하죠."

송혜진 대표의 말에 태수가 물었다.

"1시간 후요? 왜 지금 당장 하지 않고?"

"기자들을 모아야죠. 〈오래된 기억〉 쪽으로 갔던 기자들까지 전부 말예요."

눈을 호강한다는 말은 바로 이런 때를 두고 하는 말일 것이다.

강동운에 조승수, 전지혜.

세 사람이 나란히 앉아 있는 것만으로도 빛이 나는데 거기에 150여 명의 기자들이 쉴 새 없이 플래시를 터뜨리자 무대에 조명이 필요 없을 정도였다.

영화를 개봉한 후 평범한 일상이 찾아왔을 때 많은 제작자들이 이런 말을 한다.

한바탕 꿈을 꾼 것 같다고.

화려한 스타들과 그들을 취재하기 위해 구름처럼 모여드는 취재진과 인터넷에 수많은 응원의 댓글들을 보면 아무리 못 만든 영화라도 왠지 흥행을 할 것 같은 착각이 들게 만든다.

물론 마음속에는 막연한 불안감이 도사리고 있지만, 눈앞의 화려한 별들이 보고 있노라면 그 불안감마저 희석이 된다.

270석의 커다란 상영관의 절반이 찰 정도로 많은 취재진이 몰려들었다.

한강대학교 한정호 교수가 〈오래된 기억〉의 제작사인 블루스톰 박지혁 대표를 돌아보고 말했다. 박지혁 대표는 한정호 교수의 고등학교 후배였다.

"박 대표, 개봉을 5월 말로 괜히 옮긴 거 아냐? 관객들이 배우 얼굴 보러만 와도 손익분기는 충분히 넘길 것 같은데."

하지만 박지혁 대표의 생각은 달랐다. 이미 20년 이상 영화판에서 잔뼈가 굵은 그의 촉에 의하면 이번 영화가 영 불안하기 짝이 없었던 것이다.

"아니에요, 형님. 이번엔 쉽지 않을 것 같아요. 우리가 명호한테 너무 많은 권한을 줬어요. 이제 신인 감독인데 130억짜리 영화를 맡겼으면 제작사에서 견제를 했어야 하는데."

"내가 볼 때 그 정도는 아니던데?"

"투자사에서 말은 안 해도 전전긍긍하고 있어요."

"5월 말로 개봉 옮기고도?"

"예."

"5월 말에 뭐가 있다고?"

"같이 개봉하는 〈모텔 파라다이스〉 소문이 심상치가 않더라고요."

〈모텔 파라다이스〉라는 말에 한정호 교수의 미간이 좁혀졌다.

"〈모텔 파라다이스〉? 그게 우리하고 경쟁이 돼?"

"지난번에 기술 시사를 했는데 영화가 꽤 잘 나온 모양이더라고요. 위브라더스 마틴 김 지사장이 뒤풀이까지 열 정도로 마음에 들어 했대요."

"그래 봤자 저예산 공포잖아."

"물론 그렇긴 한데, 우리 영화가 워낙 약해서 그게 바람을 타면 분위기가 확 넘어갈 수도 있거든요. 그래서 지금 투자팀에서도 촉각을 곤두세우고 있습니다."

"에이, 설마 뭘 그렇게까지……."

"투자 팀에서도 긴장하고 있는 이유가, 〈모텔 파라다이스〉가 처음엔 KU엔터에서 투자했다가 위브라더스로 넘어간 작품이거든요."

"아 참, 그랬지."

"만약 5월 말로 옮겨 갔는데 거기서도 밀리면 투자 팀에서 잘리는 사람 몇 명 나올 거예요."

"음……."

한정호 교수가 굳은 얼굴로 무대를 향해 눈을 돌렸다.

마침 기자가 이명호 감독한테 질문을 던졌다.

"이번에 5월 말로 개봉 시기를 옮기면 〈모텔 파라다이스〉하고 맞대결을 펼칠 텐데, 거기에 대해서 한 말씀 해 주시죠."

이명호가 마이크를 넘겨받더니 한숨을 내쉬고는 말했다.

"물론 그 영화도 잘되길 바랍니다. 하지만 저희 영화하고 비교하는 건 좀 아닌 것 같고요. 서로 급이 다르잖아요, 거긴 경량급이고 우린 헤비급이고."

기자들 사이에서 웃음이 터졌다.

"그리고 여기 앉아 있는 우리 스타분들한테도 실례가 될 것 같고."

또 다른 기자가 질문을 던졌다.

"이번에 기술 시사를 한 걸로 알고 있는데, 감독으로서 만족하시나요?"

"물론 아쉬운 점이 없다면 거짓말이겠지만 관객들 앞에

내놓기에 부끄럽지 않다는 말은 자신 있게 드릴 수가 있습니다.”

다른 기자가 또 다른 질문을 하려는데 갑자기 뒤쪽의 기자들이 웅성거리며 자리에서 일어나는 모습이 보였다.

MC가 마이크를 건네받고는 말했다.

“아직 제작 보고회 끝나지 않았습니다. 조금만 더 자리를 지켜 주세요.”

하지만 기자들은 아랑곳하지 않고 하나둘 자리에서 일어났다. 배우들은 물론이고 이명호의 얼굴에도 당황한 표정이 역력했다.

박지혁 대표가 극장을 빠져나가는 아는 기자를 붙들고 물었다.

“정 기자, 무슨 일이야?”

기자가 자신의 휴대폰으로 온 메시지를 박지혁 대표에게 보여 줬다.

오늘 〈모텔 파라다이스〉 제작 보고회가 끝나고 1시간 후인 오후 5시부터 같은 장소에서 파라다이스 모텔 지하에 유골이 묻혀 있다는 걸 알게 된 과정에 대한 제작사 측의 설명이 있을 예정입니다. 또한 〈모텔 파라다이스〉는 실화에 기초한 공포 영화로서, 당시 파라다이스 모텔에서 영혼을 접촉한 저희 제작진의 생생한 증언이 있을 예정입니다.

태수는 어두운 상영관 맨 뒷자리에 앉아 조금 있으면 올라가야 할 무대에 대한 생각을 하며 마음의 준비를 하고 있었다.

취재진에게 뭐라고 설명하고 어떤 식으로 자신의 말을 믿게 할 것인지.

물론 모텔에서 유골이 발견된 건 사실이지만 단지 말만으로 그들이 믿지는 않을 것이다.

노인의 목소리가 들려왔다.

**-두렵나?**

'조금요.'

**-무엇이 가장 두렵나?**

'제가 잘할 수 있을지, 저희 삶이 너무 많이 바뀔까 봐 두려워요.'

**-자네가 영능력을 사용하면서 언젠가는 닥칠 일이었네.**

'알고 있어요.'

**-처음만 두려울 뿐이야. 자네가 처음 퇴마를 행했을 때처럼. 자네는 쏟아지는 세인들의 관심을 모두 견딜 수 있는 힘을 지니고 있어. 언제나 칠성의 능이 자네와 함께할 것이네.**

처음만 두려울 것이고 칠성의 능이 함께할 것이란 노인의 얘기가 의외로 힘이 됐다.

'어르신 말씀을 들으니 마음이 좀 편해졌습니다.'

이제부터는 취재진을 어떻게 설득할지 그 방법적인 부분을 생각해야만 한다.

조진호 대표가 걱정스러운 표정으로 다가와서 물었다.

"지금이라도 취소할 수 있어."

조진호 대표 얼굴에는 차라리 취소했으면 하는 불안감이 가득했다. 취재진을 잔뜩 모아 놓았다가 그들을 만족시키지 못하면 오히려 영화에 부정적인 영향을 미칠 수가 있으니까.

"걱정하지 마세요, 저도 생각하는 바가 있으니까. 그냥 예정대로 진행해 주세요."

"장 작가, 이 문제는 영화 보도 자료 발표하듯이 무대에 올라가서 간단히 발표만 하고 내려오면 끝나는 그런 문제가 아니야. 내 말 무슨 말인지 알겠어?"

"대표님이 뭘 걱정하시는지 잘 알고 있어요."

조진호 대표가 참지 못하고 속내를 드러냈다.

"내가 걱정하는 게 뭔지 정확하게 말하면 자네가 무대에 올라가서 파라다이스 모텔에서 영혼을 만났다. 그 영혼이 나한테 지하에 유골이 있다는 사실을 알려 줬다. 끝! 하고 말한다고 끝나는 게 아니라는 거야."

"당연히 그렇겠죠."

조진호 대표의 표정이 의아하게 변했다.

"그럼…… 그거 말고 다른 뭔가를 준비했다는 거야?"

조진호 대표의 얼굴에 다소 안도하는 표정이 떠올랐다. 최소한 태수가 자신이 걱정하는 부분을 인식하고 있다는 걸 알았으니까.

"그럼 어떤 식으로 발표할 건데?"

"대표님도 제가 영혼을 볼 수 있다는 걸 확실히 믿지는 않으시죠?"

"……."

"지금 이 안에도 수많은 영혼들이 존재해요, 우리가 보지 못할 뿐. 근데 전 원하면 그들을 볼 수가 있어요. 대화도 나눌 수가 있고."

조진호 대표가 살짝 겁먹은 얼굴로 주변을 둘러봤다.

"그럼 지, 지금 여기도 영혼이 있다는 거야?"

"아직은 모르겠어요. 저도 확인을 해 봐야 해요."

"확인이라고?"

"일단 저 혼자 있게 좀 해 주실래요?"

조진호 대표가 시간을 확인하고는 말했다.

"이제 20분도 안 남았어."

"알고 있어요."

태수가 애써 웃어 보이자 조진호 대표가 미심쩍은 얼굴로 돌아갔다.

자리를 지키고 있던 취재진도 지금은 로비로 나가서 자리가 대부분 비어 있었다. 그들은 조금 이따가 무대에 올라갈 사람이 태수라는 사실은 모르고 있었다.

자리에서 일어나 천천히 주변을 살폈다.

눈으로 볼 수는 없지만 우리 주변에는 늘 영혼이라는 존재들이 떠돌고 있다.

어두컴컴하고 습한 영화관은 사망한 지 얼마 되지 않은 영혼이 유독 좋아하는 장소다. 그들은 아직도 인간의 감정을 많이 간직하고 있기 때문에 이곳에서 영화 보는 걸 즐긴다.

반면에 죽은 지 오래된 영혼은 인간의 감성을 거의 잃어버려서 영화 같은 것에는 더 이상 흥미가 없다. 그들은 그동안 쌓인 귀기를 통해서 인간과 직접 접촉하길 원한다.

아마 이 상영관 내에도 적지 않은 영혼들이 있을 것이다.

주문을 외웠다.

'귀기탐색.'

화르르르륵.

눈앞의 허공이 흔들리며 지도가 펼쳐졌다.

영혼탐색으로 찾을 수 있는 영혼은 주로 보상으로 한을 풀어 주기를 기다리는 영혼들만 보여 준다. 귀기탐색은 주변에 있는 모든 영들의 존재를 붉은 점으로 표시해 준다.

악귀가 있다면 그 붉은 점의 크기가 클 것이고.

예상대로 허공에 나타난 지도에는 적어도 십여 개의 붉은 점들이 표시가 됐다. 하나의 점을 제외하고는 다들 고만고만한 크기의 점들이다.

그 조금 큰 붉은 점도 악귀는 아닐 것이다. 보통 악귀가 있는 장소에는 다른 일반 영들은 존재하지 않기 때문이다.

그래도 붉은 점의 크기로 봐서는 귀기가 제법 쌓인 영이다. 저 정도라면 약간의 물리력 정도는 충분히 사용할 수 있을 것 같았다.

저 많은 영들을 일일이 귀기접촉을 해서 살펴볼 수는 없고.

'안명부.'

화르르르륵.

상영관 어두컴컴한 허공에 노란 기운을 뿜어내는 안명부가 떠올랐다. 안명부를 움켜쥔 후 그 손으로 눈을 한 번 쓸어내자 허공이 흔들리며 시야가 푸른색으로 변했다.

화르르르륵.

이전에는 보이지 않던 존재들이 눈앞에 나타났다.

영혼들 수십 명이 상영관의 자리를 하나씩 차지하고 앉아서 멍하니 전면을 응시하고 있는 모습이 보였다.

상영관 앞쪽 자리에 앉아 있는 두 명의 영들은 커플인 듯 낄낄대며 수다를 떨고 있었다. 영이라는 걸 모르고 봤다면 영화를 보러 온 연인으로 착각했을 정도.

어딘지 모르게 쓸쓸한 표정을 짓고 가만히 허공을 응시하는 중년의 영혼도 보였다. 그 영혼은 얼굴이 반쪽이 사라지고 없었다.

그 옆으로는 장바구니를 들고 앉아 있는 아줌마의 영혼도 보였다. 아줌마는 마트에 다녀오다가 무슨 일을 당했는지 온몸이 피로 물들어 있었다.

태수의 반대편 줄에 앉아 있는 한 영혼은 생전에 노숙자였는지 차림새가 남루하면서 굉장히 신경질적으로 보였다.

그러고 보니 이 상영관 내에서 붉은 점의 크기가 가장 큰 영혼이 바로 지금 보이는 노숙자 영혼이다.

노숙자 영혼이 의자에 앉아서 몸을 까딱거리자 의자가 미세하게 움직이는 게 보였다. 저 정도의 물리력은 어렵지 않게 사용할 수 있다는 걸 보여 주는 것이다.

인간 세상과 마찬가지로 영들 중에도 허세가 쩌는 영들이 많이 있다. 특히 생전에 제대로 대접받지 못하고 살았던 영혼들이 그렇다.

'적당한 영혼이 어디 없으려나?'

태수의 시야에 한 영혼의 모습이 들어왔다.

교복을 입고 얌전하게 앉아 있는 여학생의 영혼이었다.

태수가 자리에서 일어나 그 여학생 영혼이 앉아 있는 바로 옆자리로 가서 앉았다.

영혼들은 인간이 옆에 오든 말든 신경을 쓰지 않는다. 인간들이 자신들을 볼 수가 없다는 걸 알고 있기 때문이다.

제작 보고회를 보려고 기다리는지 영화를 보려고 기다리는지 여학생 영혼은 태수가 옆에 와서 앉아도 멍하니 앞만 바라보고 있었다.

"안녕?"

태수의 목소리에 옆으로 고개를 돌리던 여학생 영혼의 동공이 무섭도록 부풀어 올랐다.

태수가 애써 미소를 지으며 다시 인사를 건넸다.

"안녕?"

여학생 영혼이 그야말로 새파랗게 질린 얼굴로 되물었다.

—아저씨…… 내가 보여?

"물론."

여학생 영혼이 비명이라도 지를 것 같은 표정을 짓자 태수가 얼른 말했다.

"비명 지르지 마, 다른 영혼들이 알게 되면 골치 아프니까."

—세상에, 영혼을 볼 수 있는 인간이 있다니. 영화나 드라마에만 있는 일인 줄 알았는데.

"반갑다. 이름이 뭐야?"

여학생 영혼이 고개를 흔들었다.

여학생의 교복을 보니 명찰이 달려 있었다. 근데 명찰의 한쪽 귀퉁이가 깨져서 이름은 남아 있는데 성은 사라지고 없었다. 명찰에는 '이화'라는 이름이 남아 있었다.

—난 내 성이 뭔지 몰라. 이화라는 이름만 알아.

"그게 무슨 말이야?"

—죽을 때 충격을 받았는지 기억을 잃어버렸거든.

보통 이승을 떠도는 영혼들은 한의 무게 때문에 승천을 못 하는 경우도 있지만, 기억을 잃어버려서 승천을 못 하는 경우도 종종 있다.

"이화야, 나 좀 도와줄 수 있어?"

—내가 아저씨를 돕는다고? 어떻게?

오후 5시가 가까워져 오면서 취재진이 상영관으로 몰려들어 오기 시작했다. 제작 보고회 때 썰렁하게 비어 있던 상영관의 빈자리들이 빠르게 채워져 갔다.

수많은 취재진이 자리를 채우고 오후 5시 정각이 됐다.

조진호 대표가 무대 위로 올라갔다.

"안녕하세요. 저는 영화 〈모텔 파라다이스〉 제작사인 고스트라인의 대표 조진호입니다."

조진호 대표가 인사를 하자 수많은 플래시가 한꺼번에 터졌다.

"저희 제작 보고회 때 하늘일보 전소민 기자님이 질의를 하셨습니다. 지난 3월에 저희 영화의 촬영 현장인 파라다이스 모텔 지하에서 대량의 유골이 발견됐는데, 그날 현장에서 무슨 일이 있었는지 알고 싶다고 질문을 하셨죠?"

전소민 기자가 손을 들고 자리에서 일어났다.

"제가 취재한바로는 당시 파라다이스 모텔 지하에 유골이 묻혀 있다고 신고한 사람이 제작진 중 한 명으로 알고 있는데, 그곳에 유골이 묻혀 있다는 걸 어떻게 알았는지 궁금합니다."

"네, 알겠습니다. 일단 제가 간단히 당시 사건 개요를 말씀드리면 당시 저희가 현장에서 촬영을 하는 도중 믿기 어려운 심령현상이 발생했습니다. 조명 기구의 전구가 터지고 물품들이 허공을 날아다녔습니다."

취재진 사이에서 웅성거리는 소리가 들려왔다.

기자 한 명이 손을 들고 얘기했다.

"지금 팩트를 얘기하는 겁니까 아니면 루머입니까?"

공포 영화 현장에서 귀신을 봤다는 목격담이나 이상한 현상이 일어났다는 루머는 영화 홍보용으로 사용되는 경우가 많았기 때문이다.

조진호 대표가 단호하게 말했다.

"제가 말한 내용은 명백한 팩트고요, 목격자도 한두 사람이 아닙니다. 당시엔 저희가 영화 제작에 영향을 미칠까 봐 현상을 목격한 스태프 모두에게 외부에 발설하지 않겠다는 서약서까지 받았습니다."

조진호 대표가 무대 옆쪽 통로 구간에 서 있는 태수를 힐끗 보고는 말했다.

"저희 제작진 중에서 당시 모텔 현장에서 영혼을 만났다는 사람이 있습니다. 그리고 그 영혼이 지하에 유골이 묻혀 있다는 사실을 알려 줬다고 합니다. 그 사람은 저희 〈모텔 파라다이스〉 영화의 각본을 쓰고 저와 공동 제작자로 이름을 올린 사람입니다."

그냥 제작진이라고 생각했는데 각본가에 공동 제작자라고 하자 취재진이 술렁거렸다.

조진호 대표가 태수를 보며 말했다.

"그럼 지금 이 무대에 〈모텔 파라다이스〉의 각본가인 장태수 작가를 모시도록 하겠습니다."

태수가 입술을 질끈 깨물며 어두운 통로 뒤쪽에서 밝은 통로로 나아갔다. 모든 취재진의 시선이 통로에서 나오는 태수를 향했다.

태수가 무대로 올라가는 계단에 발을 올리는 순간 취재진의 플래시가 일제히 터지기 시작했다.

이전까지는 담담했는데 막상 무대로 올라와서 수많은 취재진과 화려하게 터지는 플래시들을 마주하자 새삼 긴장이 되며 심장이 쿵쿵거렸다.

조진호 대표가 태수의 어깨를 살짝 잡았다가 놓으며 마이크를 건네고는 내려갔다. 눈을 뜰 수 없을 정도로 엄청나게 많은 플래시가 태수를 향해 쉼 없이 터졌다.

그중엔 소희의 플래시도 있을 것이다.

긴장을 풀기 위해 뒤를 돌아봤다. 극장 스크린이 이토록 크고 스크린 앞의 무대가 이토록 넓을 줄은 상상하지 못했다.

태수가 마이크를 들었다.

"안녕하세요, 영화 〈모텔 파라다이스〉의 각본을 쓴 장태수라고 합니다. 방금 조진호 대표님께서 말씀하신 것처럼 저는 가끔 영혼을 볼 수가 있습니다."

도무지 현실의 공간이 아닌 것처럼 화려하게 터지는 수많은 플래시들.

"저는 지난 3월 〈모텔 파라다이스〉 영화 촬영 현장에서 한 영혼을 만났습니다. 그리고 그 영혼이 모텔 지하에 많은 유골이 있다는 걸 알려 줬습니다. 그래서 저는 그 사실을 경찰에 알렸고 실제로 그곳에서 대량의 유골이 발견됐습니다."

취재진 중 한 기자가 손을 번쩍 들었다.

"네, 말씀하세요."

"유골이 발견된 건 알겠는데, 영혼이 알려 줘서 지하에 유골이 있는 걸 알았다는 얘기는 솔직히 믿어지지가 않거든요?"

"사실이니까요. 실제로 지금 여러분이 앉아 있는 이곳에도 여러 명의 영혼들이 있습니다."

몇몇 취재진 사이에서 비웃음과 짜증 섞인 욕설이 들려왔다.

"어디서 또 사이비 영능력자 납셨네."

처음에 질문했던 기자가 다시 물었다.

"그럼 그걸 증명할 수가 있습니까? 이곳에 정말로 영혼이 있고 작가님이 영혼을 볼 수 있다는 그 말을 증명할 수 있냐고요."

그러자 이번에는 방금 전 욕설을 내뱉었던 곱슬머리 기자가 짜증스럽게 소리쳤다.

"만약 그걸 증명할 수 없다면 〈모텔 파라다이스〉 제작진은 여기 모인 수많은 취재진을 영화 홍보를 위한 들러리로 이용했다고 생각할 겁니다. 잘 아시겠지만 이곳의 취재진 대부분은 경쟁 영화의 제작 보고회에 참석했다가 문자를 받고 이곳으로 급히 달려왔습니다. 만약 취재진에게 납득할 만한 증거를 제시하지 못한다면 그것에 대한 책임을 지셔야 할 겁니다."

취재진 옆에서 태수를 바라보는 조진호 대표의 얼굴이 굳

어지는 모습이 멀리서도 보일 정도였다.

"네, 여러분이 원하는 게 뭔지 압니다. 그래서 지금부터 그걸 증명해 보이려고 합니다."

태수가 갑자기 그 자리에서 뒤로 돌아서자 취재진이 웅성거리기 시작했다.

태수가 뒤로 돌아선 채 마이크를 들고 말했다.

"지금 저는 여러분들을 볼 수가 없습니다. 어떤 분이라도 좋으니 제가 볼 수 없는 어떤 행동을 해 주세요. 그럼 제가 그분이 뭘 했는지 알아맞히도록 하겠습니다."

취재진이 영문을 몰라서 어리둥절하는데 하늘일보 전소민 기자가 자리에서 일어났다.

지금 모여 있는 취재진 가운데 그녀보다 이 상황을 흥미롭게 즐기고 있는 사람은 없었다.

그녀는 지금 현재 케이블 채널 QBS 〈영혼을 찾아서〉라는 프로그램에 자문 역할로 고정 출연하고 있기 때문이다.

〈영혼을 찾아서〉는 무당이나 퇴마사 같은 사람들하고 흉가나 귀신 목격담을 찾아다니며 취재하는 프로그램이다.

파라다이스 모텔에서 대량의 유골이 발견됐다는 사실도 아이템을 취재하러 다니다가 알게 됐다. 진즉 취재를 하고도 지금 터뜨린 건 일부러 이슈를 만들기 위해 영화 개봉까지 기다렸던 것이다.

전소민이 자신의 수첩에 '보이니?'라고 적어서는 앞으로 나가 취재진에게 글자를 보여 준 후 조용히 하라고 검지를 입에 갖다 댔다.

그러곤 수첩을 돌아서 있는 태수의 등을 향해 펼쳐 보였다.

전소민이 물었다.

"제가 지금 손에……."

그런데 그녀의 말이 끝나기도 전에 태수가 먼저 말했다.

"지금 손에 진한 갈색 수첩을 들고 계시네요. 수첩 안에는 '보이니?'라고 물음표를 넣어서 썼고요."

취재진 사이에서 탄성이 흘러나왔고 전소민은 순간 비명을 지를 뻔했다.

자신의 프로그램에서 퇴마사를 상대로 이런 이벤트를 가끔 하지만, 사전에 다 입을 맞춘 후에 진행되는 짜고 치는 고스톱이었다.

근데 방금 일은 아무리 생각해도 이해할 수가 없었다.

불과 몇 초의 시간밖에 없어서 다른 조작을 한다는 건 불가능해 보였던 것이다.

이전까지 시큰둥하던 취재진의 표정에 열기가 생기기 시작했다.

전소민이 다시 글자를 써서 펼쳤다.

어떻게 알았니?

그러자 물어보기도 전에 태수가 곧바로 대답해서 맞혔다.
“어떻게 알았니?”
이번에는 조금 전보다 더 큰 탄성이 흘러나왔다.
전소민이 믿기지 않는다는 표정으로 중얼거렸다.
“말도 안 돼.”
전소민이 무대 위에 돌아서 있는 태수를 향해 소리쳤다.
“대답해 주세요! 어떻게 알았는지.”
“그럼 지금 돌아서겠습니다.”
태수가 돌아서자 어김없이 플래시가 수없이 터졌다.
태수가 취재진을 바라보며 말했다.
“제가 아까 말씀드렸죠? 지금 여러분들이 있는 이곳에는 많은 영혼들이 있다고. 여기 앞쪽에는 스트라이프 티셔츠를 똑같이 입은 20대 젊은 커플 영혼이 앉아 있습니다.”
태수의 말에 취재진 못지않게 지금의 이벤트를 흥미롭게 바라보던 커플 영혼 중 여자 영혼이 비명을 질렀다.
–악! 저 아저씨 뭐야? 우리가 보이나 봐.
물론 다른 사람들한테는 그 소리가 들리지 않았다.
태수가 취재진 중 한 명을 가리키며 말했다.
“거기 까만 티셔츠 입은 기자 분은 지금 얼굴 반쪽이 사라진 중년 아저씨의 영혼을 깔고 앉아 있네요.”
“으악!”
까만 티셔츠를 입은 기자가 비명과 함께 자리에서 벌떡 일어났다.

태수가 옆을 돌아보자 여고생 영혼인 이화가 생글거리며 웃고 있었다.

"방금 기자님이 제가 어떻게 기자님이 한 행동을 알았는지 궁금하다고 하셨죠? 지금 제 옆에는 이화라는 이름의 예쁜 여고생 영혼이 서 있습니다."

누가 먼저랄 것도 없이 플래시가 경쟁적으로 터졌다.

그런다고 이화의 모습이 사진에 찍힐 것도 아닌데.

태수가 말을 이어 갔다.

"이화는 자신이 어떻게 죽었는지 모른다고 합니다. 왜냐하면 죽을 때 충격으로 기억을 잃어버렸기 때문입니다. 바로 이 이화가 기자님의 행동을 저한테 알려 줬습니다. 이화는 영혼이기 때문에 기자님이 있는 곳에서 제가 있는 곳까지 단 1초면 이동할 수가 있거든요."

플래시가 수없이 터졌고 전소민은 그런 태수를 황홀하게 바라봤다.

얼마 전에 거친 말로 욕설을 내뱉었던 곱슬머리 기자가 소리쳤다.

"그거 다 속임수 아니에요? 귀에 이어폰 같은 거 꽂은 거 아냐?"

태수가 그 기자를 보고는 웃으며 말했다.

"속임수가 아니라는 걸 확실하게 증명해 보이겠습니다."

태수가 상영관 안을 천천히 둘러봤다.

상영관 안에 있던 모든 영혼들이 놀란 표정으로 일제히 태수를 응시하고 있었다.

태수가 그중에 노숙자 귀신을 보고 말했다.

"노숙자 아저씨."

노숙자 귀신이 화들짝 놀라서 반문했다.

–어, 어떻게 알았어?

"제가 부탁이 하나 있는데요. 지금 저기 안쪽에 곱슬머리 아저씨 보이죠? 금테 안경 쓰고. 보이시죠?"

노숙자 귀신이 취재진을 돌아보고 말했다.

–보, 보이는데?

"아저씨가 가서 저 아저씨 깜짝 놀라게 해 줄 수 있어요?"

순간 취재진이 웅성거렸다.

곱슬머리 기자가 피식 헛웃음을 짓는 순간 노숙자 귀신이 세게 곱슬머리 기자의 머리를 때렸다.

빠악!

'헉, 저런 걸 원한 건 아닌데.'

역시 노숙자 귀신의 허세는 대단하다.

저 정도면 자신이 가진 귀기의 전부를 소모하지 않았을까.

아수라장이라는 말은 바로 이때 쓰는 말일 것이다.

기자들이 비명을 지르며 넘어지고 쓰러졌다. 마음 같아서는 기자들 중에서 한 명을 뽑아 안명부로 직접 귀신을 보여 주고 싶은 마음도 있었지만, 그 정도에서 멈추기로 했다.

어차피 그래 봐야 기자하고 짰다느니 하면서 의심하는 사람들이 또 생길 테니까.

태수가 내려가고 조진호 대표가 무대 위로 올라가서 뒷수습을 했다.

무대 위를 지켜본 제작사와 투자사 관계자들은 물론 박흥식 감독과 영화홀릭 송 대표도 놀라움을 금치 못했다. 태수가 영혼을 볼 수 있다고 말은 했지만 정말로 믿은 사람은 거의 없었으니까.

—카톡.

카톡을 확인해 보니 소희한테서 온 카톡이었다.

나한테 왜 얘기하지 않았어? 나 지금 너무 놀라서 손이 막 떨려.

태수도 카톡을 보냈다.

태수 : 미안. 앞으로도 선입견 가지지 말고 날 대해 줬으면 좋겠어.

소희 : 당연히 그럴 거야. 근데 너 무대 위에 있으니까 엄청 멋있더라. 이전에는 잘 몰랐는데. 아마 기사 나가면 그런 소리하는 사람들 꽤 많을걸.

태수 : 설마, 귀신 본다고 무서워하지나 않았으면 좋겠다.

소희 : 지금은 바쁠 테니까 조용할 때 나한테도 시간 좀 내 줘.

태수 : 알았어.

카톡을 끊고 고개를 드는데, 뒷수습을 마친 조진호 대표가 앞에 와 있었다.

"와, 난 내 눈으로 보고도 못 믿겠다. 장 작가가 영혼을 볼 수 있다고 했을 때만 해도 그냥 그러려니 했는데, 실제로 눈으로 보니까 소름 쫙 돋네. 어떻게, 지금 내 옆에도 뭐 있어?"

"아뇨, 지금은 아무도 없어요."

사실 바로 옆에 여고생 영혼 이화가 서 있었지만 괜히 겁주기 싫어서 거짓말을 했다. 한번 귀기로 접촉한 영혼은 다른 술수를 부리지 않아도 계속 볼 수가 있었다.

이화는 별다른 말 없이 재미있다는 듯 태수를 졸졸 따라다니기만 했다.

한상훈 피디가 대기실로 들어와서 태수와 조진호 대표를 찾았다.

"어, 한 피디. 무슨 일이야?"

"장 작가님을 지금 인터뷰하고 싶다는 기자가 있는데요?"

하늘일보 문화부 기자인 전소민은 원래 초자연적 현상이나 심령현상에 관심이 많았다. 그동안 심령현상과 관련된 기획 기사도 많이 썼고.

그런 이력 덕분에 케이블 방송인 QBS 〈영혼을 찾아서〉에서 자문 역할로 고정 출연하게 된 것이고.

〈영혼을 찾아서〉는 주로 게스트로 출연하는 무당 혹은 퇴마사라는 사람들과 함께 흉가나 귀신 목격담이 있는 곳을 찾아가서 사연을 알아보는 내용으로 구성된다.

문제는 프로그램에 출연하는 무당이나 퇴마사라는 사람들 대부분이 사기꾼이라는 것.

프로그램에 출연하는 것도 어떻게든 자신의 얘기를 기사화시키거나 방송에 출연해서 명성을 쌓으려는 목적이다. 덕분에 프로그램에서 온갖 말도 안 되는 거짓과 과장을 늘어놓곤 한다.

그럼에도 방송사에서는 심야 애매한 시간대에 0.5~0.7%대의 시청률을 꾸준히 찍어 주니 알면서도 모른 척 밀어붙이는 것이다.

하지만 최근엔 그마저도 시청률이 점점 떨어져서 마지노선인 0.5%에 근접해 가는 중이었다. 다음 편성 때는 빠질 가능성이 높다는 얘기가 공공연하게 돌고 있는 상황.

근데 오늘 눈이 번쩍 뜨이는 보석을 발견한 것이다.

진짜 영혼을 보는 사람, 장태수.

장태수를 프로그램에 출연시키는 상상을 하는 것만으로도 그녀는 아드레날린이 솟구치는 기분을 느꼈다.

'얼마나 흥분되는 사건들이 많이 일어날까? 오늘 제작 보고회에서 벌어진 일만 해도 얼마나 쇼킹했던가.'

그야말로 시청률 올라가는 소리가 들리는 듯했다.

전소민은 오늘 제작 보고회에서 있었던 얘기를 〈영혼을 찾아서〉 담당 프로듀서인 양해일 피디에게 모두 설명을 했다.

—짜고 치는 고스톱 아냐? 귀에 이어폰 같은 거 숨기고서…….

"기자 중에 한 명이 그렇게 말했다가 귀신한테 대가리 맞았거든요? 이건 제가 장담할게요. 장태수라는 사람 정말로 영혼을 볼 수가 있어요. 뿐만이 아니에요, 완전 훈남이에요. 보고 있으면 그냥 웃음이 지어진다고요. 이 사람만 잡으면 프로그램 뜨는 건 시간문제예요. 어? 왔다, 그만 끊어요."

전소민이 막 카페로 들어서는 태수를 향해 손을 흔들었다.

"안녕하세요, 장태수라고 합니다."

태수는 조진호 대표가 만들어 준 고스트라인 작가 명함을 전소민에게 건넸다.

전소민도 명함을 건네며 인사를 했다.

"안녕하세요, 전소민입니다."

전소민이 건넨 명함을 보니 'QBS 〈영혼을 찾아서〉 자문'

이라고 적혀 있었다.

'어? 하늘일보가 영화 홍보 제대로 해 준다고 해서 나왔는데 기자가 아니었나?'

전소민이 사심 가득한 눈으로 태수를 빤히 보다가 말했다.

"제작 보고회에서 보여 주신 장면들은 정말 인상적이었어요. 전 작가님이 정말로 영혼을 본다는 걸 확신하고 있어요."

태수가 웃어 보였다.

전소민이 대뜸 물었다.

"작가님, 혹시 연예계 쪽으로 진출할 생각은 없으세요?"

"예? 연예계요?"

태수는 얼마 전 드라마 〈오늘도 연애〉에 강혁 역할로 촬영을 했었다는 얘기를 하려다가 그만뒀다.

태수가 대답을 못 하고 머뭇거리자 전소민이 쾌활하게 웃으며 말했다.

"호호호, 제가 너무 앞서갔네요. 알았어요. 자, 이제 사진 촬영 하실까요?"

전소민이 반대편 테이블을 향해 손을 흔들었다.

그러자 커다란 가방을 양쪽에 짊어진 사진기자가 일어나서 다가왔다. 그가 가방에서 커다란 조명 장비를 꺼내서 세팅하기 시작했다.

이전부터 전소민 기자와 태수를 주시하며 힐끔거리던 카

페의 손님들이 웅성거리기 시작했다.

조명을 세팅하자 태수가 앉아 있는 자리가 마치 스튜디오처럼 변했다.

'헐, 연예인도 아닌데 뭘 이렇게 요란하게 촬영을 하지?'

전소민이 태수에게 은근한 목소리로 말했다.

"작가님, 긴장하지 마세요. 기사 잘 써 주려고 이러는 거니까."

조명이 켜지고 은은한 불빛이 태수의 얼굴을 향해 쏟아져 내렸다.

전소민 기자가 태수의 앞자리에 앉으며 말했다.

"그냥 저하고 인터뷰한다고 생각하시고 절 보면서 편안하게 웃으시면 돼요."

태수에게 조명과 사람들의 시선이 집중되자 무대에서처럼 칠성의 능이 은은한 광채를 뿜어내기 시작했다.

카페에 있던 손님들이 태수를 훔쳐보며 쑥덕거리는 소리가 들려왔다.

"인터뷰하나?"

"누구지? 처음 보는데?"

"진짜 잘생겼다. 신인 배우인가?"

태수의 편안한 미소가 은은한 조명과 잘 어울리며 부드러운 인상이 만들어졌다.

사진기자가 누르는 셔터 소리가 경쾌하게 들려왔다.

찰칵. 찰칵. 찰칵.

원래 그러는 건지 태수한테만 그러는 건지 사진기자의 흥겨운 추임새가 계속해서 이어졌다.

"네, 좋습니다, 아주 좋아요."

전소민도 예외는 아니었다.

태수를 바라보는 내내 자꾸만 마음이 싱숭생숭해서 몹시 당황스러웠다.

그녀는 이제 입사 7년 차의 기자지만 대한민국의 내로라하는 스타들은 대부분 인터뷰를 했다. 배우부터 가수, 스포츠 스타까지 영역도 다양했다.

최민석, 조인상, 박보금, 백중기, 심우성 등의 기라성 같은 남자배우들하고 인터뷰하면서도 마음이 설렌 적은 없었다.

근데 오늘은 달랐다.

태수는 날카로운 카리스마와 촉촉하게 부드러운 감성이 동시에 느껴지는 미소와 눈빛으로 자신을 바라보고 있었다.

그러니 아무리 철벽을 쳐도 마음이 심쿵해졌고 평정심을 유지하기가 힘들었다.

그런 전소민 기자의 옆자리엔 여고생 영혼 이화가 양손으로 턱을 받친 채 빤히 태수를 바라보고 있었다.

셔터를 누르던 사진기자가 말했다.

"전 기자, 작가님한테 뭐라고 말 좀 시켜 봐요. 인터뷰하는 느낌이 전혀 안 나잖아. 오늘따라 왜 그렇게 얼빠진 사람

같아?"

사진기자의 말처럼 넋을 놓고 있던 전소민이 퍼뜩 정신을 차리고 질문을 던졌다.

처음엔 주로 영화 〈모텔 파라다이스〉와 그곳에서 유골을 발견한 과정에 대한 질문을 던졌다.

그리고 마지막에 자신이 현재 출연하고 있는 〈영혼을 찾아서〉라는 프로그램에 대해 설명한 후에 정말로 말하고 싶었던 본론을 꺼냈다.

"작가님, 혹시 저희 프로그램에 한 번 나와 주실 생각은 없으세요? 아마 출연하신다면 영화에 더없이 큰 홍보가 될 텐데."

너무 갑작스러운 제안이었기에 뭐라고 대답하기가 곤란했다. 어떤 프로그램인지 한번 살펴봐야 하고 조진호 대표와 마케팅 팀하고도 상의를 해 봐야 한다.

게다가 오늘 아침에 용만한테서 연락이 왔다.

〈수상한 아파트〉를 촬영할 아파트를 마침내 섭외했다는 소식.

이제 곧바로 오디션을 진행하고 촬영에 들어가야 할 시간이다.

"일단 제가 제작사에 상의를 해 봐야 할 것 같습니다. 그리고 출연을 한다고 해도 앞으로 2주 후에나 가능할 것 같아요."

전소민이 반색을 하며 말했다.

"출연만 해 주신다면 2주일이 아니라 한 달도 기다릴게요. 딱 좋네, 영화 개봉하고 맞물려서 방송 나가면."

<수상한 아파트> 오디션

태수가 잠을 자는데 꿈결처럼 계속 귓가에서 누군가 속삭이는 목소리가 들려왔다.

－아저씨…… 일어나요…… 아저씨…… 일어나요…….

잠결에 누구 목소리일까 생각하다가 갑자기 오싹한 기분이 들어서 눈을 번쩍 떴다.

"으악!"

눈앞에 여고생 영혼 이화가 호기심 가득한 표정으로 앉아 있었던 것이다.

"너, 너 뭐야? 네가 여기에 왜 있어?"

이화가 살짝 겁먹은 얼굴로 말했다.

－그냥…… 아저씨 따라왔는데……요?

"어후, 깜짝이야. 야, 아무리 영혼이라도 이렇게 불쑥불쑥 나타나면 사람이 놀라잖아."

-죄송해요, 아저씨. 그럼 그만 가 볼게요.

이화가 금방 새초롬해져서는 자리에서 일어나더니 인사를 하고 스르르 사라졌다.

어린 여고생인 데다 너무 불쌍한 표정으로 사라져서 그런지 괜히 신경이 쓰였다.

이화가 사라진 허공을 향해 다급하게 불렀다.

"이화야!"

태수가 부르자마자 사라졌던 이화가 허공에서 빠끔 고개를 내밀었다. 아마도 가다가 소리를 듣고 돌아온 모양.

-네?

이화의 얼굴에 뭔가를 기대하는 것 같은 표정이 엿보였다.

"너 어디…… 갈 데는 있어?"

이화가 고개를 마구 흔들며 말했다.

-아뇨, 아무데도 없어요. 그리고 전 기억도 없잖아요.

보나 마나 이대로 가면 정처 없이 이승을 떠돌다가 악귀에게 잡아먹힐 가능성이 높다. 그게 아니면 본인이 악귀가 되거나.

영혼이 이승을 오래 떠다니면 자연스럽게 귀기가 쌓인다. 귀기가 쌓이면 물리력을 행사할 수 있게 되어 인간세계에 끼어들기 시작한다.

그러다 보면 악귀가 되는 경우가 많다.

왠지 코가 꿰이는 느낌이긴 한데.

"후우."

이럴 때는 모르는 게 약이라고, 괜히 사정을 알고 나면 모질게 내쫓을 수가 없다. 천도를 해 주려고 해도 할 수가 없는 게, 천도를 하려면 영의 이름과 생년월일을 알아야만 한다.

"정 갈 데 없으면 여기서 지내. 대신 당분간만이야?"

이화가 활짝 웃으면서 고개를 끄덕였다.

"너 진짜 아무런 기억도 안 나?"

—네.

"뭐든 좋으니까 조금이라도 떠오르는 게 있으면……."

—그냥 머릿속이 하얘요.

"후우, 알았어. 교복하고 이름으로 찾을 수가 있으려나?"

—뭘요?

"네가 누군지. 그래야만 하늘로 승천할 거 아니야. 계속 이승을 떠돌 수는 없잖아."

—난 괜찮은데.

"그러다 큰일 나. 악귀한테 잡아먹히든가 악귀가 된다고. 아무튼 네가 누군지 한번 알아볼 테니까 그때까지만 여기서 지내. 대신 내 허락 없이 이 방에 들어오지 말고."

—알았어요.

"그리고 네 방은 저기 바깥에 옥상이야. 어차피 영은 춥거나 더운 거 모르잖아. 그리고 방에 있으면 답답해서 오래 못 있는다고 하던데 맞아?"

이화가 고개를 끄덕이며 말했다.

–맞아요. 답답해요.

"그럼 됐어. 아참, 또 한 가지. 어젯밤처럼 나 졸졸 따라다니면서 귀찮게 하면 안 돼. 만약 떠나고 싶으면 작별인사하지 않아도 되니까 그냥 떠나면 되고."

이화가 고개를 끄덕였다.

"그럼 네 방으로 가."

이화가 활짝 핀 얼굴로 그대로 벽을 통과해 사라졌다.

그나마 다행인 건 이화가 말을 잘 듣고 수다스럽지 않다는 것.

"어우, 몇 시냐?"

시간을 보려고 휴대폰을 보던 태수는 깜짝 놀랐다.

진동으로 해 놓은 부재중 전화가 자그마치 30통이 넘었다.

고스트라인 조진호 대표부터 미스터리클럽 동생들, 송현주, 고민석 교수, 김보미, 심지어는 손예지의 전화도 와 있었다.

낯선 번호들도 엄청 많았다.

카톡은 그것보다 더 많았다. 그중에는 여동생 혜령의 것도 있었다.

안 봐도 왜들 이렇게 전화와 카톡을 했는지 알 것 같았다.

어느 정도 예상한 일이긴 하지만 막상 인터넷을 열어 보려니 가슴이 두근거렸다.

실검 1위 - 모텔 파라다이스 제작 보고회

실검 2위 - 귀신 보는 사람

실검 3위 - 영화 모텔 파라다이스 실화

실검 6위 - 왕십리 극장 4관 노숙자 귀신

실검 9위 - 장태수

실검 13위 - 소설 비가 오면

인터넷 연예란 기사는 거의 〈모텔 파라다이스〉 제작 보고회 소식과 태수와 관련된 검색어로 도배가 되다시피 했다.

대부분 귀신 소동에 대한 기사들이었지만 영화에 대한 관심을 나타내는 기사들도 꽤 많았다. 반면에 〈오래된 기억〉 제작 보고회 소식과 관련된 기사는 찾아보기도 민망할 정도였다.

[모텔 파라다이스 각본가 '나는 영혼을 본다.' 고백]

[공포 영화 '모텔 파라다이스' 제작 보고회, 귀신 소동으로 아수라장]

[공포 영화 '모텔 파라다이스' 촬영 현장에서 벌어진 초자연 현상]

[실화를 기초로 한 공포 영화 '모텔 파라다이스' 흥할까?]

[저예산 공포 영화에 주연과 투자자로 이름 올린 손예지, 탄탄한 시나리오에 반했다!]

[공포 영화 '모텔 파라다이스' 화제만큼 영화도 재미있을까?]

기사의 내용은 대부분 비슷했다.

그중 메인에 뜬 조이연예 기사.

[어제 오후 3시 왕십리 CHV극장에서 영화 '모텔 파라다이스'의 제작보고회가 열렸다. ……중략…… 지난 3월 영화 촬영 현장인 파라다이스 모텔에서 대량의 유골이 발견된 사건에 관한 제작사의 입장을 설명하는 과정에서……. '모텔 파라다이스'의 각본을 쓴 장태수 작가는 자신이 영혼을 볼 수 있다는 사실을 알렸고……. 수많은 취재진이 지켜보는 가운데 영혼의 존재를 증명하는 실험을 하였으며……. 취재진 중 한 사람이 보이지 않는 뭔가에 의해 폭행을 당하는 놀라운 일이 벌어졌다.]

기사 중간에는 무대에서 설명하는 태수 사진이 들어가 있었다.

특히 중간에 있는 사진은, 태수가 고개를 옆으로 돌려서 허공을 보고 있고 마치 그 허공에 보이지 않는 뭔가가 있는 것 같은 구도로 사진을 찍었다.

물론 그 빈자리에는 이화가 있었지만 사진에는 찍히지 않았다.

위의 메인 기사에 달린 댓글만 1천 개가 넘었고 가장 많은 댓글은 뜻밖에도 태수의 외모를 칭찬하는 댓글이었다. 나머지는 귀신의 존재에 대한 놀라움과 함께 빨리 영화를 보고 싶다는 댓글들.

—와, 존잘. 무슨 각본가가 저렇게 잘생김?

—귀신한테 머리 맞았다는 그 기자 정말 황당했을 거임.

—미친, 존나 소름 돋네.

—정말 영혼을 볼 수가 있는 건가?

—진심 잘생김. 뭐든 잘되길.

—토크쇼 같은 데서 안 부르나? 재밌을 것 같은데.

—100퍼 기획사에서 잡는다.

—모텔 파라다이스 빨리 보고 싶다. 재밌을 것 같음.

—공포는 못 봄.

—사랑합니다. 응원합니다.

—취재 더 해라. 무슨 사연이 있는지 궁금하다.

태수는 연락이 온 번호들에 일일이 메시지와 카톡을 보냈다.

혹시 기사를 보시고 연락하셨다면 저한테 괜한 선입견 가지지 말았으면 좋겠습니다. 관심 가져 주시는 건 감사하지만 지금은 조용히 제 할 일을 하고 싶습니다. 전 예나 지금이나 변함 없이 장태수입니다.

오후 2시부터 회의를 한다는 조진호 대표의 메시지를 받고 태수가 제작사 고스트라인 사무실에 들어섰다. 사무실에는 조진호 대표와 박홍식 감독, 영화홀릭 송혜진 대표까지 모두 모여 있었다.

한눈에 봐도 다들 표정들이 밝고 옅게 입꼬리가 올라가 있었다.

조진호 대표가 싱글벙글 웃으며 말했다.

"어서 와, 장 작가."

태수도 인사를 하고 자리에 앉았다.

조진호 대표가 잔뜩 상기된 얼굴로 말했다.

"기사 봤어? 포털 메인에 온통 〈모텔 파라다이스〉야."

송혜진 대표도 웃으며 말했다.

"실검도 접수했어요."

박홍식 감독도 태수를 보며 신기하다는 표정으로 말했다.

"이 영화는 진짜 끝까지 장 작가가 살리네. 아침에 휴대폰 난리 났지?"

태수가 웃으며 고개를 끄덕였다.

"근데 저는 정말 깜짝 놀랐어요. 극장에 그렇게 많은 귀신들이 있을 줄은 상상도 못 했거든요. 앞으로는 내가 앉는 자리에 귀신이 먼저 앉아 있지 않을까 걱정부터 될 것 같아."

송혜진 대표의 말에 다들 웃음을 터뜨렸다.

"이젠 〈오래된 기억〉하고 충분히 해 볼 만한 것 같아요. 제가 듣기로 그쪽은 지금 완전 비상 걸렸대요. 들려오는 얘기로는 영화가 그렇게 썩 잘 나온 것 같지도 않고."

조진호 대표도 말했다.

"아무리 스타 마케팅을 한다고 해도 미스터리 멜로라는 장르가 풀기가 쉽지 않거든. 내가 볼 때는 이명호 감독이 지금까지 승승장구하다보니 겁 없이 덤빈 것 같아."

"아무래도 영화만 잘 나오면 공포 쪽이 훨씬 주목도가 높죠. 게다가 대중들에게 〈모텔 파라다이스〉란 이름을 이번에 확실하게 각인시켰으니까."

말없이 듣고 있던 투자사 황태식 팀장이 말했다.

"그 기사 보셨어요? 무비엔조이 조형철 기자가 쓴 거."

송혜진 대표가 인상을 찡그리며 말했다.

"네, 봤어요. 뭐였더라? 공포 영화 '모텔 파라다이스' 화제만큼 영화도 재미있을까였나?"

"예, 맞아요. 기사 내용이 묘하게 꼬였더라고요. 영화가 완성도로 승부를 봐야지 깜짝쇼로 대중의 호기심만 자극하는 건 아닌 것 같다는 식으로. 근데 〈오래된 기억〉에 대해서는 보고 나면 따스한 옛 추억을 소환하게 되는 힐링 영화가 기대된다고 하고."

박홍식 감독의 말에 조진호 대표가 자못 불쾌한 듯 말했다.

"미친놈, 아직 영화는 나오지도 않았는데 그쪽은 기대되고 우린 호기심만 자극한다고?"

"조형철 기자 유명하잖아요. 업계에서는 KU엔터 전속 기자라고 말할 정도니까."

태수가 얘기를 듣고 있다가 말했다.

"어차피 영화 개봉하면 관객이 결정하지 않을까요? 이제 저희도 인지도가 생겨서 관객들한테 낯선 영화는 아닐 테니까요."

송혜진 대표가 말했다.

"이제 개봉 3주도 안 남았잖아요. 중요한 건 그때까지 지금 이런 화제성을 얼마나 꾸준히 끌고 갈 수 있는가예요."

태수가 말했다.

"그래서 말인데요, 어제 하늘일보 전소민 기자하고 인터뷰를 했거든요. 근데 그분이 자신이 출연하는 〈영혼을 찾아서〉라는 프로그램에 나와 달라고 저한테 출연을 제안했거든요. 영화 개봉에 맞춰서 방영해 줄 수 있다고 하던데 출연하면 영화에 도움이 될까요?"

조진호 대표가 고개를 갸웃했다.

"〈영혼을 찾아서〉? 그게 무슨 프로그램이야? 전소민 기자가 거기 출연을 한다는 거야?"

"네, 자문 역할로 고정으로 출연을 하고 있다고 하더라고요. 흉가나 귀신 목격담이 있는 곳을 무당이나 퇴마사가 찾아가는 내용이라던데."

"거의 못 들어 본 프로그램인데? 거기 나간다고 화제성이 있으려나?"

고개를 갸웃하는 조진호 대표와 달리 송혜진 대표의 생각은 달랐다.

"그냥 출연만 하면 아무런 화제성이 없죠. 하늘일보 전소민 기자는 문화부에서 꽤 영향력 있는 기자예요. 프로그램에 출연하는 대신 이번에 기사를 잘 다뤄 준 기자들에게 장작가님이 거기 출연한다고 하고 취재를 하도록 하면 어떨까요?"

박홍식 감독이 말했다.

"이야, 그거 좋은 아이디어인데요? 거기 출연하면 이번에 제작 보고회에서 보여 준 것보다 훨씬 흥미로운 사건이 벌어지지 않을까요? 물론 장 작가가 어떻게 생각하느냐가 중요하겠지만."

태수가 얼른 대답했다.

"전 영화에 도움이 된다면 출연하고 싶어요. 어차피 이젠 커밍아웃도 했으니까요."

송혜진 대표가 말했다.

"전 오히려 이번보다 화제성이 더 클 수도 있다고 생각해요. 그때는 대중들이 장 작가님에 대해 낯설지도 않을 거고. 장 작가님 외모가 워낙 수려해서 이번처럼 보고회 형식이 아니라 예능 다큐 프로그램에 출연하면 대중의 호감도가 상당히 상승할 거예요."

조진호 대표가 말했다.

"괜찮겠네요. 개봉 임박해서 지금 정도의 화제성만 일으켜 주면 영화 재미있게 나왔겠다, 순풍을 받을 수 있을 것 같은데. 물론 사전에 전소민 작가와 만나서 우리 영화에 대한 소개를 해 준다는 약속을 먼저 받아야겠지."

비로소 환상에서 봤던 예지 영상이 현실이 될 것 같다는 생각이 들기 시작했다.

동아리방에 들어서자마자 호기심 가득한 초롱초롱한 눈빛들이 태수를 기다리고 있었다.

그런 동생들에게 미리 실드를 쳤다.

"내가 보낸 카톡 봤지? 기사에 나온 내용이 전부니까 궁금하면 인터넷 찾아보고, 나한테는 그것과 관련해서 어떠한 얘기도 하지 마라. 지금도 엄청 피곤하니까."

태수가 정색을 하고 얘기하자 동생들도 입도 뻥긋하지 못했다.

"용만아, 아파트 섭외했다며?"

"어, 형, 경기도에 재개발로 철거 앞둔 아파트인데, 대부분 가구들이 이사를 가고 일부 가구들만 살고 있고, 분위기가 우리 영화하고 완전 딱 맞더라고. 여기 사진도 찍어 왔어."

용만이 건네는 사진 속에 금방이라도 허물어질 것 같은 칙칙한 분위기의 아파트 모습이 담겨 있었다. 만약 주민들이 모두 이사를 갔다면 오히려 분위기가 폐가 같을 텐데, 띄엄띄엄 아파트에 불이 켜져 있어서 더욱 실감이 났다.

사실 이번 영화에서는 아파트 섭외가 가장 신경 쓰이고 걱정이 됐다.

일반 상업 영화에서도 이런 공간을 섭외하는 건 쉬운 일이 아니다. 시간도 많이 걸리고.

영화의 주된 공간이라서 장소를 바꿀 수도 없고, 만약 아파트 섭외가 되지 않으면 부족하긴 하지만 대안으로 따로 시나리오를 써 놓은 다른 영화로 찍어야겠다는 생각까지 하고 있던 차였다.

"용만이 너 진짜 대단하다. 어떻게 이렇게 딱 맞는 아파트를 섭외했어? 어떻게 한 거야?"

그러자 용만이 머리를 긁적거리며 쑥스럽게 말했다.

"사실 그 아파트 내가 섭외한 거 아냐."

자신이 섭외한 게 아니라는 용만의 말에 태수가 고개를 갸웃했다.

"그럼 누가 섭외한 거야?"

"호철 형이 섭외해 준 거야."

태수가 미간을 좁히며 중얼거렸다.

"호철……?"

분명 들어 본 이름인데 얼굴이 떠오르지 않았던 것이다.

"있잖아, 지난번에 우리 〈집착〉 오디션 볼 때 동아리방에 들어와서 난리 쳤잖아. 연영과 과대 신호철 형."

"아……."

그제야 신호철의 얼굴이 떠올랐다. 〈집착〉 오디션 당시 동아리 방에 쳐들어왔을 때 인상이 워낙 강렬했었다.

근데 아파트 섭외를 신호철이 했다니.

그게 무슨 소리인지.

"누군지는 알겠는데 아파트 섭외를 왜 그 사람이 해?"

"실은 얼마 전에 호철이 형을 학생 식당에서 우연히 만났거든. 그 형이 우리 영화 〈수상한 아파트〉 시나리오를 읽었나 봐."

그건 고민철 교수한테 들어서 태수도 잘 알고 있었다. 고민석 교수가 심사에 불만이 없도록 서로의 시나리오를 바꿔서 읽는 걸로 연영과 김정민 교수와 합의를 했던 것이다.

물론 태수도 신호철의 시나리오 〈수렁〉을 읽었다.

도심 변두리의 가출 청소년들의 이야기인데, 모든 장면들이 어디서 본 것 같은 기시감이 들어서 별로 재미가 없었다.

"호철이 형이 형 시나리오 읽고, 우리 오싹한 이야기 채널에 들어와서 영화 보고 엄청 충격을 받았나 봐. 시나리오도 그렇고 영화도 그렇고 수준이 너무 높더래. 자기가 영화판에서 만났던 감독들보다 형이 훨씬 뛰어나다면서."

옆에서 듣고 있던 동생들이 동시에 '오' 하고 탄성을 뱉어냈다.

용만이 말을 이어 갔다.

"내가 아파트 섭외 때문에 힘들다고 하니까 그 자리에서 바로 알아봐 주더라고. 그 형이 현장에서 워낙 오래 일을 해서 아는 사람도 많고 일을 정말 잘하거든."

정우가 말했다.

"맞아요, 신호철 선배는 조명부터 카메라까지 기술 파트도 모르는 게 없더라고."

용만이 조심스럽게 말했다.

"그래서 그 형을 우리 영화 조감독으로 영입하면 어떨까 싶어서. 우리가 현장에 대해 모르는 게 많아서 배우는 것도 많을 것 같고, 솔직히 난 이번에 여러모로 역량이 부족하다는 생각을 많이 했거든."

용만의 말은 다 맞는 말이었다.

태수의 약점도 현장 경험이 부족하다는 것이다. 동생들은 말할 것도 없고.

지금까지 촬영한 영화는 10분 내외의 단편이라서 큰 문제가 없었지만, 이번처럼 60분 정도 되는 중편영화는 현장을 잘 알지 못하면 계속 문제가 생긴다.

신호철처럼 현장을 잘 아는 사람이 있으면 촬영 속도도 빨라지고 큰 도움이 된다. 동생들도 제대로 영화를 배울 수 있는 기회가 생길 테고.

한 가지 걱정은 혹시라도 현장에서 독선적으로 굴지 않을까 하는 것.

"자기가 우리 클럽에 들어와서 일을 하고 싶대?"

"응, 엄청 하고 싶나 봐."

태수가 용만과 함께 연영과 과 사무실에 들어서자 신호철과 다른 학생 몇 명이 자리에서 일어났다. 용만이 미리 연락을 해서 태수가 온다는 걸 이미 알고 있었던 것이다.

태수가 어색하게 인사를 하자 신호철도 꾸벅 고개를 숙였다.

"용만이한테 저희 영화에 합류하고 싶다는 말을 하셨다고 들었습니다."

덩치가 커다란 신호철이 순한 양처럼 공손하게 말했다.

"예, 감독님이 뽑아 주시면 열심히 해 보고 싶습니다."

갑자기 감독님이란 호칭이 나와서 태수도 당황스러웠다.

"현장에서나 감독이지 여기선 아니니까 그냥 편하게 얘기하세요."

"아, 예."

"저는 현장 분위기를 중요하게 생각해요. 스태프들이 다들 학생이기 때문에 결과물 못지않게 과정도 중요하거든요."

"무슨 얘긴지 알겠습니다. 그날은 제가 실수해서 정말 죄송합니다, 제가 그동안 모신 감독님들이 워낙 나이가 지긋한 분들이라서 그런 식으로 배웠거든요. 이제부턴 바꾸도록 하겠습니다."

태수가 신호철을 가만히 보다가 말했다.

"우리 술 한잔할까요?"

태수는 신호철과 단둘이 참새네에 가서 소주잔을 기울였다.

조감독으로 영입하기 전에 어색함도 풀고, 신호철이 서른네 살로 나이도 훨씬 많아서 서로에 대해 알아야 할 필요가 있었던 것이다.

둘이 술잔을 주거니 받거니 하면서 신호철이 자기 얘기를 털어놓았다.

어려운 집안 형편에 무조건 영화가 하고 싶다는 열망 하나로 온갖 고생하며 밑바닥부터 죽어라 일했다는 얘기.

자신은 무식하게 열심히 하기만 하면 된다고 생각했는데,

태수의 시나리오와 영화를 보고 자신의 지난 10년이 얼마나 잘못된 길이었는지 알게 됐다고.

신호철이 충혈된 눈으로 입안에 술을 털어 넣는 모습을 보니 짠한 마음이 들었다. 저런 뜨거운 열정을 가졌는데, 제대로 이끌어 줄 사람만 잘 만났다면 지금보다 훨씬 발전된 모습이었을 텐데.

"호철이 형."

태수의 부름에 신호철이 고개를 번쩍 들었다.

"앞으로 호철이 형이라고 부를 테니까 형도 그냥 편하게 태수라고 불러요."

"아니, 괜찮습니다. 어쨌든 감독님인데."

신호철은 나이 많은 감독 밑에서 배워서 그런지 너무 경직된 모습이었다.

"형, 그러지 말고 편하게 태수라고 불러 봐요."

신호철이 망설이다가 힘겹게 말했다.

"태, 태수야."

"그래요, 앞으로 그렇게 편하게 불러요. 그리고 우리 클럽 멤버들이 많이 부족하니까 형이 잘 좀 가르쳐 줘요."

신호철이 어색하게 웃으며 고개를 끄덕였다.

"저도 가르쳐 주고 형도 궁금한 게 있으면 언제든 물어봐요. 저도 제가 아는 건 대답해 줄 테니까."

"그래, 알았어. 고마워. 그리고 너도 나한테 편하게 말해라."

"알았어, 형. 그럼 이번 영화 잘 부탁할게."

신호철이 고개를 끄덕였고 둘이 술잔을 부딪치며 외쳤다.

"〈수상한 아파트〉를 위하여!"

"와 여기 대박이다!"

태수는 동생들과 함께 호철이 섭외한 아파트 현장을 둘러 봤다.

우중충한 잿빛의 아파트는 색이 바래서 그 자체로 현실의 공간 같지가 않았다.

아파트는 10층이었고 영화의 주요 배경은 9층으로 정했다. 영화 전개상 높은 층이 유리한 데다 사람들이 모두 이사를 가서 한 층이 통째로 비어 있었기 때문이다.

게다가 또 다른 중요한 배경이 되는 엘리베이터도 널찍하면서 공포 영화에 나오는 곳처럼 음산해서 카메라만 갖다 대면 그대로 영화적인 공간이 될 것 같았다.

호철이 태수에게 9층을 좀 더 비현실적인 공간처럼 보이도록 하면 좋겠다며 미술적인 아이디어를 제안했다.

태수는 연출에만 집중하느라 미술까지는 생각할 여유가 없었다. 근데 호철의 말대로 복도를 판타지적인 느낌으로 꾸

미면 스토리의 몰입도가 훨씬 좋을 것 같았다.

영화제에 출품하는 영화이니 연출이나 스토리뿐만 아니라 미술도 중요한 평가 요소 중 하나다.

"그럼 내가 우리 과에 미술 전공하는 후배 불러서 같이 작업을 할게."

"고마워, 형."

"고맙다는 말 하면 안 되지, 난 스태프니까 당연히 해야 하는 일을 하는 건데. 그리고 그 과정을 통해서 나도 배우는 게 많으니까."

"알았어."

호철이 이번에는 휴대폰을 꺼내서 보여 주며 말했다.

"태수야, 이거 한번 봐 봐. 여기 어때?"

휴대폰 속 사진은 연기 학원 연습실인 것 같았다.

"연기 학원 아냐?"

"맞아. 〈수상한 아파트〉 오디션을 여기서 보면 어떨까 하고. 오디션 지원자들도 여기서 연기하면 몰입을 훨씬 잘할 수 있을 것 같고, 또 지원자가 많은데 동아리방에서 하긴 좀 그렇잖아."

"그렇긴 하지만 여기를 우리가 어떻게 써?"

"내가 아는 형님이 운영하는 곳인데, 여기 학원 연습생을 단역으로 한두 명만 출연시켜 주면 무상으로 빌려주시겠대."

"와, 진짜?"

호철은 태수가 생각조차 할 수 없는 부분들까지 쉽게 제안을 하고 진행시켰다. 물론 그런 노하우를 얻기까지 밑바닥부터 얼마나 힘들게 영화를 배웠을지 상상이 가지만.

"형은 대체 이런 것들을 어떻게 다 아는 거야?"

"이런 건 몸으로 직접 부딪치면서 한 10년 영화판에서 구르다 보면 자연스럽게 알 수가 있어. 내 임무는 감독인 네가 다른 거 신경 안 쓰고 연출에만 전념할 수 있도록 하는 거니까, 넌 편하게 선택만 하면 돼."

말만으로도 너무나 든든했다.

직접 옆에서 지켜본 신호철은 잔머리 굴리면서 사람 피곤하게 하는, 소위 닳고 닳은 사람하고는 거리가 멀었다.

자신이 아는 건 동생들한테 모두 오픈해서 알려 주고, 모르는 건 솔직하게 모른다고 말했다. 그랬으니 10년 동안 미련할 정도로 버티며 도제 교육처럼 영화를 배웠겠지만.

"근데 그 형님이란 분이 우리 영화가 어떤 영화인지는 알고 계셔?"

일반 상업 영화의 경우는 학원생을 단역으로 출연시켜 주는 대신 연기 학원에서 이런 식으로 편의를 제공하는 경우가 종종 있다.

하지만 〈수상한 아파트〉는 학생들이 만드는 단편영화라서 의아했던 것이다.

"응, 알고 계셔. 그 형도 영화에 대한 열정이 워낙 많은 분이라서 네 영화 두 편 보고 완전히 네 팬이 됐대."

형식적으로 한 말인지 모르겠지만 영화를 봤다고 하니 다소 마음이 놓였다.

어차피 단역은 몇 명 정도 필요하다. 크게 연기력을 필요로 하는 배역도 아니고.

"나야 무조건 좋지."

이런 좋은 연습실에서 오디션을 본다고 생각하니 그 자체로 마음이 설레었다.

호철이 참여하면서 프리 프로덕션의 진행이 매끄러워지고 속도도 빨라졌다.

상업 영화의 경우는 각 분야의 감독들이 따로 있지만 〈수상한 아파트〉는 그럴 수가 없으니까 호철처럼 영화 전반에 대한 이해가 있는 사람의 역할이 무척 중요하다.

이전의 두 편은 짧은 단편인 데다 공간도 제한적이고 출연 배우도 두세 명이라서 동생들만 데리고 촬영이 가능했지만, 이번 같은 중편영화는 모든 면에서 역부족이었다.

연영과에서 인원을 지원받는 것도 호철이 알아서 하기로 했다. 만약 호철이 없었다면 이 영화를 제대로 촬영할 수 있었을까 싶을 정도였다.

태수는 호철을 비롯한 동생들과 밤늦게까지 동아리방에서 촬영 계획을 잡았다.

오디션 안내는 지난번처럼 오싹한 이야기 채널 〈집착〉의

엔딩에 안내를 넣었다.

호철이 말했다.

"배우 에이전시에도 연락하고 내가 아는 연기 카페에도 공지를 올려 보면 어떨까?"

"좋지, 이번엔 출연자도 많아서 지원자가 많으면 선택의 폭도 넓어지니까. 근데 배우 에이전시에서 우리 같은 학생 영화에도 지원자를 보내 줘?"

"물론 큰 기획사는 아니고 중소 기획사인데 꽤 괜찮은 배우들 데리고 있는 곳들이 있거든. 그런 곳은 감독의 전작이 괜찮으면 단편이든 학생 영화든 가리지 않고 지원을 하지. 그런 영화에 출연하면 배우는 것도 많고 감독하고 연줄도 만들 수가 있으니까."

무슨 말인지 알 것 같았다.

〈앞집녀〉 찍을 때도 송현주 소속사 대표가 저녁을 같이하자는 제안을 했었다.

"오케이."

호철은 자신이 아는 배우 에이전시부터 연기자 카페에 오디션 소식을 모두 올렸다.

지난번 오디션을 경험 삼아 이번에는 일단 이메일로 지원서를 받아서 서류부터 심사했다.

서류를 보내온 지원자가 모두 150명을 넘었다.

그중에서 서류를 통과해서 합격한 인원이 대략 30여 명.

태수가 쓴 시나리오 〈수상한 아파트〉는 마치 연극처럼 세 개의 막으로 구성된다.

제1막 – 감염

제2막 – 비밀

제3막 – 탈출

제1막의 대략적인 줄거리는 이렇다.

서울 변두리 외곽에 위치한 서민 아파트인 희망아파트.

이 아파트에 '한우'라는 이름의 새로운 아파트 경비원이 온다.

새로운 경비원이 와서 아파트를 순찰하기 시작하면서부터 이상한 일이 벌어지기 시작한다.

아파트의 몇몇 집의 대문에 이상한 숫자를 써 놓은 집이 생겨나고, 그런 집들이 점점 늘어나면서 이상한 일이 벌어지기 시작한다.

대문에 번호가 적힌 집에 사는 주민들이 무기력하게 좀비처럼 변해 가기 시작한 것이다.

영화의 주인공인 안서현은 희망아파트 603호에 사는 고등학교 2학년 여학생이다. 서현은 같은 아파트 405호에 사는 정희와 절친으로, 같은 학교에 다닌다.

어느 날 아침 서현은 정희로부터 자신의 집 대문에도 누가 숫자를 적어 놓고 갔다는 얘기를 듣는다.

그리고 며칠 후 정희는 자신의 엄마가 이상해졌다는 얘기를 한다. 좀비처럼 무기력하고 자기 엄마 같지가 않다는 얘기.

그렇게 며칠이 지난 어느 날 아침.

서현은 학교에 가려고 아파트 현관에서 정희를 기다린다. 하지만 아무리 기다려도 정희가 나오질 않는다. 전화를 해도 받지를 않고.

어쩔 수 없이 서현은 정희의 집인 405호를 찾아가는데…….

이번 영화는 희망아파트라는 서울의 변두리 아파트에서 벌어지는 기묘한 이야기를 다루고 있다. 이전에 작업한 10분 내외의 단편에 비하면 출연진도 많을 수밖에 없다.

오디션으로 뽑아야만 하는 주요 배역은 다음과 같다.

주인공인 안서현(고2/여−603호)

아파트 경비원 한우(40대/남)

홍정희(고2/여−405호)

정희 모(50대/여)

좀비할배(70대/남 – 105호)

윤호(초등5/남 – 602호)

윤호 모(40대/여)

윤호 부(40대/남)

그 외 단역 몇 명.

동아리방에서 동생들과 촬영 스케줄을 짜고 새벽이 돼서야 집으로 돌아왔다. 편의점에서 캔 맥주를 하나 사서 엘리베이터를 타고 올라가 옥상으로 나갔다.

변함없이 아름다운 야경이 펼쳐진 옥상.

"어?"

옥상 난간에 걸터앉아 있는 사람, 아니 영혼이 보였다.

이화였다.

이화가 옥상 난간에 걸터앉아 야경을 내려다보다가 소리를 듣고 고개를 돌렸다. 이화가 태수 앞으로 순간 이동을 해서 오더니 반갑게 말했다.

–오늘은 많이 늦었네요?

집에서 자신을 기다리는 사람, 아니 영혼이 있으리란 생각을 못했기에 태수도 묘하게 반가운 마음이 들었다.

태수가 평상 위에 앉으며 물었다.

"오늘 하루 종일 옥상에만 있었던 거야?"

–아뇨, 동네 구경했어요.

잠시 이런저런 대화를 나누다 보니 이화가 영혼인지 사람인지 헷갈렸다.

태수가 캔 맥주를 따서 벌컥거리고 마시자 이화가 그 모습을 빤히 쳐다보다가 물었다.

–저도 맥주 마셔 본 것 같아요.

“야, 고등학생이 무슨 맥주를…… 하긴 요즘엔 다들 마시지. 그럼 너 이제 기억이 떠오르는 게 있는 거야?”

이화가 고개를 흔들었다.

–아뇨, 아무런 기억도 안 나요. 그냥 맥주를 마신 기억만 나요. 근데 제 기억은 언제 찾아 주실 거예요?

“내가 요즘 많이 바빠, 그래서 조금 더 있어야 할 것 같아. 영혼은 하루 종일 많이 심심하겠다, 그치?”

이화가 고개를 끄덕였다.

–기억이 있으면 친구도 찾아가 보고 엄마아빠도 찾아가 볼 텐데 그럴 수도 없고.

“그건 안 돼. 영혼이 사람 곁에, 그것도 생전에 가까웠던 사람들 곁을 자꾸 맴돌면 귀기가 강해져서 물리력이 생기거든.”

–물리력요?

“그래, 영혼이 물건을 움직이고 만질 수 있게 되는 걸 말하는 거야. 그렇게 되면 자꾸만 사람들 생활에 끼어들게 되고 악귀가 될 가능성이 커져.”

—요 앞에 지하철역에 그런 무서운 영혼이 있어요. 여자들 머리카락 잡아당기고 사람들 발 걸어서 넘어트리면서 장난치는 영혼요.

"그래? 언제 한번 시간 날 때 가서 천도를 해 줘야겠다. 너는 그 영혼 근처에 가지 마."

—안 가요, 무서워서. 맨날 숨어서 구경만 해요.

"야, 그리고 앞으로 아저씨라고 하지 말고 오빠라고 불러. 나 스물네 살이거든. 넌 고등학생이니까…… 몇 학년이지?"

—몇 학년인지는 모르지만 내가 오빠보다 나이 더 많을 수도 있어요.

"그게 무슨 소리야?"

—내가 오래전에 죽었으면 오빠보다 나이가 많은 거죠.

그러고 보니 그럴 수도 있겠다는 생각이 들었다. 만약 정말 그렇다면 이화의 기억을 찾아 주는 일이 더 힘들 수도 있는데.

"아무튼 그래도 내가 너 오빠야. 네가 죽었을 때는 고등학생이었을 거 아냐?"

—죽어서 먹은 나이는 안 쳐주는 거예요?

"그래, 안 쳐줘."

태수가 기지개를 켜며 말했다.

"으으으, 피곤하다. 난 이제 그만 들어가서 자야겠다. 너도 새벽에 너무 돌아다니지 말고 뭐든 취미라도 찾아봐."

—알았어요. 잘 자요, 오빠.

태수는 아침 일찍 용만, 미경과 함께 카니발을 타고 강남에 있는 연기 학원으로 갔다.

최근에 〈모텔 파라다이스〉 제작 보고회 기사가 나간 이후로 혹시라도 사람들이 알아볼까 봐 걱정했지만 실제로 알아보는 사람은 거의 없었다.

일회성으로 잠깐 기사에 사진이 나간 데다 칠성의 능이 작동할 때와 그렇지 않을 때의 태수는 전혀 다른 사람처럼 보이기 때문이다.

즉 능의 기운이 사라진 태수의 얼굴은 마치 화장을 지운 여자의 생얼처럼 얼굴이 다르게 보인다. 어쩌다 눈썰미가 좋은 여자들을 제외하고는 태수를 알아보는 사람이 많지 않은 이유다.

연기 학원 안으로 들어가자 미리 와 있던 신호철이 태수와 일행을 맞았다.

"어서들 와라."

호철이 오디션을 진행할 연습실로 일행을 안내했다.

"여기야."

"우와."

탄성이 절로 나왔다.

연기 학원 연습실은 휴대폰 사진으로 본 것보다도 훨씬 컸다. 삼면이 유리로 된 연습실은 더할 나위 없이 널찍하고 고급스러웠다. 상업 영화의 오디션을 봐도 될 정도.

게다가 한쪽에는 심사를 볼 태수와 일행을 위해 음료와 간단한 다과까지 널찍한 테이블 위에 준비가 되어 있었다.

사실 지난번 〈집착〉 오디션 때는 지원자들 보기가 살짝 민망했었다.

지원자 중에는 전문 배우들도 있었는데 학생회관 복도와 계단에 줄을 서서 기다리게 했으니까. 또 동아리방에서 오디션을 보는 것도 미안했고 너무 아마추어 같은 느낌이 드는 것도 신경이 쓰였다.

"저기 다과는 누가 준비한 거야? 형이 준비한 거야?"

호철이 웃으며 대답했다.

"아니, 여기 원장님이."

이렇게 좋은 연습실을 공짜로 빌리는 것도 미안한데 저렇게 세심한 준비까지 해 주니 너무 미안했다.

호철이 연습실 입구를 향해 손을 들었다.

"어, 형!"

태수가 고개를 돌리자 연기 학원 원장이 걸어오며 인사를 했다.

"안녕하세요, 장태수 감독님."

자신의 이름까지 대면서 다가오는 연기 학원 원장을 본 태수가 깜짝 놀랐다. 머리가 희끗한데 얼굴이 어디선가 본 것처럼 눈에 익었던 것이다.

"어? 이분은……?"

태수의 뇌리에 순간 떠오르는 장면이 있었다.

〈물고기〉라고 태수가 꽤 재미있게 봤던 2000년대 초의 스릴러 영화가 있었다.

거기서 주인공을 잡아 와 고문하던 장면이 있는데, 나이가 많이 들긴 했지만 그 장면에서 조폭 두목 역할로 나왔던 배우의 얼굴이었다.

태수가 저도 모르게 중얼거렸다.

"혹시 영화 물고기에서 조폭 두목으로 나오셨던……?"

안타깝게도 이름이 기억나지 않아 호철을 돌아봤다.

호철이 웃으면서 말했다.

"와, 형 그 장면 기억해? 맞아, 자꾸 형이라고 부르라고 하셔서 어쩔 수 없이 그렇게 부르긴 하지만 배우 정일승 선생님이셔."

그제야 어렴풋이 이름이 기억났다.

태수가 얼른 허리를 굽히며 인사를 했다.

"몰라봬서 죄송합니다."

정일승이 손을 휘저으며 말했다.

"아이고, 아닙니다. 물고기 고문 씬을 기억해 주신 것만으로도 전 아주 행복하네요, 하하.”

태수가 말했다.

“편하게 말씀 놓으세요. 안 그러면 제가 불편해서 여기서 오디션을 못 봅니다.”

“까짓 거 그럽시다, 장 감독. 하하하.”

정일승이 멋스러운 흰머리를 귓가로 넘기며 말했다.

“처음엔 호철이가 다짜고짜 와서는 영화 얘기를 하면서 연습실을 빌려 달라기에 화를 냈거든. 무슨 학생 영화를 이런 곳에서 오디션을 보냐고. 괜히 겉멋만 든 감독인 줄 알았는데, 이 녀석이 유튜브에 들어가서 영화 두 편을 보래. 그 영화 보고 내가 이 녀석한테 뭐랬는지 알아? 장태수 감독 밑에서 오래오래 배워라. 쫓아내기 전까지는 끝까지 달라붙어 있어라.”

“어휴, 그 정도는 아니에요. 이제 막 배우기 시작하는 신인 감독인 걸요.”

태수는 너무 큰 칭찬에 몸 둘 바를 몰랐다.

오전 10시가 가까워지면서 지원자들이 하나둘 도착하기 시작했다. 지원자들은 연습실 옆 강의실에서 대기하도록 했다. 지난번 〈집착〉 때와 비교하면 너무도 쾌적한 환경이었다.

오디션의 진행은 미경과 용만이 맡았다.

태수가 정일승에게 말했다.

"선생님은 저하고 여기서 같이 심사를 보시죠."

"아냐, 내가 뭐라고 심사를 봐?"

"젊은 감독 혼자 앉아 있는 것보다 선생님이 여기 앉아 계시면 지원자들도 더 반갑지 않을까요? 저한테 조언도 좀 해주시고요."

"그럼 조건이 있어."

"뭔데요?"

"앞으로 나한테 형이라고 부르게."

정일승이 왜 그런 말을 하는지 너무도 잘 알고 있는 태수이기에 웃으며 말했다.

"솔직히 형이라고는 죽어도 못 부르겠고, 선배님이라고 부르겠습니다."

오디션이 시작되고 지원자들이 하나둘 들어왔다.

지원자들은 학생 영화라고 해서 만만하게 생각하고 왔다가 연습실 시설을 보고는 놀라고 또 심사위원석에 앉아 있는 정일승을 보고는 한 번 더 놀랐다. 물론 정일승이 누군지 모르는 지원자들이 더 많긴 했지만.

1차 서류 심사에서 걸러서 그런지 지난번처럼 터무니없는 지원자들은 거의 없었다. 지원자들이 속속 연기를 펼치고 돌아갔고 유일하게 교복을 입은 여학생이 들어왔다.

"안녕하세요, 김영주라고 합니다."

태수가 서류를 보니 소속사가 영기획이라고 되어 있었다.

"영기획이라고 아세요?"

"알지, 중소 기획사인데 거기 소속 배우들이 꽤 괜찮아. 실속이 있어."

프로필상으로 대표적인 경력으로 〈우리학교 2017〉에서 상희 역으로 출연했다고 되어 있었다.

〈우리학교 2017〉은 공중파인 KUS에서 방영된 청소년 드라마다. 그 드라마는 태수도 즐겨 본 드라마인데 얼굴이 기억나지 않는 걸 보니 서브 조연이나 단역급의 역할을 맡은 모양.

"학교에서 바로 오는 길인 모양이죠? 교복을 입고 온 걸 보니까."

"아뇨, 안서현이 여고생 역할이라 교복 입은 모습을 보여드리는 게 맞는 것 같아서 일부러 입고 왔습니다."

지금까지 적지 않은 지원자들이 연기를 했다. 개중엔 제법 얼굴이 알려진 친구도 있었는데 아직까지 마음에 든 지원자가 없었다.

김영주는 왠지 기대가 됐다.

어려 보이면서도 묘하게 내공이 느껴진다 싶었는데, 정일승이 태수의 팔을 툭툭 쳤다. 돌아보니 정일승이 김영주의 프로필에서 생년월일을 손가락으로 가리켰다.

'어? 여고생이 아니었네?'

교복을 입고 온 데다 여고생 역할이라서 당연히 여고생인 줄 알았는데, 모 대학 연영과 4학년에 재학 중이고 나이가 스물셋이었다. 태수보다도 겨우 한 살 적은 셈.

근데 얼굴은 여고생이라고 해도 믿을 정도로 완전 동안이었다.

"나이를 보니까 우리학교에 출연할 때도 대학생이었나 봐요?"

김영주가 쑥스럽게 대답했다.

"네."

이번 오디션은 지원자가 자유 연기와 지정 연기 중에서 선택하도록 했다.

"그럼 연기는 어떤 걸로 할래요?"

"자유 연기 하겠습니다. 우리학교에서 혜린의 역할을 해 보겠습니다."

김영주는 우리학교에 출연했다가 지금은 스타가 된 이희슬이 했던 혜린 역할을 연기했다. 혜린은 학교에서는 카리스마 넘치는 리더지만 집에서는 어려운 가정 형편 속에서 씩씩하게 엄마를 돕는 캔디 캐릭터로 인기를 얻었다.

두 가지 양면적인 모습을 모두 보여 줄 수 있는 캐릭터라서 영리한 선택을 한 셈이다.

먼저 학교에서 리더의 모습.

아빠가 검사라는 이유로 애들 위에 군림하려는 지혜의 갑질에 대해 시원하게 퍼붓는 혜린의 모습이다.

고개를 숙이고 감정을 잡은 후에 김영주가 얼굴을 들었다.

조금 전 귀엽고 수줍던 얼굴은 어디로 가고 어느새 싸늘한 눈빛엔 상대를 경멸하는 분노가 출렁거렸다.

"네 아빠가 검사면 넌 뭔데? 검사 딸? 검사 딸은 뭘 하는 앨까? 음…… 집에서 검사 아빠한테 용돈 달라고 보채기? 아니면…… 학교에서 사고 치고 검사 아빠한테 실드 쳐 달라고 울고불고 매달리기? 계속 그렇게 네 아빠 끼어들면 검찰총장한테 일러바친다!"

다음은 캔디 역할.

김영주가 머리를 한번 흔들고 태수에게 시선을 맞추는데 어느새 눈이 웃고 있었다. 힘들어하는 엄마를 혜린이 씩씩하게 위로하는 장면.

자신도 곧 무너질 것처럼 힘든데도 미소를 머금고 엄마를 위로하는 혜린이다.

"엄마, 오뚝이 알지? 넘어지면 다시 일어나고 또 넘어지면 다시 일어나는. 우린 늘 그렇게 살아왔잖아. 이번에 넘어지면 다시 또 일어나면 돼. 그렇게 일어나는 동안 우리가 얼마나 강해졌는지 엄마는 모르지? 우린 이제 약하지 않아. 시련은 우릴 점점 더 강하게 해 주니까 반갑게 맞이하면 되는 거야. 드루와, 이러면서. 알았지?"

마지막 김영주의 눈빛엔 눈물과 미소가 함께 들어 있었다.

연기를 마친 김영주의 뺨을 타고 눈물 한 줄기가 주룩 흘러내렸다. 김영주가 얼른 돌아서서 손등으로 눈물을 닦은 후 넙죽 인사를 하고는 말했다.

"여기까집니다."

이번 영화에서 안서현은 사건의 중심에서 공포와 싸우면서 아파트의 비밀을 파헤치는 역할을 맡았다.

태수는 방금 김영주의 연기를 보면서 안서현이 딱 저런 모습이면 좋겠다고 생각했다.

한 가지 의문이 드는 건, 저렇게 연기를 잘하는데 왜 우리학교에서는 강한 인상을 남기지 못했을까.

"여기 프로필 보니까 우리학교에서 상희 역으로 출연했다고 되어 있는데, 혹시 우리학교에서 맡은 역할이 뭐였어요? 저도 이 드라마를 봤는데 상희가 잘 기억이 나질 않네요."

김영주가 망설이다가 대답했다.

"홍당무 사감 선생요."

"네?"

"상희는 혜린이네 반 담임 선생님이에요."

"서, 설마……?"

태수는 상희가 당연히 학생인 줄 알았다.

혜린의 담임은 사각의 검은 뿔테 안경을 끼고 아이들에게 항상 히스테리를 부리는 캐릭터였다. 얼굴에는 항상 홍조가 있어서 홍당무 사감 선생이라는 별명으로 불렸는데 당시에 꽤 인기가 있는 캐릭터였다.

저렇게 예쁜 얼굴을 그렇게 분장을 했으니 알아볼 수가 있나.

여고생부터 담임 선생님까지 연기 폭이 대단히 넓다는 얘기다.

김영주가 씁쓸하게 웃으며 말했다.

"홍당무 사감 선생은 꽤 유명해졌는데 사람들이 저인 줄 모르더라고요."

"이번 오디션에 지원한 계기는 뭐예요? 대학생영화제에 나갈 영화라는 건 알고 있죠?"

"네, 저희 소속사에서 추천을 해 줬어요. 감독님 연출력이 심상치가 않다면서 어떤 영화인지 따지지 말고 출연하면 도움이 될 거라고. 그래서 유튜브에 들어가서 두 편의 영화를 보고 무조건 출연하고 싶다는 생각을 했어요. 〈앞집녀〉에서는 송현주 씨도 출연했고. 〈집착〉에 출연한 예림이는 저하고도 아는 사이거든요."

"어, 그래요?"

"네, 오디션을 워낙 자주 다니다 보니까 거기서 만나게 됐어요. 근데 〈집착〉 보면서 정말 예림이가 부러웠어요. 캐릭터를 너무 매력적으로 만들어 주셔서 영화를 본 사람들은 그 인물을 확실하게 기억하겠더라고요. 상희 역할하고는 다르게, 후후."

주인공인 서현 역할은 김영주로 결정했다. 나머지 배역도 하나씩 결정이 됐고 남은 건 주인공 못지않은 존재감을 발휘하게 될 공포의 아이콘인 경비원, 그리고 비중은 적지만 서현의 엄마와 좀비할배가 남았다.

모두 나이가 지긋한 배우가 맡아야 하는 역할인데, 지원자 중에는 그런 배우가 많지 않았다.

이제 오디션 막바지. 남은 배우들이 몇 명 되지 않았다.

그 남은 배우들 중에 태수가 기대와 호기심을 가지고 있는 배우가 있었다.

바로 조진호 대표가 추천했던 유승현이라는 배우.

프로필을 보니 나이는 50대인데 경력은 아무것도 적혀 있지 않았다.

프로필 사진을 봐도 누군지 모르겠고.

연습실 문이 열리고 유승현이라는 배우가 들어왔다.

허름한 작업복 같은 차림으로, 얼굴도 잘생긴 쪽은 아니고 언뜻 봐서는 공사장 인부처럼 보이는 외모. 겉만 봐서는 전혀 배우를 할 것 같지 않은 이미지였다.

'조진호 대표님이 정말 생각해서 추천한 게 맞나?'

유승현이 넙죽 고개를 숙이며 인사를 했다.

"안녕하십니까, 유승현이라고 합니다."

의외로 발성이 좋았다. 대사가 귀에 착 감기면서 전달되는.

태수도 앉은 채로 고개를 숙였다.

슬쩍 옆을 바라보니 유승현을 바라보는 정일승의 표정이 심상치가 않았다.

'왜 그러시지?'

태수가 물었다.

"프로필에 아무런 경력이 적혀 있지 않은데, 전에 연기는 해 보셨나요?"

유승현이 잠깐 머뭇거리다가 말했다.

"학교 때 잠깐 취미 삼아 했었습니다."

잠깐 취미 삼아 연기를 했다는 말을 어떻게 받아들여야 할지 몰라 고개가 갸웃해졌다.

기억이 틀리지 않다면 조진호 대표는 유승현이라는 사람이 연기 하나는 정말 잘할 것이라고 추천을 했는데, 취미로 한 연기가 그렇게 대단할 수가 있는지.

"경비원 역할에 지원하신 거 맞으시죠?"

오디션 전에 캐릭터에 대한 간단한 설명을 인터넷에 올려놨었다.

유승현이 짧게 대답했다.

"네."

"참고로 말씀드리면 경비원 역할은 이 영화에서 공포를 책임지는 중요한 캐릭터예요."

"알고 있습니다."

"그럼 연기는 어떤 걸로 하시겠어요?"

"지정 연기 〈비오는 밤의 추억〉 중에서 경태의 독백으로 하겠습니다."

연기자들이 가장 어려운 연기로 첫손에 꼽는 역할이다.

"그럼 부탁드리겠습니다."

유승현이 눈을 감고 있는데 눈가가 파르르 떨리는 게 보였다. 언뜻 보면 무척 긴장한 것처럼 보이는 모습. 지켜보고 있는 태수도 왠지 불안해진다.

'저렇게 해서 연기를 제대로 할 수 있을까?'

유승현이 눈을 떴다.

불안하게 흔들리던 눈빛이 지금은 서늘하게 가라앉아 있었다.

어떠한 감정도 담기지 않은, 전혀 감정이 읽히지 않는 기이한 눈빛. 허공의 한 지점을 노려보면서 착 가라앉는 목소리로 서늘하게 읊조리는 대사.

"비가 오니까…… 자꾸만 그 여자 생각이 나…… 빨간 하이힐을 신고 있었어…… 눈망울이 사슴처럼 겁이 많았는데…… 그 여자…… 비를 맞고 싶지 않다고 했어…… 죽어가는데…… 얼굴에 비 맞는 게 싫다고……."

유승현의 동공이 갑자기 불안하게 흔들리더니 양손으로 머리카락을 움켜쥐고 어쩔 줄을 몰라 하기 시작했다.

"으으으…… 비가 오니까…… 또 그 여자가 올 거야…… 방문을 잠갔나…… 아, 아냐, 소용없어…… 그년은 막을 수가 없어⋯⋯ 어떻게 해도 들어온다고⋯⋯ 헉⋯⋯ 언제 들어왔어?⋯⋯ 그렇게 웃고 있지만 말고 말을 해야지⋯⋯ 나한테 원하는 게 뭔지⋯⋯ 날 또 비웃고 있군⋯⋯ 그래, 맞아⋯⋯ 내가 널 죽였어⋯⋯ 지금처럼 비오는 날에⋯⋯ 그래서 어쩌라고⋯⋯ 그만해⋯⋯ 씨발, 이제 그만 좀 하라고!"

마지막에 머리를 움켜쥐고 몸부림치는 유승현의 절규에 저도 모르게 소름이 돋았다.

스릴러 영화 〈비오는 밤의 추억〉에서 연쇄살인범 경태가 비오는 날만 되면 자신이 죽인 여자의 혼령이 찾아오는 환상을 보면서 점점 미쳐 가는 장면이다.

지금은 최고의 스타 반열에 오른 윤정우가 바로 이 영화에서 연쇄살인범의 사이코 연기로 황룡영화상 남우주연상을 수상했다.

처음에는 담담한 어조로 시작된 독백이 후반부에는 눈앞에 정말 혼령이 보이는 것처럼 점점 히스테릭하게 변해 가며 감정이 극한으로 치닫는다.

그런 윤정우의 연기는 이후로도 두고두고 회자될 정도의 명연기로 꼽는 장면이다.

유승현은 결코 쉽지 않은 윤정우의 그런 연기를 자신만의 스타일로 해석해서 보여 줬다.

감정을 섬세하게 잘게 쪼개서, 마치 음악의 운율을 타듯 높일 때와 낮출 때, 끊을 때와 길게 끌어 갈 때를 그 짧은 호흡 속에서 조율하며 감정선과 대사를 쏟아 냈다. 정말 연기를 잘 알고 있는 레전드급의 배우들이나 가능한 수준의 연기다.

〈수상한 아파트〉의 경비원한테 이런 경태의 분위기가 있기 때문에 지정 연기로 정했던 것이다.

태수는 방금 전 유승현이 뿜어낸 에너지와 여운에서 쉽게 헤어 나오질 못했다.

유승현도 여운을 음미하며 눈을 감고 있다가 뜨고는 인사를 하며 말했다.

"감사합니다."

무슨 얘기를 하긴 해 줘야 하는데 이해가 가지 않았다.

'이게 뭐지? 학교에서 취미로 연기를 했다고? 말도 안 돼.'

지금의 수준이면 드라마 한두 편 출연했다고 도달할 수 있는 연기가 아니다. 그렇다고 저 얼굴을 텔레비전이나 영화에서 본 기억도 없다.

감정을 통제하는 능력이라든가, 스스로 카메라의 방향을 설정하고 마치 그곳에 카메라가 보이는 것처럼 섬세한 눈빛 연기를 펼치는 모습은, 수없이 많은 작품을 하면서 자연스럽게 몸에 뱄을 때 나오는 연기다.

그런 건 숨길 수도 없고 거짓으로 드러낼 수도 없다.

'그렇다면 연극 무대에 서는 배우인가?'

태수는 이내 고개를 저었다.

연기의 톤이 절대 무대에서 하는 연기가 아니다. 연극 무대에 오래 섰던 사람들은 연기가 과장되어 있어서 금방 알아볼 수가 있다. 〈집착〉에서의 안연수처럼 말이다.

눈앞의 유승현은 분명 카메라 앞에서 연기를 한 사람이다.

유승현이 마치 뽑히지 않을 줄 알았다는 듯 실망한 표정으로 돌아설 때였다.

뜻밖에도 옆에 나란히 앉아 있던 정일승이 살짝 떨리는 목소리로 유승현을 불렀다.

"학교얄개, 유승현 씨. 맞죠?"

순간 돌아서던 유승현의 어깨가 움찔하는 게 보였다.

'학교얄개?'

태수도 들어 본 이름이다.

〈학교얄개〉라면 1980년대에 극장가를 휩쓸었던 학원 청춘 영화의 대표작이다. 친구로 등장하는 두 명의 배우가 주연을 맡았던 국내 최장수 시리즈 영화라고 할 수 있다.

태수는 직접 영화를 보지는 못했지만 엄마한테 귀가 닳도록 들어서 알고 있다.

유승현이란 이름이 왜 귀에 익나 했더니 엄마한테 들었던 이름이다.

언젠가 엄마가 〈학교얄개〉의 유승현이 젊은 시절 이상형이었다고 수줍게 고백하던 기억이 났다.

'저 사람이 바로 그 유승현이라고?'

정일승이 자리에서 일어나 유승현의 앞에 가서 섰다.

정일승의 눈에 금방 물기가 촉촉하게 배어 나왔다.

"맞군요, 학교얄개 유승현 씨."

태수가 재빨리 〈학교얄개〉를 휴대폰으로 검색했다.

신문 기사에 슈퍼스타라는 수식어와 함께 뜨는 〈학교얄개〉의 사진. 비록 젊은 10대 시절의 사진이지만 지금의 얼굴에 당시의 모습이 고스란히 남아 있었다.

10대 시절에 주연으로 출연한 영화만 50여 편. 그야말로 영화계의 전설 같은 배우였다.

태수도 자리에서 벌떡 일어나 앞으로 나갔다.

정일승이 신기한 듯 말했다.

"대체 어디서 뭘 하시다가 이제 세상에 나왔습니까?"

유승현도 자신을 알아보는 사람이 있으리란 생각을 하지 못했는지 당황스러운 표정으로 말을 잇지 못했다.

태수도 다가가서 인사를 했다.

"몰라봬서 죄송합니다, 선생님. 제 어머니가 선생님의 열렬한 팬이세요."

그제야 유승현이 고개를 들었다. 두 눈이 빨갛게 충혈되어 있었다.

태수가 말했다.

"만약 선생님이 저희 영화에 출연해 주신다면 정말 영광이겠습니다."

유승현이 감동스러운 표정으로 말했다.

"그럼요, 당연히 출연해야죠. 출연하고 싶어서 오디션을 보러 온 건데."

정일승이 말했다.

"장 감독, 난 어릴 때 내 우상이었던 유승현 씨하고 어디 가서 회포나 풀고 있을 테니까, 오디션 끝나고 시간 되면 들러."

태수는 유승현이 연기를 했던 빈자리를 바라보며 묘한 감회에 젖었다.

30여 년 전 대한민국 젊은이들의 우상이 방금 자신의 눈앞에서 혼신을 다해 연기를 했다는 사실이 믿기지가 않았다. 엄마가 먼발치에서라도 얼굴 한 번 보는 게 소원이었다던 그 슈퍼스타를 말이다.

휴대폰으로 신문 기사를 검색해서 보니 당시 유승현의 출연료에 대한 기사가 있었다. 배우는 출연료를 보면 당시의 인기를 가늠할 수가 있다.

당시 서울의 집 한 채 값이 1,000~2,000만 원이던 시절.

유승현의 출연료가 300만 원이었다고 하니 가히 그 인기를 짐작할 수가 있었다.

그런 유승현에게 그동안 무슨 일이 있었는지 모르지만 그와 작품을 할 생각을 하는 것만으로도 마음이 설레었다.

이제 남은 배역은 주인공인 서현의 엄마 이지숙 역할과 일명 좀비할배라는 별명을 가진 노인 역할인데, 남은 지원자들의 프로필을 보면 좀비할배 역할을 할 수 있는 배우는 보이질 않았다.

연습실 문이 열리고 중년의 여성이 들어섰다. 얼굴을 보는 순간 딱 알아볼 수 있을 정도로 익숙한 얼굴이다.

프로필에 그동안 출연했던 드라마의 이름이 빼곡하게 적혀 있었다. 대부분 주요 배역을 맡았던 작품들.

작품 수만 놓고 보면 방금 나간 유승현보다도 더 많은 작품에 출연을 한 셈이다. 문제는 그 모든 작품들이 재연 드라마라는 것.

보통 방송국에서는 배우의 등급을 6등급으로 나눠서 출연료를 비롯한 모든 처우의 기준으로 삼고 있다. 반면 재연 배우는 아예 등급이 없다.

말하자면 단역보다도 인정을 못 받을 뿐만 아니라 배우로서 대접을 받지 못하는 경우가 허다하다.

지금 눈앞에 서 있는 한수정도 그런 경우다.

태수의 기억으로 정말 오랫동안 텔레비전의 각종 재연 프로그램과 예능의 재연 코너에서 얼굴을 알려 친숙한 얼굴이지만 정작 배우로서는 인정을 받지 못한 것이다.

“안녕하세요, 배우 한수정이라고 합니다.”

일부러 이름 앞에 배우라는 수식어를 붙이는 한수정의 마음을 태수는 이해할 수 있을 것 같았다. 얼마나 배우로서 대접을 받고 싶었을까.

“오디션에 어떻게 참가하시게 되었어요? 이 영화는 아주 작은 학생 영화인데.”

“전 그런 건 상관없고, 진짜 연기를 하고 싶어서 참가했습니다. 누군가의 흉내만 내는 연기가 아니라 진짜 그 캐릭터가 되어 몰입할 수 있는 그런 연기요.”

“재연 프로그램에서는 그런 연기가 어렵죠?”

한수정이 고개를 끄덕이고는 말했다.

“대부분 현장에서 쪽 대본이 주어지고 촬영 시간도 촉박해서요. 그러다 보니 제대로 된 연기를 하기 보다는 빨리빨리 찍어서 방송 시간을 맞추는 데 급급해요. 캐릭터 분석 같은 건 엄두도 내지 못하고 피디도 그런 건 원하지 않아요. 공장에서 찍어 내는 기성품처럼 기계 같은 연기를 원하죠.”

한수정은 극 중에서 서현의 엄마 역할인 지정 연기를 했다.

짧은 연기가 끝났을 때는 딱 봐도 이 오디션을 위해 얼마나 많은 준비를 했을지 느껴질 정도였다. 다만 의욕이 너무 넘친 탓에 살짝 과하다 싶을 정도로 몰입을 해서 연기가 부자연스럽게 느껴졌다.

태수가 그 부분을 지적하자 한수정이 오히려 기쁜 표정을 지었다. 오히려 지금과 같은 지적을 너무도 기다려 왔던 사람처럼.

태수는 한수정을 서현의 엄마로 결정했다. 이후 동생들과 뒷정리를 한 후에 연기 학원 옆 호프집으로 서둘러 발길을 옮겼다.

"나보고 좀비할배를 하라고?"

유승현과 술을 마시던 정일승이 눈을 휘둥그레 뜨고 반문했다.

"마땅히 좀비할배 역할을 할 만한 배우가 없어서요. 선배님이 하시면 딱 좋을 것 같은데."

옆에서 흥미롭게 지켜보던 유승현도 거들었다.

"정 선배, 그냥 하세요. 촬영장에 가면 저 혼자만 늙다리라서 쑥스러운데 같이 해요."

"어허, 이것 참."

태수가 한 번 더 권했다.

"선배님!"

"아니, 누가 안 한다고 했나? 좋아서 그러지, 좋아서. 하하."

태수는 뒤늦게 유승현한테서 살아온 이야기를 함께 들었다.

유승현은 아역 때부터 너무 일찍 슈퍼스타가 된 게 독이 됐다고 씁쓸하게 웃었다.

촬영 때문에 학교도 제대로 못 가고 친구도 못 사귀고. 당연히 사회도 잘 몰라서 세상 물정을 아무것도 몰랐다고 한다.

나중에 연기가 지겨워서 그만두고 사업을 했는데, 지인들에게 사기를 당하고 한때 자살을 생각할 정도로 힘들었다고 한다.

가장 힘든 순간에 그토록 싫었던 연기가 너무도 하고 싶었다고 한다.

그래서 예전에 미국에 머물 때 우연히 알았던 조진호 대표에게 연락을 했고, 그 소개로 이번 영화의 오디션에 참가하게 됐다는 것.

"선배님 정도면 일반 상업 영화에서도 역할을 맡으실 수 있을 것 같은데 왜 굳이……?"

태수의 물음에 유승현이 대답했다.

"조진호 대표가 몇몇 영화를 소개해 줬는데, 그 영화들은 전부 단역이나 카메오 역할을 제안하더군요. 역할이 작아서가 아니라, 그런 역할은 내 연기가 필요한 게 아니라 예전의 내 이미지를 팔아먹을 목적이라는 생각이 들었어요. 난 작은 역할이라도 배우 유승현으로서 연기가 하고 싶은 겁니다."

태수가 경호네치킨의 문을 열고 들어섰다. 늦은 시간인데도 테이블 두 개에서 손님들이 치킨과 호프를 마시고 있

었다.

"어서 오세……."

인사를 하려던 혜령이 태수를 보고는 반색을 했다.

"와, 웬일이야? 오빠 요즘 완전 연예인 같더라? 이번에 오빠 기사 보고 내 친구들 난리 났어. 오빠 보러 우리 집에 놀러온다고 그러…… 어?"

혜령이 태수의 뒤에 서 있는 유승현을 보고는 낮게 속삭이듯 물었다.

"오빠랑 같이 온 손님이야?"

"응, 엄마 좀 불러와 봐."

"엄마는 왜? 지금 바쁜데."

"잠깐만 나오시라고 해. 지금 어떤 분이 일부러 엄마 보러 여기까지 오셨다고 말씀드려."

"엄마를 보러 왔다고?"

혜령이 수상한 눈으로 유승현을 힐끔거리며 주방으로 들어갔다.

잠시 후 엄마가 혜령과 함께 밖으로 나왔다.

"대체 누가 날 보러 왔다고……?"

태수가 엄마한테 유승현을 소개했다.

"엄마, 내가 이분한테 엄마의 젊은 시절 이상형이었다고 말씀을 드리니까, 엄마를 꼭 한번 만나고 싶다고 하셔서 모셔 온 거야."

엄마가 힐끗 유승현을 보며 무슨 소리냐는 듯 황당하게 물었다.

"얘가 지금 무슨 소리 하는 거야? 난 알지도 못하는 분을 모셔 와서는 이상형이라니."

유승현이 앞으로 나서더니 공손하게 인사를 하며 말했다.

"안녕하세요, 〈학교얄개〉의 배우 유승현이라고 합니다."

"……!"

순간 엄마의 표정이 벼락이라도 맞은 사람처럼 허옇게 변했다.

"야, 얄개……?"

엄마의 두 눈이 가늘어졌다가 점점 커지더니 입에서 탄성이 흘러나왔다.

"어머나, 세상에!"

너무 놀라서 비틀거리는 엄마를 태수가 부축했다.

지금까지 살면서 태수는 오늘처럼 수줍어하는 엄마의 모습을 본 적이 없었다.

옆 테이블에서 술을 마시던 중년의 손님들도 눈앞에 있는 사람이 〈학교얄개〉의 유승현이라는 사실을 알고는 다들 믿어지지 않는다는 표정으로 사인을 요청해서 받아 갔다.

유승현이 엄마와 사진까지 찍어 주고 돌아가자 엄마가 촉촉한 눈망울을 하고 태수에게 말했다.

"내가 아들 덕분에 이런 호강을 다 하다니. 고마워, 아들."

엄마가 살아오면서 태수한테 했던 최고의 표현이었다.

'≪비가 오면≫이 베스트셀러가 되고 〈모텔 파라다이스〉가 영화화될 때도 듣지 못했던 극찬을 이렇게 어이없게 듣게 될 줄이야, 흐흐.'

<수상한 사파트> 크랭크신 (1)

재건축으로 철거를 앞둔 한 동짜리 조은아파트.

영화에서 벽면에 새겨진 '조은'이란 글자를 지우고 '희망'이란 글자를 새겨 넣으면 조은아파트는 영화의 배경이 되는 희망아파트로 변신하게 된다.

태수는 조은아파트를 답사한 후 시나리오를 수정했다.

조은아파트가 너무 황량해서 영화 속 희망아파트도 철거를 앞둔 아파트로 설정을 바꾼 것이다. 정상적인 아파트로 보이려면 미술에 상당한 비용을 들여야 하기 때문이다.

덕분에 아파트의 황량한 모습을 그대로 영화에 담을 수 있다.

아침 일찍 조은아파트 입구에 태수의 카니발과 미니버스

한 대와 스타렉스 한 대, 승용차 두 대가 차례로 도착했다.

단편영화를 제작할 때하고는 규모 면에서 비교가 되지 않았다.

연영과 학생 15명이 참여를 해서 스태프만 20명을 넘었다. 단역까지 합치면 배우들의 수도 꽤 되고.

이번 영화는 학교에서 공식 프로젝트로 인정을 해 줬다.

덕분에 미스터리클럽 동생들은 물론 지원을 나온 연영과 학생들도 영화 제작 수업으로 인정을 받아 학점과 출결 문제도 해결이 됐다.

신호철이 즐거운 듯 말했다.

"내가 연영과에서 이번 영화에 참여하고 싶은 사람은 신청서 내라고 했거든? 경쟁률이 얼만지 알아? 3 대 1이 넘었어. 나중에 떨어진 애들 중에도 참여할 수 있는 방법이 없냐고 그러는 거야. 벌써 학교에 우리 영화에 대한 소문이 쫙 퍼졌다니까."

학교에서는 촬영 기자재는 물론 차량과 함께 영화 제작비도 2천만 원이나 지원해 줬다.

게다가 학보사 기자 두 명이 현장에 상주하며 취재를 한다. 취재한 내용은 학보는 물론이고 학교 홈페이지에도 올라간다.

학교에서 홈페이지에 대학생영화제 출품작 〈수상한 아파트〉의 공식 게시판을 만들어 준 것이다.

게시판에는 영화의 간단한 줄거리, 감독인 태수와 스태프들 소개, 출연하는 배우들 정보까지 올라갔다.

학교와 협조할 부분은 학보사 기자인 미경이 중간에서 조율했다.

학교에서 그런 전폭적인 지원을 받았기에, 촬영 시간이 다소 늘어나더라도 최대한 협조를 할 생각이었다. 어차피 출결 문제도 해결됐으니 급하게 찍을 이유도 없고.

그런 분위기다 보니 미스터리클럽 동생들도 다들 우쭐한 표정들.

현장에 상주하는 학보사 기자는 둘 다 1학년으로 남녀 각 한 명씩이다.

각각 스틸 카메라와 동영상으로 현장의 모습을 스케치했다. 스틸 사진은 학보사와 홈페이지에 올리고 동영상은 메이킹 필름을 만들기 위한 목적이라고 했다.

학보사 후배들이 맨 먼저 인터뷰한 사람은 당연히 태수였다.

제작 보고회 사건으로 태수는 이미 학교에서 유명 인사가 되어 있었다.

학교 홈페이지에 올라온 태수의 경력을 본 학생들은 더더욱 열광했다.

〈모텔 파라다이스〉의 각본을 썼고 베스트셀러 소설 ≪비가 오면≫의 작가이며 현재 영화를 연출하는 감독이라는 경력까지.

거기에 얼마 후 방영을 시작하는 김보미 원작의 〈오늘도 연애〉 드라마에서 인기 캐릭터인 강혁 역할로 드라마의 오프닝에 출연 예정이라는 소식까지 더해지며 학교에서 순식간에 스타가 됐다.

물론 거기엔 꽃미남처럼 잘생긴 태수의 얼굴도 한몫했지만.

학교에서는 이참에 확실하게 분위기를 띄우려는지 이번 대학생영화제를 대대적으로 홍보하고 있었다.

아마 일반 대학교였다면 이런 정도로 홍보하지 않겠지만 드림대학는 실용예술을 내세운 대학이다. 만약 전국대학생영화제에서 대상인 작품상이라도 탄다면 그야말로 최고의 홍보가 되는 셈.

학보사 여학우가 눈을 초롱초롱 빛내며 말했다.

"요즘 학교에서 선배님에 대한 관심과 인기가 정말 대단한데요. 우리 드림대학에 선배님 같은 분이 있다는 것만으로도 다들 자부심이 느껴진대요."

옆에 있던 남학우도 거들었다.

"예전에는 우리 학교를 모르는 사람들이 많았는데, 요즘엔 밖에서 꽤 많이 알아준대요. 아무래도 웹툰학과 김보미 선배나 장태수 선배님 같은 분들이 계속 나오니까 그런 것 같아요."

여학우가 말했다.

"지금 학교 분위기가 정말 달라진 게, 예전에는 학교에서 무슨 행사 하면 거의 반응이 없었거든요. 근데 요즘은 확실히 달라졌어요. 이번 대학생영화제 홍보 게시판에 아직 안 들어가 보셨죠?"

"예, 안 들어가 봤어요."

요즘엔 인터넷이든 어디든 자신의 얘기가 있을 만한 곳은 일부러 피하려고 한다. 댓글을 읽는 것도 살짝 겁이 나고, 괜히 귀신 보는 사람이라는 식으로 이상하게 보는 사람들이 있을까 봐.

"지금 한번 들어가 보실래요? 선배님 응원하는 글도 많고 이번 영화 작품상하고 관객상 타라고 응원하는 글들도 정말 많아요."

그러면서 여학우가 노트북으로 홈페이지를 열어 줬다.

"여기 보세요."

홈페이지에 '전국대학생영화제 드림대학 출품작 〈수상한 아파트〉 제작 소식'이라는 제목 아래 '문창과 장태수 감독에게 한 줄 응원하기'라는 코너가 있었다.

'세상에.'

설마 자신의 이름으로 개설된 코너가 있을 줄은 생각지도 못했다. 코너에 들어가자 수많은 응원의 글들이 끝도 없이 이어졌다.

—장태수 선배님 파이팅입니다!

—자랑스러운 드림인, 장태수!

—세계적인 감독이 되어 우리 드림대학를 빛내 주세요^*^

—선배님 너무 잘생겼어요. 학교에선 왜 잘 볼 수가 없나요?

—이번에 꼭 한강대학교를 이겨서 우리 드림대학 영화가 작품상을 탔으면 좋겠네요. 뿌잉뿌잉~

—저도 미스터리클럽 가입하고 싶어요. ㅠ.ㅠ

요즘 워낙 바쁘기도 했지만 학교에 가서도 대부분 동아리방에만 처박혀 있었다. 집에 갈 때는 차를 타고 가고.

그러다 보니 학교에 그런 분위기가 있는지 거의 체감을 못했다.

불과 2년 전만 해도 이런 학교 분위기는 상상도 하지 못했는데.

게시판의 응원 글들을 읽는데 너무 감동스러워서 심장이 찌릿찌릿했다.

여학우가 인터뷰를 겸한 몇 가지 질문을 했고 남학우는 열심히 셔터를 눌러 댔다.

"이번에 연출하는 〈수상한 아파트〉는 어떤 영화인가요?"

"〈수상한 아파트〉는 괴담에 가까운 이야기예요."

"괴담요?"

"네, 재건축으로 인해 철거를 앞두고 있는 아파트가 배경이고. 아파트가 재건축이 되려면 보통 지은 지 50년이 지났을 거예요. 그동안 아파트에서 얼마나 많은 사람들이 죽었겠어요? 병으로 죽은 사람, 자연사로 죽은 사람, 범죄나 자살로 죽은 사람. 사람들이 집에 대한 애착이 많잖아요. 그래서 죽은 후에도 집을 떠나지 못하는 영혼들을 생각하다가 구상을 하게 됐어요."

여학우가 웃으며 말했다.

"하하, 말하자면 귀신 얘기라는 거잖아요. 오싹하네요."

"전형적인 귀신 영화는 아니고, 실제 영화로 보면 느낌이 다를 거예요."

여학우가 머뭇거리다가 조심스럽게 물었다.

"지난번 〈모텔 파라다이스〉 제작 보고회에서 영혼을 본다고 하셨는데, 그럼 평소 생활할 때도 항상 영혼을 보시는 건가요?"

태수가 웃으며 대답했다.

"아뇨, 영혼이 늘 보이는 건 아니고 어떤 조건이 맞을 때만 볼 수가 있어요. 그러니까 평소 생활은 다른 사람들하고 비슷해요."

여학우가 말했다.

"선배님, 현장에서 일하는 모습을 카메라에 담고 싶습니다. 괜찮을까요?"

"물론이죠."

태수가 대본을 확인하고 배우들과 연기에 대한 상의를 하는 모습을 기자 둘이 스틸 사진과 동영상으로 남겼다.

기자들은 스태프들이 촬영을 준비하는 모습도 일일이 쫓아다니며 촬영했다. 처음엔 어색해하던 동생들과 연영과 학생들도 이내 적응을 하고 카메라 앞에서 웃으며 장난을 치는 여유도 부렸다.

용만은 인터뷰까지 했다.

학보사 기자들에게 태수를 제외한 최고의 인기 인터뷰어는 당연히 유승현이었다.

고민석 교수한테 들은 얘기로는 이번에 유승현이 영화에 출연한다는 소식을 들은 학과장 박대식 교수가 거의 환호성을 질렀다고 한다.

왜 아니겠는가, 박대식 교수 시절에도 유승현은 단연 최고의 청춘스타였는데.

유승현이 학보사 기자들의 인터뷰 요청에 흔쾌히 응하면서 말했다.

"기자분들은 내 영화 본 적 있어요?"

둘 다 죄송한 듯 고개를 저으며 말했다.

"죄송해요."

"죄송하긴, 그게 언제 적 영환데. 혹시나 해서 물어본 거예요. 그럼 인터뷰 시작하죠."

유승현은 주요 일간지 기자를 대하는 것처럼 진지하게 인

터뷰에 임했다. 예전 이야기부터 어려웠던 시절에 이르기까지 자신의 사연을 솔직하게 들려줬다.

태수는 저 인터뷰가 나가면 아마도 드림대학 학보사에서 연예부 특종 뉴스를 터뜨리게 될지도 모르겠다는 생각을 했다.

〈학교얄개〉 유승현이 세상에 얼굴을 드러내고 연기를 시작했다는 사실만으로도 엄청난 화제를 몰고 올 테니까.

영화 〈수상한 아파트〉는 어느새 드림대학에서 제작하는 공식 영화가 됐다.

냉정하게 따지면 태수와 미스터리클럽 동생들이 모두 기획한 영화에 학교가 숟가락만 올려놓은 셈이지만, 학교의 이런 적극적인 지원이 없었다면 제작에 어려움이 많았을 것이다.

무엇보다 학우들의 응원이 큰 힘이 됐다.

대학생영화제에서는 작품상 못지않게 큰 상이 관객상이다.

관객상은 영화제 홈페이지 게시판에 본선에 오른 모든 영화를 공개한 후 관객들이 영화를 온라인으로 직접 관람한 후 추첨을 해서 주는 상이다.

어떤 면으로는 작품상보다 더 의미가 있는 상이라고 할 수 있다. 실제로 영화제에서 작품상을 받은 감독보다 인기상을 받은 감독이 상업 영화에서 입봉하는 비율이 훨씬 높았으니까.

현재와 같은 분위기라면 〈수상한 아파트〉가 관객상도 노려 볼 만한 분위기였다.

호철이 다가와서 촬영 준비가 끝났음을 알렸다.

"감독님, 슛 들어갈 준비됐습니다."

감독님이라고 부르지 말라고 아무리 말을 해도 호철은 듣지 않았다.

이런 학생 영화일수록 현장에서 위계질서가 엄격해야 다들 긴장하게 되고, 배우들 보기에도 프로 같은 느낌이 든다는 것이다.

얘기를 듣고 보니 오히려 자신이 아마추어 티를 완전히 못 벗었다는 생각이 들었다. 역시 현장에서의 경험은 무시할 수가 없다, 후배 기자들 보기에도 그렇고.

"알겠어요, 조감독님."

태수도 존대를 하자 나머지 스태프들도 '형'이라는 호칭 대신 다들 감독님이라고 부르며 자연스럽게 서로 존대를 하게 됐다.

신호철의 말대로 호칭 하나 바꿨을 뿐인데 현장에는 저절로 긴장감이 감돌며 프로다운 분위기가 만들어졌다.

씬 1.

〈수상한 아파트〉의 첫 장면은 무지에서 자막으로 시작한다.

자막은 다음과 같다.

오래된 아파트에는 죽은 사람들이 많다.

자막이 나온 후에 첫 씬이 시작된다.

첫 씬은 학교가 끝나고 아파트로 돌아오는 안서현과 홍정희의 대화로 시작한다.

장소는 아파트 앞쪽의 진입로.

늘 영화의 첫 씬을 촬영할 때면 설레면서도 심장이 쿵쿵거리고 긴장이 된다.

주인공인 안서현 역할은 김영주가 맡았고 친구인 홍희진 역할은 양효진이 맡았다.

김영주는 오디션 때도 봤지만 스물셋의 나이가 믿기지 않을 정도로 여고생 교복이 잘 어울렸다. 경력이 많은 덕에 카메라 앞에서의 여유도 느껴지고.

반면 친구 역할인 홍정희 역의 양효진은 실제로 고등학교 2학년 학생으로 몹시 긴장된 표정.

양효진은 연기 경력이 비교적 짧은 신인인데 오디션에서 보여 준 밝은 이미지와 톡톡 튀는 연기가 좋아서 선발했다. 연기의 기본기도 잘 닦여 있었고.

이번 영화가 전체적으로 음산하고 무거운 분위기인데 그것과 대비되는 양효진과 같은 밝은 캐릭터가 오히려 공포를 드러내는 데는 효과적이란 생각이 들었던 것이다.

양효진은 자신이 선발될 걸 예상하지 못했는지 합격 소식을 듣고 그 자리에서 눈물을 쏟았을 정도였다. 그만큼 감정 표현이 좋다는 말이기도 하고.

다만 아직은 연기 경험이 별로 없는 신인이라서 살짝 걱정이 되는 것도 사실.

스태프들은 물론 유승현도 설레는 표정으로 슛을 기다렸다.

유승현은 아침부터 내내 현장을 돌아다니면서 스태프들을 챙겼다. 아마도 수십 년 만에 다시 촬영장으로 돌아와서 새롭게 시작하는 연기가 무척 설레는 모양이었다.

신호철이 외쳤다.

"슛 들어갑니다!"

태수의 세 번째 연출 작품 〈수상한 아파트〉의 촬영이 시작됐다.

용만을 비롯한 스태프들이 주위를 향해 소리쳤다.

"조용!"

양효진은 아직도 잔뜩 긴장한 모습.

김영주가 긴장을 풀어 주려고 무슨 말을 하자 웃긴 하는데 여전히 표정이 굳어 있었다.

"카메라 롤! 씬 1-1."

태수가 화면을 보고 있다가 외쳤다.

"레디…… 액션!"

교복을 입고 책가방을 멘 안서현과 홍정희가 아파트 진입로를 따라 걸었다. 두 사람을 '달리'라는 장비 위에 놓인 카메라가 레일을 따라 움직이며 촬영을 시작했다.

홍정희가 안서현을 돌아보고 말했다.

이번 영화의 첫 씬, 첫 테이크였다.

"요즘 우리 아파트에 이상한 소문 떠도드는…… 아, 죄송합니다."

긴장한 양효진의 표정을 보고 살짝 불안하다 싶었는데 역시나 첫 대사부터 꼬이면서 NG가 났다.

'어떡하지? 신인이 이렇게 첫 대사부터 꼬이면 자신감을 잃어서 계속 NG가 나는데.'

다시 촬영이 시작됐지만 예상대로 우려가 현실이 됐다.

연속되는 NG.

테이크 8까지 갔을 때 태수는 어쩔 수 없이 촬영을 중지시켰다.

다음 권으로 이어집니다